新　潮　文　庫

革命のリベリオン

第Ⅰ部 いつわりの世界

神　永　学著

JN286769

新　潮　社　版

10047

目次

Contents

革命のリベリオン

人間の慧智《けいち》はすべて次の言葉に尽きる
待て、しかして希望せよ！
――アレクサンドル・デュマ（山内義雄訳・抄）
「モンテ・クリスト伯」より

第Ⅰ部　いつわりの世界

序章　いつわりの光

潮の香りがした――。

多くの者は、この香りに懐《なつ》かしさを感じるという。

それは、おそらく海が生命の起源だからだろう。潮風の中に、命の匂《にお》いを感じているのだ。

だが、イヴにはそうした感情は湧《わ》かない――。

それは、自然の摂理に反してこの世に生まれて来た存在だからだ。

かつては、そんな自らの存在に疑問を抱き、憎しみを持ったこともあった。だが、今は誇りを持ってここに立っている。

イヴは、夜の闇《やみ》の中に立つ男の背中に目を向けた。

高さにして四十メートル。厚さにして五メートルを超える堤防の縁の上だ。

今から二十五年前、関東全域を地震が襲った。マグニチュード九を記録したその地震は、最大三十メートルの巨大津波を発生させた。

お台場を始めとした埋め立て地は、瞬《また》く間に波に呑《の》み込まれ、湾岸地帯に壊滅的ともいえるダメージを与えた。

いつか巨大地震が起こることは、誰もが知っていたはずだ。にもかかわらず、それは今ではないと信じ、ろくに対策を取ることもなく、海辺に巨大な街を築き、安穏と生活していたのだ。

その結果、死者行方不明者三百万人という、有史以来の大惨事を招くことになった。

廃墟《はいきょ》となった街を目にして、ようやく人は慌《あわ》てた。自分たちが、自然の猛威に対して無力であることを悟ったのだ。

そうして作られたのが、旧江戸川区から旧横浜市までをぐるりと囲む、巨大な堤防だ。

津波から守ることが目的であったはずのこの堤防だが、今は別の意味を持っている。

持てる者と、持たざる者を分かつ壁――日本国民を分断する壁――差別を助長する壁――言い方は様々だが、そこに込められた意味はみな同じだ。

こうやって、人は過《あやま》ちを繰り返していく。

男は、黒い外套《がいとう》を纏《まと》い、潮風に長い白髪を揺らしながら佇《たたず》んでいた。

広く大きな背中から放たれる空気は、強い信念に支えられ、圧倒的な存在感を放っている。

男の左足の膝《ひざ》から下には義足。右腕の肘《ひじ》から先には義手が取り付けられている。

今の技術を以《もっ》てすれば、人工皮膚を使い、義手義足だと分からぬようにできる。だが、男はまるで誇示するかのように、金属が剝《む》き出しになった、機械仕掛けの手足を晒《さら》している。

右腕、左脚だけ、西洋の甲冑《かっちゅう》を纏っているようだ。

男の中にある揺るがぬ信念が、敢《あ》えて異様な己の姿を晒すという行為に現われている。

「イヴか――」

こちらの気配に気付いた男が、背中を向けたまま言った。

イヴは、低く、厚みのある男の声が好きだ。だが、同時に、そこにわずかに滲《にじ》む哀《かな》しみを感じ取ると、胸が苦しくなる。

はっきりと説明されたわけではない。だが、それでも男がどんな人生を歩んで来たのか、いや、歩まされて来たのかは、容易に想像がつく。

「何を見ているのですか?」

イヴは、ゆっくりと歩みを進め、男の隣に立った。

潮の匂いには何も感じない。だが、男の匂いを嗅《か》ぐと、心が在るべき場所に収まっているような安心感を覚える。

義手である男の右手が滑らかに動き、暗い海の向こうを指差した。

「あの光だ――」

暗い東京湾に、眩《まばゆ》いばかりの光を放つ島が見えた。

大震災で壊滅した湾岸都市に代わり建設された人工島だ。

東京湾の八割を埋め尽くすほどの大きさを誇る。

海を埋め立てて造られたのではない。一万本からなる、巨大な柱に支えられ、海上に浮いているのだ。

地震による津波が発生した場合、柱が上昇し、街を海抜四十メートルもの高さに押し上げる仕組みになっている。

理論上は、津波の影響を受けることなく存在することができる。

ついた呼び名は、フロートアイランドだ。

中央には、高さ一千メートルに達する巨大な塔、セントラルタワーが聳《そび》え立ち、それを囲むように、大小様々な建物が放射状に広がっている。

人口は三百万人――奇《く》しくも、先の大震災で死亡した人数と同じだ。いや、これは意図したものかもしれない。

なぜなら、フロートアイランドに住むことができる住人は限られているからだ。

大震災で壊滅的なダメージを受けた日本は、自力での復興が絶望視されるほどに追い詰められた。

　そこに目を付けたのが、中国やロシアといった大陸の大国だった。支援の名目で、日本を自国に併合しようと画策したのだ。

　そうなると、アメリカが黙ってはいない。各国の睨《にら》み合いが続く中、世界の均衡を保つためにも、日本は自力による迅速な復興を求められた。

　しかし、死者行方不明者三百万人という数字は、あまりに多すぎた。太平洋戦争での戦死者数に匹敵する数だ。

　しかも、それが一瞬にして奪われたのだ——。

　人々が絶望する中、希望の光を灯した者がいた。二人の科学者が人体の遺伝子情報を一瞬で解析し、分類する画期的なシステムを構築したのだ。

　政府は、その技術に着目した。全国民のＤＮＡの解析を行い、それぞれの適性を判断し、適材適所に人員を配置することで、復興の効率化を図った。

　この政策は功を奏し、あの瓦礫《がれき》の中から、ここまでの復興を遂げることができた。

　それだけではない。遺伝子情報の優れた者を積極的に支援することで、技術も進歩を遂げた。

　中でも、衛星軌道上に打ち上げた太陽光パネルで発電した電気を、マイクロ波に変換して地球に送電する、太陽光発電システムは、世界のエネルギー問題を解決したといっても過言ではない。

日本は、物作り大国としてかつての自信を取り戻した。戦後の復興の再来だった。

しかし――。

その結果、DNAレベルによる差別を生み出し、支配する者とされる者を造り出した。

フロートアイランドに居住するのは、一定のDNAレベルを満たした支配する側の人間たちだ。

それ以外の者は、壁の反対側で労働に従事し、あの光を羨望《せんぼう》の眼差《まなざ》しで見つめる。

いくら望んだところで、届くことがない光だ。

「忌々《いまいま》しい……」

男が言った。

そこに込められた感情は、どこまでも陰湿で暗い。だが、イヴはそれを不快だとは感じなかった。

男は、呪詛《じゅそ》の言葉を口にする資格を有している。

全《すべ》てを奪われ、身を裂くような痛みを耐え忍んで来た男には、この世界を呪《のろ》うだけの資格がある。

「なぜ、そう思うのですか？」

イヴが問うと、男は眉間《みけん》に皺《しわ》を刻んだ。

「二十五年前の大震災――あれを教訓に作られたのが、今いる巨大堤防だ」

「はい」

「この堤防は、自然に対する畏怖《いふ》の念が生みだした建造物だ」

「そうかもしれません――」

「しかし、あの島は違う」

「どう違うのですか?」

「あれは、自然に抗《あらが》い、挑戦し、冒瀆《ぼうとく》するために作られた島だ。人間の力を誇示するかのように――」

男の言い分は、もっともだと思う。

地震があることを、津波が起こることを知った上で、わざわざ海の上に新たに巨大な都市を造り上げたのだ。

堤防のような守りの建造物とは根本が異なる。そもそも、そんなことをする必要性がないのだ。

これは、自然に対する明らかな挑発行為に他ならない。

「そうですね」

「あの光は、人の可能性を奪う」

「可能性――ですか?」

イヴが問うと、男は大きく頷《うなず》いた。

「そうだ。あの光は一見すると煌《きら》びやかで美しい。しかし、あんなものは人々を欺《あざむ》くための幻影に過ぎない」

そう言うと男は、フロートアイランドをその手に掴《つか》むように、義手を握った。

ギリギリと音を立てる関節の歯車が、イヴの耳には悲鳴のように聞こえた。

男が長年にわたって抱え続けて来た苦しみ、哀しみ、そして怒りを内包した悲鳴――。

「だから、偽りの世界を壊すのですね」

イヴが言うと、男は小さく首を振った。

「壊しても無駄だ」

「無駄？」

「力によって破壊したところで、そこに生まれるのはまた偽りの光だ。それは、やがては、別の力によって破壊される運命にある」

男の言う通りかもしれない。

力によって示された世界は、やがて新たな力によって奪われる。それは、今までの人類の歴史が散々証明して来たことだ。

しかし、だからといって、男は今の偽りの光を甘受するつもりはないはずだ。男は、この世界に反旗を翻《ひるがえ》すために戻って来たのだから――。

「では、どうするのですか？」

イヴの問いに、男は笑みを浮かべた。まるで、悪魔の微笑《ほほえ》みのようだった。

「示せばいい」

そう言って、男は義手を掲げて頭上を指し示した。

視線を上げたが、そこに見えるのは、どんよりと雲に覆《おお》われた暗い空だけだった。

「何を示すのです？」

「光だ――」

「光？」

「そう。偽りの光をかき消すだけの強い光を示せばいい。そうすれば、人は自らの可能性に気付く」

男の言っていることは分かるし、正しいとも思う。だが――。

「この暗い世界に、そんなものがあるのですか？」

「あるさ」

「あなたが、その光になるのですか？」

「それは私の役目ではない。私は、あくまで、変革をもたらすための道しるべに他ならない。そのために、私は地獄から再び舞い戻ったのだ」

男は、満面の笑みを浮かべた。

おそらく、男が本当に望んでいるのは、世界の変革ではない。それは、ある目的のための手段の一つに過ぎない。

イヴは、その目的のための駒《こま》に過ぎず、利用されようとしているのだろう。

「行こう――」

男は、そう言って踵《きびす》を返した。

「はい」

イヴは力強く頷いて答えた。

男の真意がどこにあるのかは分からないし、それは問題ではない。ただ、男の傍にいようと決めたのだ。

男にとって、自分が駒であるなら、そこに生きる意味を見出《みいだ》すだけのことだ。

それが、平坦《へいたん》で穏やかなものでないことは知っている。おそらくは、血塗られた修羅の道になるだろう。

だが、それでも――。

イヴは、力強く歩みを進めた。

第一章
運命の女神

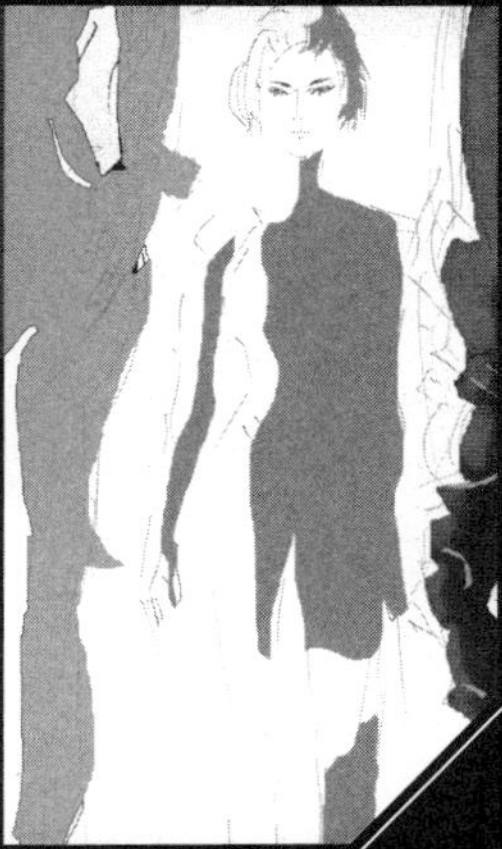

1

「クソッ！」

コウは走っていた――。

色とりどりのネオンが煌《きら》めくフロートアイランドの大通りを、全速力で駆け抜ける。

行き交う人を押し退《の》け、あるいは突き飛ばし、強引に突き進む。

悲鳴や罵声《ばせい》が聞えたが、そんなものに構っている余裕はなかった。

どこに向かっているのかは、自分でも判然としない。ただ、背後から迫ってくる男たちを振り切らなければならない。

「止まれ！」

複数の足音とともに、鋭い声がした。

追って来るのは、警察の中でも精鋭を集めた、テロ対策班の隊員たちだ。

紺のタクティカルベストに、シールド付きのヘルメット。拳銃《けんじゅう》だけではなく、自動小銃まで装備していることからも分かるように、彼らは反政府分子の炙《あぶ》り出しと粛清の意味合いを兼ねている。

何としても、逃げ切らなければならない。

このまま、大通りを走っていても、彼らの追跡を逃れることは出来ない。

——どうする？

視線を走らせたコウは、左手前方のビルの一階に、カフェテラスを備えたレストランがあるのを見つけた。

コウは、一気に方向を変えてそのレストランに飛び込んだ。

赤い絨毯《じゅうたん》が敷かれ、シックでいかにも高級そうな雰囲気のレストランだった。

食事を楽しんでいた数十人の客たちは、騒然となった。

突然の乱入者であるコウに向けられる視線は、例外なく蔑《さげす》みに満ちていた。中には、憐《あわ》れみも含まれている。

身なりを見て、コウが旧市街に住む、貧困層の人間であることが分かったからだろう。

「失礼ですが——」

黒いエプロンをしたウェイターと思《おぼ》しき男が、コウに歩み寄って来た。

品があって丁寧な口調ではあるが、その目は「お前などが来る場所ではない——」と嫌悪《けんお》感を滲《にじ》ませている。

「動くな！」

後方で声がした。彼らは、もうそこまで迫っている。

「どけ！」

コウは、ウェイターを押し退け、テーブルの間を縫うように、店の奥に向かって駆け出した。

人にぶつかり、あるいはテーブルをなぎ倒し、けたたましい音とともに、食器や料理が床にぶちまけられたが知ったことではない。

コウは、レストランの奥にあるドアを開け、一気に飛び込んだ。

そこは厨房《ちゅうぼう》らしかった。コックたちの視線が一斉にコウに注がれるが、それを無視して視線を走らせる。

奥に、ドアを見つけた。

あそこから、外に出られるかもしれない。コウはドアを開け、飛び出した。

左右に廊下が延びていた。

右に目を走らせると、テロ対策班の男が走って来るのが見えた。もう回り込まれてしまったようだ。

こうなると、選択肢はない。コウは廊下の左に向かって走る。

廊下の角を曲がったところで、愕然《がくぜん》とする。

出口になるドアはない。上へと続く階段があるだけだ。

階段を駆け上がれば、もはや袋の鼠《ねずみ》だ。捕まるのを先延ばしするだけに過ぎない。だが、それでも――。

コウは、意を決して階段を駆け上がった。

――なぜ、こうなった?

階段を駆け上がりながら、疑問が頭を過《よ》ぎる。

指定されたバッグを、指示された場所まで届けるだけの簡単な仕事のはずだった。

コウに仕事の依頼をしたのは、キムという男だ。韓国系の四世で、自分の歯を全《すべ》て抜き、金歯に差替えるという悪趣味な奴《やつ》だ。

表向きは、旧渋谷でクラブなどの飲食店を経営する男だが、裏では密売に手を染めているという噂《うわさ》もあった。

今回の仕事が、非合法なものであることは、だいたい察しがついていた。それでも、コウは二つ返事で仕事を請けた。

理由は簡単だ。報酬が高額だったからだ。スクラップの回収と、ゴミ処理を仕事にしているコウの年収の三倍にも達するものだった。

たとえ、非合法な仕事に手を染めることになったとしても、コウにはどうしても金が必要だった。

――ユウナ。

脳裡《のうり》に、妹の顔が過ぎる。

キムの依頼を了承すると、さっそく車に乗せられた。といっても、搬入用のトラックの荷台だ。

荷台は二重底に改造されていて、コウはその隙間《すきま》に押し込まれた。

そのまま本土とフロートアイランドを結ぶゲートブリッジを渡り、検問を通過したあと、湾岸の倉庫に入ったところで車を降ろされた。

そこで、ショルダーバッグと地図を渡された。届ける荷物と、その目的地だ。指定されたのは、セントラルタワーの近くにある変電施設だった。

コウは、早速、ショルダーバッグを斜めがけにして、目的地に向かった。

だが、指定された場所に到着する寸前のところで、いきなりテロ対策班の男に呼び止められた。

腕に隊長の腕章をした男だった。

いかにも日本人的な顔立ちをしていたが、目だけは明るいブルーだった。

男がコウを呼び止めた理由が、職務質問のようなものであったなら、切り抜けることもできたのだが、そうではなかった。

男は、タブレット端末にコウのＩＤ情報を表示しながら、「君には、テロの容疑がかかっている――」と告げたのだ。

なぜ、そんなことになっているのか理解できなかったが、テロリストと認定された者が、どんな末路かだけは理解していた。

コウのような最下層のDNAレベルの者が、テロの容疑などかけられたら、一巻の終わりだ。

裁判など行われない。こちらの言い分を聞くことなく、一方的に有罪を宣告される。仮に裁判が行われたとしても、自ら弁護士を雇う金も、潔白を立証する術《すべ》もない。

政府に対するテロ行為は重罪だ。熾烈《しれつ》な拷問《ごうもん》の末、木更津《きさらづ》の海上刑務所で一生を終えることになる。

コウは、すぐさま男を突き飛ばし、逃げ出した。

だが、そんな計画性のない逃避行も、終わりを告げようとしていた。

七階まで駆け上がったところで、コウの目の前にドアが現われた。このドアの向こうに、何があるのか分かっている。それでも、進まなければならない。

コウは、ドアを開けて屋上に飛び出した。

そのまま、屋上の縁まで駆け寄ったものの、どうすることもできない。

「動くな！」

鋭く放たれる声に振り返った。

テロ対策班の男が立っていた。最初に、コウに声をかけてきた、青い目の隊長だ。

「発砲許可が出ている。抵抗すれば、その場で射殺する」

男は毅然《きぜん》とした調子で言った。

この男一人であれば、格闘に持ち込むという選択肢もあるが、すでに五人の隊員も駆けつけて来ている。合計六人を相手にどうにかなるものではない。

ましてや、テロ対策班に選出されているのは、DNA鑑定によって、一定以上の肉体適性を持った者たちだ。

隊長の男が腰のホルスターからオートマチックの拳銃を抜き、それを構えながらずいっと前に歩み出る。

ベレッタM99Sだ。旧世代から使われ続けているハンドガン。科学が進歩しても、人を殺す拳銃は、相変わらず火薬を炸裂《さくれつ》させて鉛の弾丸を発射する。旧世代のヴァージョンアップに過ぎない。

それがもっとも安く人を殺せる。いつの時代も、人の命は、圧倒的に安いのだ。

コウは、銃口から逃れるように後退《あとずさ》る。

だが、すぐに屋上の縁に阻《はば》まれた。

振り返ってみる。道路を隔てた向こう側に、ドーム型の天井をしたホールのような建物が見えた。飛び移ろうにも、かなりの距離がある。

万事休すだ。このままでは自分の未来は途絶える。いや、そもそもコウのようにDNAランクの低い者には、未来なんて存在していないのかもしれない。

「くそったれが……」

舌打ち混じりに吐き出したコウは、ズボンのベルトに拳銃を挟んでいたことを思い出した。

キムの手下に護身用として渡されたものだ。

コウは、旧式のリボルバーの拳銃を抜き、テロ対策班の男たちに向けた。

だが、彼らは怯《ひる》まなかった。それもそのはず。彼らの装着しているタクティカルベストは防弾仕様だ。コウの構えた旧式の拳銃で撃ち抜ける代物《しろもの》ではない。

「大人しく投降しろ」

隊長の言葉が合図であったかのように、後方に控えるテロ対策班の隊員たちが、一斉にMP9サブマシンガンを構えた。

――これで終わりか。

その思いが、胸に込み上げる。

コウのDNAの総合評価はGマイナスだった。最下層ともいえるものだ。

夢を見たところで、絶対に叶《かな》わない。

地べたを這《は》いずり回り、生産し、富裕層を支える礎《いしずえ》として利用され死んでいくだけの家畜のような存在——挙げ句の果てにこれだ。

「クソみたいな人生だ——」

コウは、強く拳《こぶし》を握った。

怒りもある。だが、それ以上に、哀《かな》しみの方が強かった。

それに呼応するように、ポツポツと雨が降り始め、コンクリートを濡《ぬ》らして行く。

秋の風に吹かれた、冷たい雨だった——。

「もう一度言う。君に対して発砲許可が出ている。これ以上、抗《あらが》うようなことがあれば、本当に撃つ」

隊長の男が言った。

「どのみち殺すつもりだろ」

コウは、隊長の男を睨《にら》み付けた。

「然《しか》るべき処分は受けることになるだろうが、殺しはしない」

「嘘吐《うそつ》け！　てめぇらは、おれたちのことなんて、人間とも思ってねぇんだろうが！」

「違う」

「何が違うもんか。現に、こっちの話を聞きもせずに、発砲しようとしてんじゃねぇか」

「言いたいことがあるなら、投降してから言えばいい」

「拷問されながらか？」

コウが問うと、隊長の男は、困惑の表情を浮かべた。

テロ対策班は、もっと冷酷で、差別的だと思っていた。だが、目の前の男からは、そうした傲慢《ごうまん》さが感じられない。

まるで、何かに悩み苦しんでいるかのようだ。

雨脚が次第に強くなっていく――。

「隊長。この期《ご》に及んで説得など無意味です。発砲許可が出ているんです」

隊員の一人が苛立《いらだ》たしげに言いながら、ずいっと前に歩み出る。

「止《よ》せ！」

隊長の男が、サブマシンガンの銃口を押し退ける。

「なぜ止めるのですか？」

「彼は、容疑者であると同時に、証人でもあるんだ」

「しかし……」

内輪揉《も》めが始まったことで、コウに対する注意が逸《そ》れた。

逃げるなら、今がチャンスだ。だが、どこに――。

思いつくことは、一つしかなかった。無謀かもしれない。失敗すれば、確実に命を落とす。しかし、このまま行けば、どのみち未来はない。

ならば、わずかでも可能性に賭《か》ける――。

コウは素早く踵《きびす》を返すと、屋上の縁に足をかけ、道路を挟んだ反対側にあるコンサートホールの屋根に向かって大きくジャンプした。

ふわっという浮遊感のあと、コウの身体《からだ》はドーム状の屋根に叩《たた》きつけられた。

身体の節々に強烈な痛みが走ったが、何とか地面に落下せず、屋根に取りつくことができた。

ほっとしたのも束《つか》の間《ま》、すぐ目の前で火花が散り、屋根に穴が空いた。

ビルの屋上から、テロ対策班が発砲したのだ。

コウはすぐさま起き上がり、痛みを堪《こら》えて走り出した。連続した銃声とともに、火花が散り、屋根を穿《うが》つ。

だが、立ち止まるわけにはいかない。コウは、必死に屋根の上を走った。

近くにある針葉樹に飛び移り、下に降りるつもりだった。だが、その前に、右足に強烈な痛みが走った。

銃弾が掠《かす》めたのだ。

バランスを崩したコウは、そのまま屋根の斜面を転がり落ちて行った――。

2

イヴは、狭いコックピットの中で、じっと刻《とき》を待っていた——。

起動しているならまだしも、スタンバイ状態のコックピットの中では、ほとんど身動きを取ることができない。

肩が当たるほど狭い上に、両脚は機体と連動して動くために、がっちりと固定されているので、微動だにできない。

空調がついているような快適な空間ではなく、むわっとした熱気が漂っている。

コックピットに着いているというより、さながら金属の棺桶《かんおけ》に押し込められているといった状態だ。

だが、イヴはそこに不快感を感じていなかった。

広い空の下より、暗く息苦しい金属の棺桶の中の方が心が安らぐ。

〈ターゲットロスト！〉

無線を通して、悲痛な叫びが聞えて来た。

イヴは首を起こし、コンソールを操作して、前面のパネルに映像を呼び出した。

今にも泣き出しそうな遠藤《えんどう》一馬《かずま》の顔が映し出される。

名前の通り馬面《うまづら》で、口の周りに鬚《ひげ》を生やしている。雨に濡れ、肩までかかる長い髪がべったりと張り付き、余計にむさ苦しく感じられる。

「状況を説明して下さい」

イヴは、極めて事務的に告げる。

一馬は大きく深呼吸してから、早口に説明を始める。

〈あのバカ、テロ対策班から、職務質問を受けた段階で逃亡しやがった〉

「だったら、すぐに捕まると思います」

相手はテロ対策班だ。逃走を図れば、緊急配備も布《し》かれるだろうし、そう簡単に逃げおおせるものではない。

〈おれも、そう思ったよ。現に、ビルの屋上に追いつめられたんだが、あの野郎、ビルから飛び降りやがった〉

「飛び降りる？」

イヴは自分の耳を疑った。

〈ああ。ダイブしたんだよ〉

イヴは小さく息を吐いた。

一馬の苛立ちの理由がよく分かった。ターゲットは、つくづく想定外のことをする男のようだ。

無茶とか、無鉄砲というより、愚かなのだろう。

「ターゲットは死亡したのですか？」

〈分からん。コンサートホールの屋根に取り付いたところまでは、確認できていたんだが……〉

画面の向こうで、一馬が大きく首を振った。

逃亡した段階で発砲許可が出ることは想定内だが、状況としては最悪だ。こうなっては、当初のプランの変更を余儀なくされる。

「すぐに確認に向かって下さい」

イヴは指示を出しながら、コンソールを操作して、フロートアイランドにあるコンサートホール周辺の地図を表示する。

ドーム型の屋根を持ち、着席で千人を収容できる中規模のホールだ。塀に囲まれていて、その内側に針葉樹が植えられている。

公演内容を検索する――現在は、チャリティーコンサートの最中のようだ。

〈分かった。だが……ターゲットが死亡した場合は？〉

「確認が終わるまで、それを考える必要はありません」

イヴはぴしゃりと言った。

一馬は、優秀な男ではあるが、物事を悲観的に捉《とら》え、考え過ぎる傾向がある。

今は、与えられた任務をこなすことが最優先だ。

〈まったく。大人しく捕まってりゃいいものを……こうなっちまったら、たとえ生きていても、当初のプランは通用しないぜ〉

一馬はびしょ濡れの髪をかきむしるようにして言う。

「そのために私がいます」

イヴは毅然と言い放った。

もし、当初の予定の通りなら、イヴの出番は存在しなかった。それでも、敢《あ》えてイヴをここに待機させたということは、あの方が、その先を見越していたということだ。

〈荒っぽい手を使うってわけだ〉

「多少は――」

〈何が多少だ。そいつを使えば、多少では済まないだろ〉

「だからこそ、旧市街までの引率が必要なんです。それが、あなたの役目のはずです」

〈言ってくれる〉

苦々しい舌打ちとともに一馬が言った。

「逃走用のルートは、こちらで調べておきます。速やかに作戦を実行して下さい」

〈分かったよ――〉

一馬の投げやりな口調とともに、通信は切れた。

イヴはパネルを操作して、新たに無線をつないだ。

低く厚みのある男の声が聞えて来た。暗号化された音声のみの通信なので、一馬のように顔は表示されない。

〈イヴか――〉

声の調子だけでは、彼が何を考えているのか計り知れない。いや、たとえ目の前にいたとしても、男の表情から、その心中を察するのは難しい。

この男は自らの過去とともに、多くの感情を闇《やみ》に葬《ほうむ》ってしまっている。

「ターゲットですが……」

〈一馬からの報告は、私も聞いていた〉

男は、イヴの言葉に被《かぶ》せるように言った。

「では作戦プランを変更します」

〈任せる〉

何の感情もこもっていない無機質な声だった。

「もし、ターゲットが死亡した場合、どうされますか？」

〈これで死ぬなら、それまでの男――ということだ〉

男は間を置かず冷淡に言い放った。

だが、イヴはそこに矛盾を見つけた。そうやって斬《き》って捨てる程度の存在なのだとしたら、なぜこうまでして作戦を遂行しようとするのか。

そもそも、最低ランクのＤＮＡレベルしか持たないターゲットに、いったい何の価値があるのか――。

イヴは、頭に浮かぶ考えを慌《あわ》てて振り払った。

何においても、ＤＮＡレベルを判断基準にしてしまうようでは、現行政府のやり方に賛同しているのと一緒だ。自分たちは可能性を示さなければならないのだ。

それに、考えるのは自分の仕事ではない。

「本当によろしいのですか？」

思考とは裏腹に、念押しをしてしまった。

〈構わん。だが、彼は死なない。そういう運命だ〉

「あなたから、運命という言葉を聞くとは思いませんでした」

〈運命など存在しない。あるのは結果だけだ――以前に、そう言ったな〉

男が笑みを含んだ口調で言った。

「はい」

〈困難な状況を打破したとき、人は過去を振り返り、運命という言葉を使う。そういう意味では、今からお前がやろうとしていることは、運命を作り出すことだ――〉

「分かりました。最善を尽くします」

〈期待している〉

「はい」

イヴは、力強く答えてから通信を切った。

男の真意は見えない。だが、それに従うと決めたのだ。そして今、男が自分に期待を寄せている。

それに応《こた》えなければならない。

イヴは、大きく息を吸い込んでから、起動のスイッチを入れた——。

3

市宮《いちみや》ミラは、万雷の拍手の中、観客席に向けて腰を折って頭を下げた——。

そのままピアノの前を離れ、ステージ袖《そで》へと歩みを進める。

薄暗いバックステージまで来たところで、ほっと胸を撫《な》で下ろした。ピアノの演奏会は、今日が初めてではないが、それでも緊張してしまう。

ピアノを弾くことは好きだ。だが、こうして人前で演奏することには、どうしても慣れない。

ステージの上では、嫌が応でも過剰な期待が向けられてしまう。それに応えるために、演奏するのが苦手なのだ。

「ミラ――」

声をかけられ、顔を上げた。目の前に、二人の男が立っていた。

仁村《にむら》マコトと御手洗《みたらい》タケルだった。

二人ともミラと同じ十六歳で、同じ学校に通うクラスメイトだ。

「いやぁ、素晴らしい演奏だったよ」

手を叩きながら言ったのは、タケルだった。

髪が長く、色白で見た目はクールな印象だが、その性格は人懐《ひとなつ》こく明るい。そのせいか、女子生徒から相当に人気がある。

「ありがとう」

ミラは、笑顔で答えた。

「さすがは、超一流の遺伝子だよ」

続けて言ったタケルの言葉に、ミラは違和感を覚えた。

確かに、ミラの遺伝子情報では、音楽に対する適性が高かった。だが、全てがそれで片付けられてしまうことに、抵抗を感じる。

「おれ、用事があるからもう帰るよ。あとは、ごゆっくり――」

タケルは、軽くウィンクをしたあと、その場をあとにした。

舞台袖にミラとマコトだけが残された。

気まずい沈黙が流れる――。

マコトは、ミラの婚約者だ。そのことを知っているタケルは、気を遣って席を外したのだろうが、ミラは気分が重くなった。

望んでマコトと婚約したわけではない。親同士による取り決めだ。遺伝子情報を分析した結果、もっとも適性があり、優秀な子ができる確率が高いというのがその理由だ。

そこに、本人同士の意志は介在しない。

別にマコトのことを嫌い――というわけではないが、好意も抱いていない。

「そのドレス。とても似合っている」

マコトが、沈黙を打ち破るように言った。ミラは自分の恰好《かっこう》に目を向ける。

今日の為《ため》に――と、母の美晴《みはる》が選んだドレスだ。背中が大きく開きすぎているし、スカートの丈も短過ぎる。

素敵なデザインだとは思うが、自分が着るとなると、恥ずかしさが先に立つ。

「あまり見ないで」

ミラは、少し身を退《ひ》き、マコトから視線を逸らした。

「本当に綺麗《きれい》だ」

「ありがとう――」

そう言いながらも、ミラは嬉《うれ》しいとは感じていなかった。

「どうしたんだ？　浮かない顔をして」

「そう？」

「疲れているのか？」

心配そうに、マコトがミラの顔を覗《のぞ》き込む。

確かに疲れはある。だが、ミラの中にあるのは、もっと別の思いだ。

いつ頃からだろうか――何をしていても、心のどこかで、歪《ひず》みのようなものを感じるようになっていた。

ガラスに入った、小さな亀裂《きれつ》のように、遠目には分からないが、確かにそれはミラの心の中に存在している。

うまく説明できないが、ここは自分の居場所ではないという感覚だ。

確かに、ミラは何不自由なく、満たされた生活をしている。しかし、それは自らが勝ち取ったものではない。

生まれた場所が、たまたまそうだったというだけのことだ。

「大丈夫か？」

マコトに再び声をかけられ、ミラははっと我に返る。

深い思考に入ってしまっていたようだ。「大丈夫」と笑顔で取り繕ったものの、心の底にある歪みが消えることはない。

「ミラ。このあと予定がなければ……」

「今日は、ちょっと疲れたの。ごめんなさい」

ミラは固い笑みとともにマコトの申し出をかわすと、奥にある扉を開けて廊下に出た。

後ろ手に扉を閉めたところで深いため息を吐く。

このまま控え室に戻る気にはなれなかった。胸につかえた息苦しさを少しでも晴らそうと、ミラは裏口に向かって歩みを進めた。

廊下の突き当たりにあるドアを開けて外に出る。

いつの間にか、雨が降っていた。大降りの雨だ。だが、それでも、外の空気を吸ったことで、いくらか気が紛れたようだ。

けたたましいサイレンの音が鳴り響いていた。救急車両のものではない。テロ対策班の発する音だ。

――どこかでまたテロが行われたのだろうか？

今までは、それほどテロはなかった。あっても、規模も小さく、無計画で、デモに近いものだった。それが一変したのは、一年ほど前だ。

フォックスと名乗る人物が登場して以来、フロートアイランドのあちこちで爆破事件が起きるようになった。

ミラは、憂鬱《ゆううつ》な気持ちを抱えたまま、軒下から視線を上げ、雨を降らせている雲に目を向けた。

街の光を受け、雲はわずかに色づいていた。

建物を囲むように植えられた針葉樹が、ガサガサッと音を立てて揺れた。

風ではない。もっと別の何か——。

困惑しているミラのすぐ目の前の芝生の上に、ドスンッと何かが落ちて来た。

あまりのことに、ミラは悲鳴を上げることもできずに身を固くした。

呼吸を整えながら、目を凝らすと、それは人だった——。

自分と同じくらいの少年が、雨に打たれながら横たわっていた。怪我《けが》を負っていて、右脚から血が流れ出していた——。

「大丈夫ですか？」

ミラは、雨の中に飛び出し、少年に駆け寄った。

「うぅぅ……」

少年が、小さく呻《うめ》いた。

まだ生きている——ミラはほっとしつつも、先のことに考えを巡らせる。このまま、ここに放置するわけにはいかない。

「待っていて下さい。今、救急隊を呼びます」

少年から離れようとしたミラだったが、すぐに「止せ！」と声が上がった。

少年は、怪我をした右脚をかばうように立ち上がる。

真《ま》っ直《す》ぐに向けられた瞳《ひとみ》には、強い光が宿っていた。それは、生きる——ということに対する執念のように思われた。

「でも、怪我をしています。すぐに手当しないと……」

「動くな！」

駆け出そうとしたミラに向けて、少年は拳銃を構えた。旧式のリボルバーだ。

目の前に銃口があるにもかかわらず、ミラは不思議と怖さを感じなかった。

「なぜですか？　早く手当をしないと——」

「駄目だ」

「あなたが、テロリストだから——ですか？」

ミラが問うと、少年の表情が引き攣《つ》った。

「なぜ、そうだと思う？」

「テロ対策班が哨戒《しょうかい》しています」

「おれは、テロリストじゃない……爆弾で人を殺したって、おれたちの生活は変わるわけじゃない……」

少年は、絞り出すように言うと、力なく拳銃を持った腕を下ろした。

雨に濡れるその表情は、あまりに哀しく、そして苦しみに満ちていた――。

何があったのか、詳しいことは分からない。だが、少年の言葉に嘘はない――ミラは、そう感じた。

不思議だった。一瞬、会っただけに過ぎない、しかも、自分に銃口を向けた少年の言葉を信じたのだ。

「来て！」

気付いたときには、少年の腕を引っ張っていた。

「なっ、何をするつもりだ」

「手当をするの。病院にはいかないわ。私がやる。それならいいでしょ」

「何で――」

「いいから早く。見つかるとマズイんでしょ」

ミラは、少年の手を引いて歩き出そうとした。だが、出血した右脚が痛むのか、少年はバランスを崩して倒れそうになる。

ミラは、慌ててその身体を支える。

汗と雨の混じった彼の体臭が、なぜか懐かしく感じられた。

4

クリスは、叫び出したくなる気持ちをぐっと堪えた。

まさか、ターゲットがビルの屋上から飛び降りるなど、思ってもみなかった。

慌てて発砲許可を出したものの、ホールの屋根から転落したターゲットをロストしてしまった。

――最悪の状況だ。

「追うぞ！」

鋭く言い放ち駆け出そうとしたクリスだったが、一人の隊員がその進路を阻んだ。

副隊長の東《あずま》ヒロユキだ。年齢はクリスと同じ二十四歳。クリスの部下であるが、DNAランクは東の方が高い。

東のDNAランクが特別高いわけではない。クリスが低いのだ。

本来、テロ対策班の隊長の職に就くためには、総合評価でCランク以上が必須《ひっす》となっているが、クリスのそれはDマイナスだ。

それでも旧市街で、警察官として実績を積み、血の滲むような努力を重ねて現在の地位まで辿《たど》り着いた。

もちろん、それだけで抜擢《ばってき》されることなどあり得ない。あらゆる根回しをした上で、かなり汚い手も使った。

東のように、そんなクリスに反感を持っている者は、かなり多い。

おまけにクリスは、フランス人のクウォーターだ。島国である日本において、純血でないことは、大きなマイナス要因だ。

ハーフやクウォーターの場合、瞳が黒くなることが多いのだが、クリスの瞳はイレギュラーで青だった。そのせいで、クリスが純粋な日本人でないことは、周知の事実となっている。

「さっきのは、判断ミスと言わざるを得ません」

東が突っかかるような口調で言う。

クリスがすぐに発砲指示を出さなかったことを言っているのだろう。

結果として逃げられたのだから、ミスと指摘されても仕方がないが、東の発言の裏には、自分よりランクが下のクセに――という強い妬《ねた》みがある。

「それがどうした?」

「今回の件、上に報告させて頂きます」

東が、クリスを睨み付ける。

「どけ! 今は議論しているときではない。速やかにターゲットを確保する」

クリスは、東を強引に押し退けて走り出した。

じりっと焼け付くような痛みが胸に込み上げて来る。

下らない足の引っ張り合いだ。確かにクリスの判断ミスはあったかもしれない。飛び降りる前に、足を撃つなりして、動きを制することもできた。

だが、それを言うなら、この状況において、責任問題云々《うんぬん》を持ち出し、足止めをすることも大きな判断ミスと言わざるを得ない。

いくらDNAランクが高くても、東のように他者の足を引っ張るような人間が上に立ったのでは、組織は腐っていく。現行の制度の問題点だ。だが、それが分かっていても、どうすることもできない。

ほとんどの人間がそうだ。間違っていることが分かっていても口を閉ざす。現状を変えるだけの力がないからだ。いや、違う。おそらく、誰の中にも変える力はある。だが、それには大きなリスクが伴う。そのリスクを犯したくないのだ。

クリスもそうだ。再び旧市街に戻り、貧困とともに暮らすのが嫌なのだ。だから、黙って従う。そうするしかない。

――彼は、なぜテロを行った？

地階まで階段を駆け下りたところで、クリスの脳裡に疑問が過ぎった。

あのとき、クリスがトリガーを引くのを躊躇《ためら》ったのは、単なる判断ミスではない。ターゲットである少年の強い眼差《まなざ》しを見たからだ。

あの目から発せられていたのは、どこまでも強い生への執着だ。彼がビルの屋上から飛んだのも、自暴自棄になったからではなく、生き残るためだ。

テロリストは、犠牲になる命を軽んじている。それと同時に、自らの命に対しても、酷《ひど》く執着がない。それ故《ゆえ》に、テロという行為が行えるのだ。

そう考えると、やはり彼の目は異質だった。

考えを巡らせているうちに、クリスはコンサートホールの前に辿り着いた。

一度足を止め、タブレット端末を操作して、コンサートホールの立体映像を呼び出す。

外周はぐるりと高い塀に囲まれている。人が乗り越えられるような高さではない。

ゲートは、正面と裏側の二箇所――。

「谷岡と山下は、正面を押さえろ。金山と原口は裏に。東はおれと来い。ターゲットの落下地点の捜索を行う」

クリスが指示を出すのと同時に、隊員たちが散開していく――。

東は不満そうだ。なぜ、自分を残したのかと問いたいのだろう。クリスは、何も言わずにターゲットの落下地点に向かって駆け出した。

「ここか……」

一段と強さを増す雨の中、ターゲットが転落したであろう地点を見つけた。

折れた針葉樹の枝が散乱していたが、ターゲットの姿はなかった。屈《かが》み込んで注意深く芝生の地面を観察する。

芝生が抉《えぐ》れている場所があった。

おそらく、ここに転落したことは間違いない。ホールの屋根はかなりの高さがあるが、針葉樹の枝と芝生で衝撃が吸収されたのだろう。

〈正面を確保しました。閉鎖して捜索に当たります〉

〈裏口を確保——捜索に当たります〉

散開していた隊員たちから、次々と報告が入る。

「すでに敷地から逃走したと思われます。応援を要請して、追跡に当たるべきです」

東が進言して来た。

もちろん好意からではない。敢えて無線をつないだままにしている。クリスがいかに無能かを、他の隊員にも知らしめたいのだ。

とはいえ、彼の判断は妥当なものだ。だが、クリスはすぐに追従する気にはなれなかった。反感からではない。引っかかることがあったからだ。

芝生でダメージが吸収されたとはいえ、ターゲットが手傷を負っているのは間違いない。すぐに逃走を図るほどの余力があったとは思えない。

クリスはすぐに応答はせず、改めて周囲に視線を走らせる。そこで、思わぬものを目にした。

　雨の当たらぬ軒先に、バックステージへと続くドアが一つあった。その下に、赤黒い染《し》みを見つけた。

　すぐに駆け寄って観察する。おそらく、血痕《けっこん》に違いない。

「建物の中か……」

「そんなことはあり得ません」

　すぐに東が否定にかかる。苛立ちはあったが、ここで批判し合ったところで、何の解決にもならない。

「裏口に血痕らしきものを発見した。繰り返す。ターゲットはホール内に潜伏した可能性が高い。各自、捜索に当たれ」

　次にクリスは無線を本部につなぎ、現状報告を行うとともに、コンサートホール周辺の捜索を依頼して無線を切った。

「自分は、すでに外に逃げたと思います」

　東が懲《こ》りもせずに主張する。なかなかしつこい男だ。

「周辺は別働隊に任せる。我々は内部の捜索だ」

　クリスは、一方的に告げると先陣を切ってバックステージへと通じるドアを開けた。

5

コウは壁に背中を預け、足を伸ばして床に座っていた——。

白い壁に囲まれた部屋だった。奥にはシャワールームと思《おぼ》しき一角がある。大きな鏡台が設置してあり、テーブルと椅子《いす》があるだけの殺風景な部屋だった。

コウをこの場所に連れて来た少女は、こちらに背中を向け、部屋の隅にある棚を漁《あさ》り、何かを探している。

拳銃《けんじゅう》を持ったコウに対して、あまりに無防備だが、コウに少女を撃つ意志はなかった。

「うっ」

右脚に強烈な痛みが走り、コウは小さく呻いた。壁に頭を押し当て、瞼《まぶた》を閉じて深呼吸を繰り返す。

「大丈夫?」

声に反応して瞼を開けると、すぐ目の前に少女の顔があった。

艶《つや》のある黒髪に、大きな瞳が印象的で、あどけなさがある。

それでいて、大人の女性のような魅惑的な色香もある。黒を基調としたドレスが、そう思わせているのかもしれない。

香水だろうか――微《かす》かに柑橘《かんきつ》系の香がした。

「お前は……」

「私の名前はミラ」

――ミラ。

コウは、頭の中でその名を復唱する。

可憐《かれん》で美しい彼女の容姿に似合った名前だと思った。

ミラと名乗った少女は、答えながら救急箱の蓋《ふた》を開けた。さっきから、彼女はこれを探していたのだろう。「手当をする――」と口にしていたが、本当にそのつもりらしい。

「何で……」

「あなたは？」

「え？」

「あなたの名前は？」

「コウ――」

名乗ると同時に、ミラの顔に驚きが広がった。

驚くのも当然だ。かつて、この国のシステムを破壊しようとしたテロリスト――草薙《くさなぎ》
巧《こう》と同じ響きの名前だからだ。

「いい名前ね」

ミラは言うのに合わせて、コウの足の傷口に消毒用のスプレーを吹きかけた。

塩を塗り込まれたような痛みが走ったが、悲鳴を上げずに済んだのは、目の前にミラがいたからかもしれない。

「傷は貫通しているみたいだし、動脈を傷つけたりはしていないから、あとは血止めをしておくわね」

少女は、早口に言うと、救急箱から傷口保護用のフィルムを取り出し、コウの傷口に宛《あ》てがった。

フィルムは、瞬《また》く間に皮膚と一体化し、見分けがつかなくなった。

ミラが言った。

「銃を置いて腕を出して」

だが、それに素直に従う気はない。銃の脅しがなければ、ミラは警察へ通報するだろう。

そんなコウの心中を察したのか、ミラが小さくため息を吐いた。

「その銃、弾が入ってないわよ」

「え？」

コウが困惑している隙《すき》に、ミラはコウの手から銃を取り、リボルバーの弾倉を開いて見せた。

彼女の言葉に嘘はなかった。そこには、弾など一発も入っていなかった。

何が護身用だ――キムたちに、完全に騙《だま》されていたらしい。

ミラは、怒りに震えるコウの右腕を強引に取り、肘《ひじ》の内側に圧縮式の注射器を打ち込んだ。

「何をした！」

「そんなに警戒しないで。痛み止めよ。これで、少しは楽になると思う」

ミラは小さく笑った。

こういうとき、礼を言うべきなのだろうが、戸惑いの方が強く、素直にその言葉が出て来なかった。

「慣れてるんだな……」

コウは、足の痛みが和らいでいくのを感じながら口にした。

「救護の専門課程を修了しているから」

ミラは、さも当然のように答えた。だが、コウのようにDNAランクの低い人間には、そうした教育を受ける機会すら与えられていない。

救護だけではない。語学、数学、歴史――ありとあらゆる知識において、最低限の教育しか行われない。やるだけ無駄だと思っているのだろう。

試しもせず、チャンスも与えず、下層の人間を無能だと蔑《さげす》む。それが、フロートアイランドに住む連中のやることとだ。

目の前にいるミラも、おそらくそうだろう。だが、だとしたら――。

「なぜ、おれを助けた?」

最初は、拳銃で脅されているからだと思っていた。だが、そうではなかった。

「なぜって……人を助けるのに、理由が必要?」

そんな風に返されるとは、思ってもみなかった。

「おれは、旧市街の人間だ」

「そうでしょうね」

「DNAランクはGマイナスだ」

「何が言いたいの?」

ミラが、分からないという風に首を傾《かし》げる。

「最下層のおれを、なぜ助けた?」

「DNAのランクで、人の命の価値は変わらないわ。そういう考え方って……」

いかにも哀しげにミラが目を伏せた。

コウの中で戸惑いが大きく膨らんで行く。答えを見つけられない思いは、やがて怒りに変わった――。

「おれは、テロリストかもしれないんだぞ!」

「あなたは、違うって言ったでしょ」

「それを──信じたのか？」

コウが驚きとともに口にする。

「あなたの目を見て、信じられると思ったから──現に、あなたは引き金を引かなかったでしょ」

ミラは、弾の入っていない拳銃をコウに返した。

あまりのことに、コウは言葉が出なかった。今まで、富裕層の人間は、誰もが壁の反対側──旧市街に住む貧困層を蔑み、嘲《あざけ》るものだと思っていた。それなのに、ミラは、コウを信じたという。

それは、コウの今までの価値観をひっくり返すのに充分過ぎるほどの衝撃だった。

「おれは……」

コウの思考を遮るように、ノックの音がした。

「はい」

少女が、緊張した面持ちで返事をする。

〈テロ対策班です。ここを開けて下さい〉

ドアの向こうから聞えて来た声に、コウの緊張は一気に高まった。

コウは右脚に負担がかからないように、壁を支えに立ち上がり、素早く視線を走らせる。

　この部屋には窓がなく逃げ道がない。奥にシャワールームがあるようだが、そんなところに逃げ込んだところで、すぐに見つかるのがオチだ。

　――どうする？

　コウが考えを巡らせている間に、ミラが意を決したように立ち上がると、「来て」とコウの腕を引っ張る。

「おれを突き出すつもりか――」

「声を出さないで。気付かれるわ」

　ミラは睨《にら》み付けたあと、強くコウの腕を引っ張り、奥のシャワールームに足を運ぶ。

〈開けて下さい〉

「ちょっと、待って下さい！」

　ミラは、ドアの先に向かって声を上げながら、シャワーのレバーを捻《ひね》ると、それを自分の頭に浴びせる。次に、ハンガーにかかっていたナイトガウンを羽織る。

「ここにいて」

　ミラはシャワーを止めると、コウをそこに残して出て行った。

　――何をするつもりだ？

　コウは、困惑しながらも、ドアをわずかに開けてその隙間から様子を窺《うかが》う。

ちょうど、ミラがドアを開けたところだった。

「すみません。シャワーを浴びていたもので――何でしょう？」

ミラは、タオルで髪を拭《ぬぐ》いながら言う。

「失礼しました」

動揺した男の声が聞えてくる。

ドレスの上からナイトガウンを着ているせいで、廊下のテロ対策班の連中は、ミラのシャワーを浴びていたという嘘《うそ》を信じたらしかった。

「ご用件は何でしょう？」

ミラは動揺した素振りも見せずに、毅然《きぜん》とした態度で問う。

「現在、逃走中のテロリストを追跡しています。そういった人物を見かけませんでしたか？」

「いいえ。用が無ければ、よろしいですか？　私、まだ途中なので――」

「テロリストが徘徊《はいかい》している可能性があります」

「ここは、電子ロックです。ご心配には及びません」

「しかし……」

「あの……とても、恥ずかしいんですけど、もうよろしいですか？」

ミラの言葉に「失礼しました」という返答とともに、ドアが閉められた。

コウは、ほっと胸を撫で下ろす。毅然と振る舞いはしていたが、緊張はミラも同じだったらしい。脱力したように、ぺたんとその場に座り込んだ。

どうやら、またミラに救われたらしい。

6

〈捜索していますが、未《いま》だ発見できません〉

〈こちらも、同じです〉

クリスの許《もと》に次々と無線連絡が入る。そのどれもが、推測を否定するものだった。

「やはり、ターゲットは外部に逃走したようですね」

たっぷりと厭《いや》みを込めた口調で東が言う。

もしかしたら、また判断を誤ったのかもしれない。だが、それをすぐには認めたくなかった。

東に対する意地もあるが、それだけではない。ターゲットは手負いだ。それは間違いない。

そんな状態で、街に出れば、哨戒している他の隊に発見されて然《しか》るべきだ。しかし、そういった連絡は入っていない。それに、ドアにあった血痕が、ターゲットがホールの中にいることを裏付けている。

「もう一度、捜索するぞ」

クリスは力強く言った。途端に、東の顔が歪《ゆが》む。

「まだ、そんなことを言ってるんですか？　無能にも、程がありますね——」

ここまで直接的に言われると、さすがに腹が立つ。

「無能かどうかは、結果が出てからにしろ！」

「もう出ています。楽屋から天井裏まで、全《すべ》てを捜索しましたが、ターゲットは発見できませんでした。なぜか？　その理由は、ここにはいないからです！」

東が早口にまくしたてる。

確かに、東の言う通りだ。くまなく捜したのにもかかわらず、ターゲットを発見できなかった。

やはり、間違いだったのか——固く拳《こぶし》を握ったクリスの脳裡《のうり》に、ふとある疑問が浮かんだ。

——本当に、全てを捜索したのか？

答えは「NO」だ。一箇所だけ、自分の目で確認していない場所がある。クリスは踵《きびす》を返すと一気に駆け出した。

「どこに行くつもりです？」

東が、あとから追いかけてくる。

立ち止まって説明する余裕はない。それに、口にしたところで、東がどんな反応を示すかは明らかだ。

幾つかの廊下の角を曲がり、クリスは目当ての部屋の前で足を止めた。出演者が使用している楽屋の一つだ。

「まさか、ここに居るなんて言わないですよね」

東が、怪訝《けげん》な表情を浮かべる。

「そうだ」

クリスが答えると、東の表情はより一層険しくなる。

「この部屋は確認しました。誰もいないと言っていたじゃないですか」

「直接、中に入って見ていないのは、この部屋だけだ」

「そうですが、誰の部屋か分かっているんですか？　もし、調べた上で何も出て来なかったら、ただでは済みませんよ」

東は、楽屋のドアの脇《わき》に表示された文字に目を向けた。

「分かっているさ」

——市宮ミラ。

それが、この楽屋の中にいた少女の名前だ。

彼女の父親は、ＤＮＡ鑑定技術の基盤を創造した人物の一人、市宮潤一郎《じゅんいちろう》だ。現在は、全国民のＤＮＡデータを管理監督するイチミヤコーポレーションを経営し、政財界に太いパイプを持っている。

首相よりも、発言力が大きいと言っても過言ではない。

それほどの人物の娘だからこそ、引け目があり、問答無用の捜索を行わなかった。訴えられでもしたら、首が飛ぶのは確実だ。

対応に当たったミラの恰好も、尻込《しりご》みする一因だった。シャワーの途中ということで、ナイトガウン一枚の姿だった。

あどけなさを残しながらも、妖艶《ようえん》な美しさのミラに、男として引け目を感じたのも事実だ。

ただ、今になって思えば、ミラの対応は不自然だったと言わざるを得ない。

あからさまに挙動が不審だったわけではない。逆に冷静過ぎたのだ。テロリストが徘徊していると言っても、彼女は動揺する素振りすら見せなかった。

「でしたら、この部屋ではありません。相手は、市宮ですよ」

東が、すがるような視線を向けて来る。

その言葉こそが、この国の歪みなのだろう。市宮家のＤＮＡランクは、それこそＳクラスだ。遺伝子上、優秀であることは間違いない。

だが、だからといって、彼らの全てが肯定されるわけではない。

それに、DNAレベルでは、人格まで計れない。環境が大きく影響しているからだ。にもかかわらず、この国の者たちは、定められたランクに絶対的に服従している。こういう姿を見ていると、かつて、世界を相手に戦争を挑み、本気で勝てると信じた無謀さも頷《うなず》ける。

自ら考え、行動を起こすことより、強者に従うことを良しとしているのだ。

「それは、疑惑を払拭《ふっしょく》する理由にならない」

クリスが言うと、東は信じられない――という風に表情を引き攣らせた。

「しかし……」

「報告でも、何でもすればいい。ただ、おれは、この部屋にテロリストが潜伏していると考えている」

クリスが毅然と言い放つと、東は何も口に出来ずに固まった。

そんな東を尻目に、クリスはウェストバッグに入った熱感知センサーを取り出し、センサー部分を壁に向け、モニターに目を向ける。

このセンサーは、熱を感知して表示させるものだ。壁を隔てていても、その先に人がいれば赤く表示されるはずだ。

結果は――部屋の中に、二人の人間がいることを示すものだった。

モニターを見ていた東の顔が凍りつく。

これではっきりした。クリスは、すぐにドアに駆け寄り、腰のホルスターから拳銃を抜いた。

7

「なぜ、助けた？」

座り込んでいるミラに、コウが問いかけて来た。だが、ミラはその答えを持っていなかった。

「分からない――」

ミラは、呟《つぶや》くように言いながら立ち上がり、コウに向き直った。

彼は、驚愕《きょうがく》の表情を浮かべたまま固まっていた。

今まで彼が、どんな人生を歩んで来たのかは分からない。だが、困難の連続であったであろうことは、容易に想像がつく。

富裕層の人間は、旧市街の人々を家畜と捉《とら》え、蔑んでいると思っていたのだろう。

口には出さなくても、目を見れば分かる。もしかしたら、ミラは、そんな人間ばかりではないと証明したかったのかもしれない。

「本当は、何があったの？」

しばらくの沈黙のあと、ミラはコウに歩み寄りながら訊《たず》ねた。

コウは、何かに怯《おび》えたように後退《あとずさ》ったが、すぐにバスルームのドアに阻《はば》まれた。まるで野性の動物のようだ。

富裕層の人間を怖れ、憎み、怯えている。同じ人間同士のはずなのに、それは酷く哀《かな》しいことだ。

「おれは……」

掠《かす》れた声で言ったあと、コウがわずかに俯《うつむ》いた。

「うん」

ミラは、コウのすぐ目の前まで歩み寄り、その手に触れた。

日に焼けて、ガサガサで、荒れた手だった。だが、それでも、自分たちと変わらぬ人の温もりがそこにはあった。

「おれには、妹がいる。病気なんだ。心臓が弱い……」

「治療すれば……」

「簡単に言うな！　治療費が幾らかかると思ってる？　お前たちにとっては、はした金でも、おれたちにとっては、一生かかっても返せない額なんだ！」

コウが、ミラの手を払い除《の》けた。

ズキッと胸に痛みが走った。決定的ともいえる価値観の違い――。

「ごめんなさい……」

「治療すれば、治ると分かってる。だけど金がない。このまま死んで行くのを、黙って見ていることしかできないんだ……」

コウの身体《からだ》が震えていた。

その姿を見て、ミラは自らを恥じた。自分は、旧市街の人たちを、家畜だと認識していない――そう思っていたが、今まで何かをしようとしたことはなかった。

フロートアイランドから旧市街を見て、かわいそうだと嘆いていただけに過ぎない。

絶対に安全な場所にいるからこそ抱く感情だ。本当に、その場にいる者たちにとっては、それは圧倒的な現実なのだ。

そのことを、今まで分かろうともしなかった――。

「ごめんなさい……」

ミラは下唇を噛《か》み、頭を下げた。

「お前、変わった奴《やつ》だな……」

コウが苦笑いとともに言う。

「なぜ?」

「富裕層の人間が、おれたちみたいな家畜に頭を下げるべきじゃない」

「そんな決まりはないわ。それに、家畜じゃない」

ミラが主張すると、コウはまた笑った。

今度は、本当に楽しくて笑っているようだった。同じ年の少年らしく、無邪気でかわいらしい笑みだった。

「妹を助けるために金が欲しかった……。そんなとき、ある仕事を頼まれたんだ。荷物を運ぶだけの簡単な仕事だ」

コウは、斜めがけにしたバッグをトントンと叩《たた》いた。

ミラは嫌な予感を覚えながらも「それで――」と先を促す。

「その仕事をこなせば、妹の治療費分が稼げる……それなのに、フロートアイランドに入った瞬間に、テロ対策班にテロ容疑がかかってるって呼び止められて……で、この様《ざま》だ」

コウは肩をすくめて、自嘲《じちょう》気味に笑ってみせた。

それに反して、ミラは戦慄《せんりつ》を覚えた。彼が何をさせられようとしていたのか、察しがついたからだ。

「あなたは、バッグの中身を知らないの？」

「ああ。おれの役目は、ただ届けるだけだからな」

コウは平然と答えた。

それを見ていて、ミラは胸が苦しくなった。

コウは、定められた仕事をこなせば、本当に高額の報酬が得られると考えている。そして、妹の元に戻れる——と。

バッグの中身も、事情も知らずに、コウは依頼者に従った。そうするしか、妹を救う方法がなかったからだ。

だが、おそらくコウのその願いは叶《かな》わない。

「そのバッグを貸して」

ミラは、コウに向かって手を差し出した。

「なぜ？」

コウは小首を傾げる。本当に、何も知らないのだ。

「バッグの中身は爆弾よ——」

ミラは、胸に走る痛みを堪《こら》えながら口にした。

今まで、ただの感覚でしかなかったこの国の歪みを、喉元《のどもと》に突きつけられたような気がした。

「爆弾——だと？」

コウが、困惑した顔でミラを見ている。

「そのバッグには、たぶんＧＰＳが仕込んであるの。指定された場所に行くと、発火装置が作動して、その中の爆弾が爆発する──」

ミラは、震える喉に意識を集中させながら言った。

昨今、フロートアイランドで続発していた自爆テロ。容疑者の身許をいくら洗っても、テロリストであるフォックスとのつながりが判明しなかった。

その理由の一つは、自爆しているので、容疑者の証言が取れないということもある。

そして、もう一つがこれだ──。

コウのように、何も知らない無関係な人間に、高額の報酬を餌《えさ》にして、テロを実行させているのだ。

「そのバッグを貸して」

ミラは、大きく息を吸い込んでから、もう一度口にする。

受け取ったところで、ミラがどうこうできる問題ではないが、このままコウがバッグを指定された場所に持って行けば、爆発する。

それに、爆発物を持っていたのでは、テロ対策班に逮捕されたとき、言い逃れができない。

いくらコウが事情を説明しようと、彼らはDNAランクの低い人間の言葉など、まともに取り合おうとはしない。彼は、間違いなく終身刑だ。

コウは、依頼を受けた瞬間から、すでに戻れない運命にあったのだ。

「早くバッグを……」

　ミラの声を遮るように、ノックの音がした。

〈テロ対策班です。この部屋の中に、テロリストの存在を確認しました。すぐにドアを開けて下さい〉

　ドアの向こうから、鋭い声がした。

「何を言っているんですか？　ここにいるのは、私だけです」

〈それを証明するために、ドアを開けて下さい。もし、開けないようであれば、強行突入します〉

　有無を言わさぬ物言いだった。おそらく、本気で入って来るつもりなのだろう。

　コウが、持っていた拳銃をドアに向かって構える。

　応戦するつもりなのかもしれない。

「そんなことをしたら、殺されるわ」

　ミラはコウに詰め寄る。

　そもそも、コウの拳銃には、弾など入っていない。

「逃がしてあげる」

　ミラは、意を決して口にした。

　テロ対策班を相手に、本当に逃げ切れるのか——正直、ミラには分からない。だが、それでも、コウには死んで欲しくなかった。

「どうやって……」

困惑の表情を浮かべるコウに、ミラは背中を向けた。

「私を、人質にして！」

ミラは、自分の声を他人事《ひとごと》のように聞いた――。

8

クリスは、拳銃を構えてドアの脇に待機していた――。

東が、電子ロックを解除すべく作業に当たっている。

批判的であった東だったが、ここまで来たら、もはや疑いを挟む余地はない。このドアの向こうにいる少女、ミラは嘘を吐《つ》いたのだ。

相手が、たとえ市宮潤一郎の娘であろうと、テロリストを匿《かくま》うのは犯罪行為だ。

「解除しました」

東が言うのと同時に、ピッとロックが外れる電子音がした。

クリスは、素早く部屋の中に飛び込んだ。

「動くな！」

叫んではみたものの、部屋の中の状況に、思わず息を呑《の》んだ。

ターゲットの少年であるコウは、背後から左手をミラの首に回し、右手に持った拳銃の銃口を、彼女のこめかみに押し当てていた。

――最悪の状況だ。

クリスは苦い息を漏らした。

「その女性を離せ！」

後から入って来た東が叫ぶ。

「銃を置け！　動けばミラを――彼女を撃つ！」

コウが吠《ほ》える。

東が、クリスに視線を向けて来た。この切迫した状況に晒《さら》され、目は泳ぎ、額にどっぷりと汗をかいていた。

かくいうクリスも、同じだ。緊張から、背中を汗が伝う。

強引に制圧する手もあるが、この状況では、失敗する可能性の方が高い。しかも人質は、市宮の娘だ。

「彼女は、人質にされていたんですね……」

東が苦々しく言う。

「そのようだ」

「ここは、一度退《ひ》いた方が、得策だと思います」

東の進言はもっともだ。人質がいる以上、ここで下手に強攻策に出るより、一度距離を置いて、救出の機会を窺った方がいい。

拳銃を置こうとしたクリスだったが、妙な違和感を覚えた。その正体は、人質に捕られているミラにあった。

自分の命が危険に晒されているというのに、ミラは真《ま》っ直《す》ぐに前を向いていた。富裕層にありがちな、自分は死ぬことはない――という根拠のない自信から来るものなのかと思ったが、それとは違う。

もっと別の何か――喩《たと》えるなら、信頼とでも呼ぶべきものなのかもしれない。

そして、その姿は、言い表せないほどに美しくもあった――。

「武器を置き、道を開けて下さい。この人は、本気です」

ミラが淡々とした口調で言った。

そこに恐怖や怯えは微塵《みじん》も感じられなかった。それが、またクリスの中にある違和感を増幅させる。

「君に彼女は殺せない。殺せば、人質を失うことになるんだ」

挑発と取られかねない発言であることは分かっている。だが、今言ったことは事実でもある。

それくらいのことは、ターゲットも分かっているはずだ。

「隊長！　何を……」

抗議しようとする東を押し退《の》け、クリスはずいっと前に歩み出る。

これは賭《か》けだ。だが効果はあるはずだ。

「彼女を殺した瞬間、我々は、君を射殺する。助かりたいから、人質を取っている。そうだろ」

クリスの言葉を受け、コウの表情に動揺の色が広がった。

だが、それはすぐに収まった。

「やってみるか？」

コウは、呟くように言った。

それは決定的な一言だと言えた。我慢比べをした場合、クリスたちの方が、圧倒的に不利だ。

「隊長！」

東が悲痛な声を上げる。

万が一のことがあった場合、責任を負いたくない――という思いが、ありありと感じられる。

正直、クリスも同じだった。ここでミラが死ぬようなことになれば、テロリストを取り逃がしたことを挽回《ばんかい》するどころの騒ぎではない。下手をすれば、自分たちが刑務所送りになりかねない。

「分かった。銃を置こう」

クリスは、ゆっくりと拳銃を床に置く。東も、それに倣《なら》った。あくまで、自分から行動しないところが、東たる所以《ゆえん》だ。

「入口から離れろ」

コウが鋭い視線を向けながら言う。

クリスは、東と視線で合図をかわし、後ろ向きに部屋を出つつも、腰に吊《つる》した警棒に手をかける。

ただの警棒ではない。手許のスイッチを入れると、高圧電流が流れる電磁警棒だ。これなら、決定的なダメージを与える必要はない。触れるだけで感電させ、行動不能にすることができる。

コウがミラを連れたまま、ゆっくりと部屋のドアに近づいて来る。

あと少し——部屋を出た瞬間が勝負だ。

クリスは、警棒を握る手に力を込めながら、ミラに視線を送った。こちらの考えを伝えようとしたのだ。

クリスの視線を受けたミラの瞳《ひとみ》が、何かを察したらしく揺れた。

「少なくとも、十メートルは、私たちから離れて下さい。警棒で襲いかかるなんて真似《まね》は、くれぐれも止《や》めて下さい。彼が、誤って引き金を引いたら、私は死ぬんです」

早口に言ったのはミラだった。

――なぜ？

その疑問が、クリスの頭の中を支配した。確かに、ミラの言うようなことが、起こらないわけではない。だが、その可能性に賭けてでも、助かりたいと思うのが普通ではないのか？

「隊長」

クリスは、東に促されてドア脇を離れ、廊下を後退る。

充分に離れたことを確認したあと、コウはミラを連れて楽屋から出て来た。

「逃げられると思っているのか？」

クリスは、コウを睨み付ける。だが、この状況では、ただの負け惜しみに等しい。

「逃げてみせる」

呟くように言ったコウの目には、強い光が宿っていた。

屋上で見たのと同じだ。フロートアイランドに住む人間たちとは明らかに異なる、野性ともいうべき鋭い眼光――。

「後ろを向いて下さい」

冷静な口調でミラが言った。

コウが指示して言わせているのか、或《あ》いは、ミラ自身の意志で言っているのか。だが、もしそうだとしたら、なぜ？

クリスは、考えを整理できないまま、背中を向けた。東もそれに倣う。

足音が少しずつ遠ざかって行く——。

「この先に、搬入用のエレベーターがあります。それで……」

微かにではあるが、ミラの声がクリスの耳に届いた。

クリスは、慌《あわ》てて振り返る。

タイミングを計ったように、コウがミラの手を引っ張り、走り出していた。いや、あれは、ミラがコウの手を引いているのかもしれない。

すぐに追いかけようとしたが、二人はすでに搬入用のエレベーターに乗り込んでいた。

「今の聞いたか？」

クリスが訊ねると、東は「は？」と首を傾げた。

ただの空耳か？　いや違う。あれは、確かにミラの声だった。やはり、彼女はテロの協力者だ。

「すぐに、地下に向かえ！」

クリスは、無線に向かって指示を出すのと同時に走り出していた。

ホールの地下には、駐車場がある。車を奪って逃走するつもりだろうが、その前に必ず押さえる。

真相は、そのあとに確かめればいい――。

9

「面倒かけやがって！」

一馬は、ぼやきながら、路上に停めておいた車の運転席に乗り込んだ。

降りしきる雨の中、駆けずり回ったので、髪も服もびしょ濡《ぬ》れだ。だが、それを気にかけている余裕はない。

エンジンをかけながら、無線をつなぐ。

フロントガラスの右下に、イヴの顔が表示された。

少女と呼んでいいほどに幼い顔立ちをしているが、表情に乏しいせいか、実年齢よりずっと年上に見える。

イヴは、息を呑むほどに美しいのだが、自然界ではあり得ないゴールドの瞳が異彩を放っている。

〈見つかりましたか？〉

イヴが、事務的な口調で訊ねてくる。

相変わらず表情は動かない。

「ああ。無線を傍受してた甲斐《かい》があったよ」

一馬は、アクセルを踏込み、車を急発進させながら答える。

ターゲットをロストしたときには、どうなることかと思ったが、下手に動かず、辛抱強く無線を傍受し、テロ対策班の動きを追ったお陰で、ターゲットの居場所を掴《つか》むことができた。

〈安心するのはまだです。あなたの役割は、ターゲットを捕捉《ほそく》することではないはずです〉

イヴは、眉《まゆ》一つ動かさずに言った。

「分かってるよ」

一馬は落胆のため息を吐いた。安堵《あんど》して喜んでいた自分を、情けなく感じる。だが、彼女の言う通りでもある。

捕捉しても、あくまで計画のスタート段階に戻ったに過ぎないのだ。それに、状況が当初より悪化していることに変わりはない。

「今から、ターゲットを確保に向かう」

〈了解〉

「かなり荒っぽいことになる。援護は任せたぜ」

〈そのために、私がいます――〉

自信に満ちた返答のあと、通信が切れた。

「愛想のねぇ女だよ」

一馬は、舌打ち混じりに吐き捨てる。

そもそも、イヴに愛想など求める方が間違っている。イヴだけじゃない。あの男にしても、終始仏頂面《ぶっちょうづら》で、愛想の欠片《かけら》もない。

だが、それでも一馬は、イヴやあの男に心酔している。

その計画に賛同したというのもある。だが、それだけではない。そもそも、あの男は全ての計画を一馬に話してはいない。

それは、一馬だけではない。あの男の一番の側近であるイヴですら、計画の全容は把握していないだろう。

それでも、一馬が従うのは、あの男の持つ、絶対的なカリスマ性に惹《ひ》かれ、圧倒的な力を見たからだ。

あの男なら、自分にできないことをやってのけることができるはずだ。

今回の作戦にしてもそうだ。ターゲットが、計画においてどんな役割を果たすのか、一馬には報《しら》されていない。

興味がないといったら嘘になるし、作戦の内容に納得もいっていない。

自爆テロの駒《こま》として、使い捨てにされるはずだった少年を、こうまでして奪還しようとする理由が分からない。

だが、それでも、それに従う。

あの男も、イヴも、その存在自体が闇《やみ》であるかのように、陰鬱《いんうつ》な空気を孕《はら》んでいる。

だからこそ、その先には、希望の光がある——一馬は、そう信じている。

光とは常に闇の中から生まれるものだからだ。

一馬は、降りしきる雨の中、猛スピードで車を走らせた。

10

市宮潤一郎は、窓の前に立ち、眼下に広がる景色に目をやった——。

セントラルタワーの最上階にある自分の部屋だ。壁一面が、全てガラスで覆《おお》われている。世界で一番高い部屋から見る景色は、格別のものがある。

色とりどりの煌《きら》びやかなネオンが、セントラルタワーを中心に、放射状に広がっている。

その先には、黒い海——今は、川ほどの幅しかないが——そして、その先には、巨大な堤防、ライフゲートが聳《そび》え立っている。

さらに、その先には、瓦礫《がれき》の上に再建された工場地帯が広がっている。

あの瓦礫の中から、よくぞ復興したものだ――。

市宮は、こうやって街を見下ろす度に、感慨を覚える。

当然、様々な批判はあった。人道的に云々《うんぬん》と声高らかに叫ぶ者たちも、決して少なくはなかった。

だが、あのときの日本には、そんな悠長なことを言っている余裕などなかった。

速やかに復興を遂げなければ、あの混乱に乗じて、ロシアや中国が日本を属国にすべく侵攻して来たことは明らかだ。

現に復興は成った。それだけではない。優秀な遺伝子情報を持つ者を支援したお陰で、衛星軌道上からの太陽光発電システムの構築により、日本のみならず、世界のエネルギー問題を解決に導きもした。

この世界から、放射能による恐怖を取り払ったと言っても過言ではない。

だが、そこに多くの犠牲があったのも事実だ。

――草薙《くさなぎ》。

市宮はかつての友の名を呼んだ。彼は、もう存在しない。苦痛の中で命を落としたのだ。その死に様は、今も市宮の脳裡に焼き付いている。

感傷を遮るように、デスクの上のモニターが表示された。

「何だ？」

市宮は、モニターに顔を向ける。

秘書のマユからの通信だった。

〈仁村様がお見えです〉

マユが簡潔に告げる。

「通せ――」

〈かしこまりました〉

丁寧な応対のあと、通信は切れた。

自嘲気味に笑いながら、市宮は改めて窓の外に目を向けた。

赤色灯を明滅させながら走っているテロ対策班の車輛《しゃりょう》が見えた。微《かす》かにではあるが、耳障《みみざわ》りなサイレンの音も聞えた。

やがて、部屋のドアが開き、マユが仁村を連れて入室して来た。

「お連れしました」

「分かった」

市宮が目で合図をすると、マユは全てを心得、丁寧に一礼したあと、部屋を出て行った。

「どうだ。支配者の眺めは——」

仁村が部屋に入って来た。

端正で甘いマスクをしているが、その表情はいつも固い。真面目《まじめ》を絵に描いたような男だ。

「お前が皮肉とは、珍しいな」

市宮は、応接セットのソファーに深く身を沈めた。勝手知ったる仁村も、それに倣って向かいに座る。

仁村は、テロ対策班を始め、警察組織を統合する警察本部のトップを務める男だ。

だが、この男も震災前は旧警察組織の中間管理職に過ぎなかった。

それなりの地位ではあったが、旧態依然としたかつての警察の中では頭打ちで、仁村がトップになることはあり得なかっただろう。

仁村を現在の地位まで押し上げる手助けをしたのは、誰あろう市宮だ。もちろん、好意ではない。共犯関係のなれの果てだ——。

「で、用件があるなら早くしてくれ。今日は、娘の演奏会がある」

市宮が言うと、仁村はちらりと腕時計に目を向けた。

「もう始まってるんじゃないのか？」

「だろうな」

「だったら、慌てて行くこともないだろう」

「別に、客席にいる必要はない。終わるまでに駆けつけて、素晴らしかったと声をかければいい。それより、用件を言ってくれ」

市宮は、苛立《いらだ》ちを呑み込みながら先を促す。

「実は、最近、良からぬ噂《うわさ》を耳にしてね——」

「何だ？」

「クーデターを目論《もくろ》む連中がいるって噂だ」

仁村の話を聞いても、別に驚くことはなかった。

「今に始まったことではないだろう。確か、フォックス——と言ったか？」

市宮は、最近よく耳にするテロリストの名を口にした。

フォックスが単独の名を指すものなのか、組織の呼称なのかは分からない。ただ、この一年で断続的にフロートアイランドで自爆テロを行っている。

その後、各メディアに電子メールでフォックスから犯行声明が届いている。

「フォックスがやってるのはテロだ。あんなものは、遊びに過ぎん」

「その割りには、未だその正体すら判明していないじゃないか」

痛いところを突かれたことに、仁村は露骨に嫌な顔をした。

「とにかく——だ。テロとクーデターは完全な別物だ」

「革命を起こそうというわけか？　旧世代ならまだしも、現在において、そんな殊勝な考えをする奴がいるとは思えん。それに、それはどこからの情報なんだ？」

「マクレーンだよ」

なるほど――マクレーンの呼称で呼ばれる組織といえば、一つしかない。アメリカのCIAだ。

日本は、大きく変わった。だが、アメリカにとって日本がアジア防衛のための前哨基《ぜんしょう》地であるという認識は、震災前から何も変わっていない。

もし、日本でクーデターなど起きようものなら、彼らは大事な基地を失うことにもなりかねない。

「根拠はあるのか？」

「ただ、注意せよ――というだけで、向こうも詳しい情報を落としてはくれなくてね」

「曖昧《あいまい》な情報だな」

「そうともいえん。相手はマクレーンだ」

仁村の主張には、頷かざるを得ない。

根拠になる部分を隠しているだけで、不正確な情報をわざわざ他国に伝えるような組織ではない。

「やはり、フォックスが、それではないのか？」

市宮が言うと、仁村は首を左右に振った。

「たぶん違う。あれは……」

言いかけた仁村の声を遮るように、彼のタブレット端末が、けたたましい音を立てて鳴った。

非礼を責めたいところだが、警察組織のトップである以上、いついかなるときも、緊急事態に備えなければならない。

仁村は席を立ち、少し離れた場所に移動し、囁《ささや》くような声で誰かと話を始めた。

「マズイことになった」

仁村が、苦笑いとともに言う。

「またテロか？」

「ああ。だが、問題はもっと深刻だ。テロリストが、君の娘を人質に捕ったらしい」

「なっ、何だと！」

市宮は、驚きとともに立ち上がった。

「安心してくれ。君の娘は、無傷で返す。息子の婚約者でもあるんだ」

そう言って、仁村は足早に部屋を出て行った——。

11

コウは、搬入用のエレベーターに凭《もた》れるようにして、ため息を吐いた。

全身にびっしょりと汗をかいている。これほどの緊張を味わったのは、初めてのことだ。

ふと、隣に目を向けると、ミラが自分の胸を押さえて俯いていた。

「大丈夫か？」

声をかけると、ミラが顔を上げた。

そこには、さっきまでの気丈さも、冷静さもなかった。今にも壊れてしまいそうなほど弱々しい表情をしていた。

「私……とんでもないことしちゃった……」

ミラが、微かに笑みを浮かべた。

「ゴメン……おれのせいで……」

まるで、巨大な津波のように襲って来た後悔の念に、助かった——という安堵の気持ちは根こそぎ押し流された。

今、自分がこうしてここにいられるのは、ミラの犠牲があってのことだ。

富裕層でありながら、コウのようなDNAランクの低い男の言葉を信じ、そして救おうとしてくれた。

その行動は、今までコウの中にあった価値観を破壊するのに充分過ぎるものだった。

「謝らないで」

「だけど……君には……」

「こういうときは、お礼を言うべきじゃない？」

そう言ったあと、ミラは笑みを浮かべた。さっきの引き攣《つ》ったものとは違い、弾《はじ》けるような笑顔だった。

ミラの望む通り、礼を言おうとしたコウだったが、その前にエレベーターが地下三階に到着して扉が開いた。

「行きましょう」

ミラが、毅然《きぜん》とした足取りでエレベーターを出て行く。

コウもそのあとに従った。

駐車場らしく、沢山の車が整然と並んでいる。

「使える車があるといいんだけど……」

ミラが視線を走らせながら歩いて行く。ここに来て、コウはようやくミラが地下に逃走した意図を察した。

車が確保できれば、徒歩で逃げるよりはるかに有効だ。

コウも車の物色を始めようとしたのだが、それを遮るように、眩《まばゆ》い光が浴びせられた。

目を細めて、光の正体を探る。

黒い影が六つ――テロ対策班の制服を着た男たちだった。どうやら、先回りされていたらしい。

「君たちは、包囲されている。無駄な抵抗は止めろ」

一人の男が、ずいっと前に歩み出て来た。ブルーの瞳をした隊長の男だ。

「くそっ！」

コウは、吐き出しながらも銃口を向けて牽制《けんせい》する。

「私を人質に――」

ミラが、寄り添うようにコウに近付き囁いた。

確かにそれが、逃げるための最善の策だ。

「最初に言っておくが、私は、彼女を人質とは認識していない」

冷徹な口調で言った隊長の言葉が、衝撃となってコウの中を駆け巡った。

今の言葉の意味は明白だ。コウだけではなく、ミラをもテロリストとして認識したということだ。

コウの中に、熱い感情が湧《わ》き上がる。

それは、単純な怒りではない。ミラを巻き込んでしまったことに対する自責の念だ。

「笑わせんな」

コウは、隊長の男を睨《にら》み付けながら言った。

「君たちは――」

「一緒にすんじゃねぇ！　おれたちを家畜と見下し、管理者面したクソどもと、一緒にすんじゃねぇ！」

コウは、絶叫に近い声を上げながら、ミラに拳銃《けんじゅう》を向けた。

困惑したミラの視線が、胸に突き刺さる。

「銃を下ろせ」

隊長の男がトリガーに指をかける。

「おれの目的は、最初からこの女を殺すことだったんだよ！」

「コウ……」

ミラが、掠れた声で言った。

「気安く呼ぶんじゃねぇ！　さっさと死ね！」

コウは叫び声を上げた。ミラは、それでも、真っ直ぐにコウを見ていた。まるで、コウの考えを全て察《すべ》しているかのような目だった。

何か言いたそうに、口を動かす。

──言うな！

コウは、その思いを込めてミラを睨んだ。

「銃を下ろせ！」

隊長の男が、強い口調で言う。

「うるせぇ！」

コウは、トリガーにかけた指に力を込める。

それと同時に、銃声が轟《とどろ》いた──。

撃ったのは、隊長の男だった。

気付いたときには、コウは仰向けに倒れていた。

ミラの悲鳴が、駐車場にこだまする。

右の首筋に、焼け付くような痛みが走った。手を当てると、びっしょりと濡れていた。おそらくは、自分の血だ。

──これで死ぬのか？

諦《あきら》めにも似た感情が、胸の中に広がり、頭の中が白い光に包まれていく。その光の先に、微笑《ほほえ》んでいる少女の顔があった。

妹のユウナの顔だ。それが、やがてミラの顔と重なった。

「お願い！　立って！」

哀しみに満ちた、ミラの声がした。

——おれは、まだ死ねない。

身体の奥から、熱い何かが込み上げて来て、コウの意識は一気に覚醒《かくせい》した。

テロ対策班の隊員たちが、コウに近づいて来る。

指を動かしてみる。まだ、感覚は残っている。拳銃は、まだ握ったままだ。首の傷も、幸いにして掠めただけで、致命傷ではないらしい。

「来るな！」

コウは、首筋を押さえながらも、立ち上がり、拳銃をテロ対策班の男たちに向けた。

彼らは一斉に自動小銃を構える。

——ヤバイ！

コウは、踵《きびす》を返して一気に走り出した。

それと同時に、自動小銃が火を噴く。凄《すさ》まじい勢いで放たれた弾丸は、車に、あるいはコンクリートに無数の穴を空けた。

コウは、間一髪のところで、柱の陰に身を隠すことができた。

弾倉の交換をしているのだろう。一瞬だけ、銃声が止んだ。

「もう止めて下さい！」

ミラの声がした。彼女が無事であることに、胸を撫《な》で下ろす。

だが、ほっとしてはいられない。テロ対策班は、もうコウを殺すことに対して躊躇《ためら》いがない。こんなところに隠れたところで、蜂《はち》の巣にされるのは時間の問題だ。

そう思っている間に、再び銃撃が始まった。

浴びせかけられる銃弾で、コウの隠れている柱が削られていく。反撃に転じようにも、コウの持っている拳銃に、銃弾など入っていない。

――ここまでか。

どんなに抗《あらが》おうとしても、諦めが、頭の中を支配し、みるみる力が奪われていく。

いや――まだ、終わりじゃない。

無茶かもしれない。無謀かもしれない。だが、それでも、柱の陰から飛び出し、逃げ切れる可能性はゼロではない。

どこまで行けるか分からない。だが、それでも、行けるところまで――。

コウは、意を決して柱の陰から飛び出した。

テロ対策班の男たちが、待ち構えていたかのように自動小銃の銃口を向ける。

その瞬間、コウは自らの考えが、いかに甘かったかを悟った。弾丸の雨の中、逃げ切れるはずなどないのだ。

絶望に搦《から》め捕られたまさにそのとき――テロ対策班とコウの間に割って入るように、一台の車が走って来て、コウの前で急停車した。

黒のレクサスだった――。

呆然《ぼうぜん》としているコウの目の前で、助手席のドアが開いた。

「乗れ！」

運転席に座っていた、長髪にひげ面の男が鋭く言い放つ。

まったく見覚えのない男だった。

「いいから、早く乗れ！」

男は、絶叫にも似た声で言う。

この男が何者で、何を考えているのかは分からない。だが、少なくとも死ぬよりはマシだ。

コウは、すぐに車に飛び乗った。

ドアを閉める前に、車は急発進する。それを、激しい銃弾が追いかけて来る。

ガラスが砕け、車のボディーに幾つも穴が空く。

それでも、車はタイヤを鳴らしながら走り、スロープを上って行く。

やがて、車は銃弾の雨を引き離し、地上に出た。

「まったく。せっかくの新車がボロボロだ」

運転席の男が、ぼやくように言った。

「あんたは？」

コウは、運転席の男に改めて目を向けた。

「一馬だ。握手はしねぇぞ。おれは、お前のバカさ加減に、うんざりしてんだからな」

一馬と名乗った男は、早口に言いながらハンドルを切る。

「どこに行くつもりだ？　あんたは、何者で、何でおれを助けた？」

「いっぺんに訊《き》くんじゃねぇよ。逃げ切れたら、まとめて教えてやるよ」

一馬は、苦々しく言うと、さらに車のスピードを上げた。

12

「クソッ！」

クリスは、自動小銃を全弾撃ち尽くしたところで、吐き出した。

白く漂う硝煙の向こうに、車は走り去って行った――。

今回の件は、想定外の連続だった。状況を改善させるために奔走したが、全ての判断が裏目に出た。

後悔と悔しさで、身を裂かれるようだった。だが、ここで立ち止まっている余裕はない。クリスは、すぐに本部に連絡を入れた。

「ターゲットは、仲間と思われる人物の車で逃走――車のナンバーは……」

〈状況は把握している〉

テロ対策班の本部長である樺沢《かばさわ》が、クリスの言葉を遮った。極めて無機質で、事務的な口調だった。

嫌な感覚が、クリスの胸の内に広がる。

「我々は、すぐにターゲットの追跡に……」

〈もういい――〉

樺沢の言葉には、落胆と失望がはっきりと表われていた。

胸の奥に、ズキッと痛みが走る。彼の失望が、何を意味するのかを理解しているからだ。

「しかし、テロリストをこのまま逃がすわけには――」

〈ハウンドが三機、追跡に向かった〉

「ハウンド――ですか？」

クリスは、驚きとともに口にした。

猟犬の意を持つハウンドは、テロ制圧を目的とした装甲車輛のことだ。

車輛といっても、車とは明らかに形状が異なる。流線形のボディーに節足動物のような六本の脚を備え、それぞれにタイヤが装着されている。

巨大なカナブンを思わせる形をしているが、その性能は折り紙付だ。

整地された場所で脚部のタイヤを稼働《かどう》させれば、時速百キロでの走行が可能になる。沼や小川、荒れ地などの足場の悪い場所では、六本の脚を巧みに利用して進行する。

外装は装甲車輛と同等で、拳銃程度ではビクともしない。

催涙弾、閃光弾《せんこうだん》の他に、19式重機関銃が二門装備され、赤外線追尾型の小型ミサイルまで搭載している。

しかも、それら全てが搭載されたAIによってコントロールされているのだ。

コンセプトはテロの制圧だが、殲滅《せんめつ》といっていいほどの重装備だ。

〈そうだ〉

「しかし、テロリスト一人相手に、そこまで……」

〈そこまでの状況にしたのは、君たちだと認識している〉

その一言で、クリスは何も言えなくなった。

自分たちが確保、あるいは射殺していれば、ハウンドが出撃することなどあり得なかったのだ。

〈救急隊が到着するまで、人質となった市宮ミラの保護に当たれ〉

クリスは、チラリとミラに目を向けた。

壁に凭れるようにして、佇《たたず》んでいる。遠くを見つめる目の奥で、何を考えているのかは計り知れない。だが——。

「彼女は、テロリストと共謀関係にあった可能性があります」

クリスは、一段と声を低くして告げた。

〈テロリストは、彼女が標的だったと主張していたではないか〉

確かに、コウは、ミラを殺害することが目的だったと主張した。だが、クリスはその言葉を額面通りには受け取れなかった。

あれは、ミラを守るために放った言葉のように思えた。それに――。

「彼女の行動は、明らかにテロリストを庇《かば》うための……」

〈つまり君は、自分たちの失敗は、彼女のせいだ――そう言いたいのかね？〉

「いえ、そういうわけでは……」

〈そもそも、市宮ミラのDNAランクがどれほどのものか、君は知っているのかね？〉

「はい」

はっきりとデータを見たことはないが、市宮の血筋だ。Sランクは間違いないだろう。

〈そんな人物が、テロと関わりを持つと本気で思っているのかね？〉

クリスは、思わず「はい」と言いそうになるのをぐっと堪《こら》えた。

DNAランクは、その人の能力の目安ではあるが、人格や思想、行動を決定付けるものではないはずだった。

だが、この国の人間たちには、そうした発想はない。

優れた人間は、優れた思想を持ち、優れた判断をする。そう信じて疑わないのだ。

〈とにかく、救急隊の到着まで、市宮ミラを保護すること。なお、君の隊長としての権限は、現時刻をもって剝奪する〉

樺沢の宣告を受けても、さほど驚きはなかった。予《あらかじ》め想像できていたことだからだ。

「了解しました」

苦渋とともに通信を終えて振り返ると、そこには東が立っていた。

視線がぶつかる。彼も無線は聞いていたはずだ。嘲《あざけ》り笑うのかと思っていたが、東は苦い顔をしたあと俯《うつむ》いた。

「残念です……」

東が、沈んだ声で言った。

今まで、散々クリスに反発していた男が、なぜそんな言葉を発したのか、そもそも本心なのかも分からない。

ただ、嘲り笑ってくれた方が、よほど楽だった。

クリスは無言のまま東の脇《わき》を抜け、ミラの許《もと》に歩み寄った。

ミラが、クリスの存在に気付き、わずかに顔を上げる。

DNAランクの高さ故《ゆえ》か、あるいは、もっと別の要因からか、ミラは息を呑《の》むほどに美しかった。

「一つだけ、訊かせて下さい」

クリスが口を開くと、ミラの目に警戒の色が浮かんだ。

尋問されるとでも思っているのだろう。だが、クリスには、そんな気は毛頭なかった。今さら、何を言ったところで手遅れだ。クリスは今日中にでも、DNAランクの通りの、役立たずのレッテルを貼《は》られ、テロ対策班はおろか、警察官としての任をも解かれるだろう。

それでも、ミラに質問をぶつけたのは、個人的にどうしても知りたかったからだ。

「あなたは、なぜ、彼を助けたんですか？」

誰が何と言おうと、ミラがコウを逃がそうと行動していたのは、明白な事実だ。

クリスは、その理由をどうしても知りたかった。

「私は……」

「ミラ！」

ミラの言葉を遮るように、一人の少年が彼女の許に駆け寄って来た。

仕立てのいい服を着ている。いかにも苦労知らずのお坊ちゃまといった感じの少年だ。

底辺を生き抜いて来たクリスとは、根本が違う。

これが、DNAによってもたらされるものなのか、或いは、生活環境によってのものなのか、クリスには判断ができなかった。

クリスは、苦笑いを浮かべたあと、その場を立ち去った。

背中にミラの視線を感じたが、振り返ることはしなかった。何だか、全てがどうでもよくなった。

そもそも、今さら、ミラがなぜコウを助けたのか知ったところで、クリスの未来が変わるわけではない。必死に築き上げて来た地位が、たった一晩で粉々に砕け散ったという事実が、ただそこに横たわっているだけだ。

クリスは、自らの目の前にあった光が消えたことを知った——。

13

「どこに向かってるんだ？」

コウは、猛スピードで走る車の中で、右に左にと身体《からだ》を振られながら、運転席の一馬に訊《たず》ねた。

「この島から出るんだよ」

一馬は、素早くハンドルを切る。

彼の言葉の通り、前方にフロートアイランドと本土とをつなぐ橋、ゲートブリッジが見えて来た。

だが、ゲートブリッジには、検問所がある。簡単に抜け出せるはずがない。

コウがそのことを指摘すると、一馬はニヤリと笑って見せた。

「後部座席に、黒いケースがあるだろ」

コウが振り返ると、一馬が言った通り、幅が一メートルほどある大きなケースがあった。

「ああ」

「後部座席に移って、そいつの中身を引っ張り出せ」

一馬が何者で、何を考えているのか分からない。だが、彼が命をかけてコウを救い出したことだけは事実だ。

今は、逃げ切るためにも、彼の指示に従うしかない。それに、気取りのない一馬に、好感を抱いてもいた。

コウは、シートの間を抜けて後部座席に移動する。ケースの蓋《ふた》を開けると、中に入っていたのは、ロケットランチャーだった。

「何で、こんなもの……」

「そんなのは、今はどうでもいい。弾は装塡《そうてん》してある。あとはトリガーを引くだけだ。何をするのかは分かるな」

「本気なのか?」

　コウは、驚きとともに口にした。

　無茶苦茶にも程がある。

「早くしろ！　もう検問所は目の前だ！」

　一馬の言う通り、鉄製のゲートで閉じられた検問所まで、百メートルほどのところまで迫っていた。

　フロントガラスは地下駐車場での戦闘で、粉々に砕け散っているので、身体を外に出す必要はない。コウは、後部座席に座ったまま、ロケットランチャーを肩に担《かつ》ぐようにして構えた。

「くれぐれも、狙《ねら》うのはゲートだけだぞ。死人は出したくないんでね」

　冗談交じりに言う一馬の口調に、彼の人柄が滲《にじ》み出ているようだった。コウも同じ意見だ。

　フロートアイランドに住む富裕層の連中は気に食わない。だが、フォックスのように、テロによって命を奪う連中はもっと嫌いだ。

　コウ自身が、テロリストに仕立てられそうになっていたことが、余計にそう思わせているのかもしれない。

「撃て！」

　一馬が叫ぶ。

コウは狙いを定めてトリガーを引いた。

反動はほとんど無かった。弾頭が、白煙を上げながら真《ま》っ直《す》ぐゲートに向かって行き、ゲートの下部に命中した。

真っ赤な炎が爆《は》ぜ、地響きとともに衝撃が突き抜ける。

熱風とともに車は大きくバウンドする。

「伏せてろ！」

一馬は、炎に包まれたゲートを強引に突っ切った。

コウは身を伏せる。車内は熱風と煙に包まれたが、それは一瞬のことだった。

「ひゃっほーい！」

一馬の歓喜の声とともに、車はゲートを抜けた。

コウは、今の状況が信じがたかった。一時は、死すら意識した。だが、生きている。

前方に、旧市街の街並みが見えた。いつもは陰気臭いと感じ、忌《い》み嫌っていたはずなのに、今は懐《なつ》かしいもののように思えた。

ほっと胸を撫で下ろしたコウだったが、それと当時に、保留にしていた疑問が首をもたげた。

「あんたは、なぜおれを助けたんだ？」

コウが訊ねると、一馬は煤《すす》に塗《まみ》れた顔を、一瞬だけ後ろに向けた。

「それが、任務だからだ」

「任務？」

「そう。おれの任務は、テロリストに成り下がったお前を、救出することだ」

一馬は、さも当然のように言うが、コウにはまるで意味が分からない。

「なぜだ？」

「理由は知らん。おれは、与えられた任務をこなしただけだ」

「誰なんだ？　誰が、何の目的で、そんな任務を――」

「お客さんだ。無駄口は、終わりだ」

一馬が、後方を振り返りながら言った。

釣られて振り返ったコウは、驚愕《きょうがく》で目を見開いた。ゲートブリッジの後方から迫る物体が三つあった。

小型車ほどの大きさで、流線形をした胴体からは、六本の脚が突き出している。まるで、巨大なカナブンのような物体が、猛スピードで追いかけて来ていた。

「なっ、何だあれ？」

「ハウンドだよ」

一馬が、強くアクセルを踏込みながら答える。

「ハウンド？」

「対テロ制圧用の無人歩行ロボットさ。まあ、走るときはタイヤだけどな」

「捕まえる気なのか？」

「バカいえ。政府は制圧用なんて綺麗事《きれいごと》を言ってるが、あれは殲滅用の戦車だ」

一馬の言葉を証明するかのように、ハウンドのサイドにある装甲の一部が開き、二門の重機関銃が現われた。

「嘘《うそ》だろ――」

コウの言葉が合図であったかのように、ハウンドの重機関銃が火を噴いた。

連続した爆音とともに、凄まじい弾丸の雨が、降り注ぐ。

一馬が車を蛇行させ、何とか銃撃をかわしたものの、こんな強烈な攻撃を、そうそう何度もかいくぐれるものではない。

「武器は？　武器はないのか？」

コウは、必死に周辺を探しながら叫ぶ。

「さっきので終わりだ」

「なっ！」

「それに、ハウンド相手に、ロケットランチャーでは分が悪い――頼む。イヴ。早くしてくれ」

一馬が悲鳴にも似た声を上げる。

──旧市街は、すぐ目の前だというのに！

コウは、後方から迫るハウンドに目を向けた。都市迷彩が施されたその異様な形状は、絶望感を煽《あお》るのに充分過ぎるほどだ。

そんなコウを嘲笑《あざわら》うかのように、今度はハウンドの上方のパネルが開く。

そこには、追尾型の小型弾頭が並んでいた。一馬の言う通り、これは制圧用なんて甘っちょろいものではない。殲滅するために造られた戦車だ。

「ミサイルだ！」

コウが叫ぶのと同時に小型弾頭が発射された。

蛇行するような軌道を描きながら、弾頭が迫ってくる──コウが認識できたのは、そこまでだった。

強烈な爆発音と衝撃──コウの身体が宙に投げだされた。

14

ミラは、無言のまま歩き去って行くテロ対策班の隊長の背中を見つめた──。

──なぜ、コウを助けたのか？

その問いに対して、ミラは何も言わなかった。言いたくなかったのではない。ミラ自身が、その答えを持っていなかったからだ。

コウに同情したのは確かだし、彼の言葉を信じたのも事実だ。だが、それだけで、これだけ大胆な行動に出るとは、自分でも信じられないくらいだ。

ごく僅《わず》かな時間ではあるが、コウと言葉をかわし、自分の中に長年燻《くすぶ》っていた歪《ひず》みの正体を見た気がした。

もしかしたら、コウを逃がすことで、その歪みを正したかったのかもしれない。

「ミラ！　大丈夫か？」

肩を揺さぶられて、ミラははっと我に返った。

マコトだった。

いかにも心配そうに、ミラの顔を覗《のぞ》き込んでいる。

マコトは、整った顔立ちをしている。そこに苦悩や葛藤《かっとう》はなく、満ち足りた目をしている。だが、同時に、ミラには生気がないように思えた。

コウのように、今を生き抜こうとする強い意志――それは、生物として、当然備わっているものであるはずなのに、フロートアイランドの安穏とした生活環境が、そうしたものを奪ってしまったのかもしれない。

「ミラ……かわいそうに。こわかったんだね……」

マコトが、ミラを強く抱き締めた。

ミラの心が、ざわざわっと音を立てて揺れる。この腕は、何の苦労も知らない。今、こうやってミラを心配している。その感情に、嘘はないのだろう。だが、今まで、彼は何をしていたのか？

騒ぎは知っていたはずだ。だが、かかわろうとはしなかった。

自分たちは、常に安全な場所から見下ろしている。しかし、その安全な場所を造っているのは、自分たちが蔑《さげす》む下層階級の人間たちだ。

コウのように、苦しみと葛藤を抱えながら、それでも、生きようとしている人たちだ。

そう思うと、耐えられないほどの嫌悪《けんお》感がミラを襲った。

気が付いたときには、マコトの腕をふりほどき、彼の身体を押し退《の》けていた。

「どうしたんだい？」

マコトが困惑した表情を浮かべる。

「何でもないわ」

ミラは、マコトに背中を向けた。

もう、彼の目が見られなくなっていた――。

「君をこんな目に遭わせた奴《やつ》は、許せない！」

マコトが怒りを露《あら》わにした。

この怒りも、多分、本心なのだろう。だが、行動を起こすのは、彼ではない。彼は、誰かを駒《こま》のように動かすだけだ。

「いいの。もう大丈夫だから」

「怖かったんだね。でも、もう大丈夫。まったく。パパは何をやっているんだ……」

その先のマコトの言葉は、一切頭に入って来なかった。

この人は、何も分かっていない。分かろうとしていない。しかし、それは、今までの自分も同じだった。

だが、ミラはもう知ってしまった――。

「救急隊が到着しました」

テロ対策班の隊員の一人が、声をかけて来た。

別に、怪我《けが》を負っているわけではないので、救急隊は必要ない。だが、一刻も早くマコトの前を離れたかった。

「はい」

ミラは返事をして、テロ対策班の隊員のあとに続いた。

マコトも追いかけて来ようとしたが、「一人で大丈夫――」と押し戻した。そのままエレベーターに乗り込んだ。

コウと一緒に乗ったエレベーターだ。

ふと、彼の顔が頭を過《よ》ぎる。

胸を鷲摑《わしづか》みにされたように、強い痛みが走った。

――彼は、無事だろうか？

そのことが気がかりだった。彼には、生き延びて欲しい。それが、どういった感情からくるものなのか、ミラ自身分からなかった。

「あの……テロリストの人は、捕まったんですか？」

地上に出て、救急隊の車に乗り込む前に、テロ対策班の男に訊ねてみた。

「まだ、捕まったという報告は受けておりません。ですが、時間の問題でしょう」

男は微《かす》かに笑みを浮かべた。

「自信があるんですね」

「ハウンドが投入されましたから――」

「ハウンドが……」

ミラは戦慄《せんりつ》とともに口にした。

対テロ制圧用などと標榜《ひょうぼう》しているが、あれは完全な兵器だ。ハウンドを投入したということは、生きて捕まえる意志がないことの現われだ。

正直、コウが生きて逃げ切ることは、絶望的だといっていい状況だ。だが、それでも――。

「生きて……」

ミラは、遠くに見える旧市街に向かって呟《つぶや》いた。

「何か？」

隊員の男が訊ねてくる。

「いいえ。何でもありません」

ミラが踵を返したところで、地面を震わせるような爆発音がした。

慌《あわ》てて目を向けると、ゲートブリッジから、真っ赤な炎と黒煙が巻き上がっているのが見えた。

「コウ――」

15

コウは、激しく咽《む》せ返りながら身体を起こした――。

身体の節々が痛んだ。

黒煙の中で、自分が置かれている状況を完全に見失っていた。

――何があった？

ふらふらと立ち上がり、頭を振ったところで、次第に意識がはっきりして来た。

一馬と車で逃げ出し、検問を突破したあと、ハウンドの追撃に遭い、小型弾頭を打ち込まれた。

「はっ」

周囲に視線を走らせる。

車がひっくり返っていた。フロント部分は、完全にひしゃげ、エンジン部分から炎と黒煙が上がっていた。

――一馬は？

コウはさらに視線を走らせる。

車から少し離れたところに、うつ伏せに倒れている一馬の姿を見つけた。小さく呻《うめ》きながら、立ち上がろうとしていた。

――まだ生きている。

駆け寄ろうとしたコウだったが、それを遮るように、巨大なカナブン――ハウンドが現われた。

昆虫の目のようなカメラが二つ、コウを捕捉《ほそく》していた。

逃げようとしたが、無駄だった。ハウンドは全部で三機。それが全て、コウを認識し、取り囲んでいた。

正面のハウンドのサイドのハッチが開き、重機関銃が突き出し、コウに向けられる。

十メートルと離れていない場所で、あんなものの攻撃を喰らったら、どんなに早く逃げようと、肉片さえ残らないほどに粉々にされるだろう。

——もう駄目だ。

絶望を嚙《か》み締めたとき、コウの頭に一人の少女の顔が浮かんだ。

妹ではない。自分を助けた富裕層の少女——ミラだ。

死を意識したとき、なぜかもう一度、ミラに会いたいという衝動が湧《わ》いた。なぜ、そんな風に思ったのか分からない。そもそも、それはもう叶《かな》わない。

——今ここで死ぬのだ。

ハウンドの重機関銃が、火を噴こうとしたまさにその瞬間だった。

ゴンッ——と、金属がぶつかり合うような音がしたかと思うと、目の前のハウンドの上部の装甲に大きな穴が空いた。

そのまま、ハウンドは機能を停止し、六本の脚を開きながら地面に崩れ落ちた。

——何があった？

残った二機のハウンドも、センサーを右に左にと振りながら状況把握をしようとしている。

「邪魔だ。離れていろ——」

どこからともなく、スピーカーで増幅された声がした。

女の声だった。

　コウは、訳が分からないながらも、ハウンドが混乱している隙《すき》に乗じて、倒れている一馬に駆け寄った。

「しっかりしろ！」

　コウが声をかけると、一馬は笑みを浮かべた。

「ようやく、お姫様の登場だ」

「何だって？」

　コウの疑問に答えるかのように、爆音と爆風が襲った。

　視線を上げると、左右の二枚羽根を持った小型のヘリが、ホバリングをしていた。

　二機のハウンドも、それに気付いた。

　重機関銃と小型誘導弾を上空に向けると、鼓膜を揺さぶる爆音とともに、一斉攻撃を仕掛ける。

　それと同じタイミングで、ヘリから何かが投下された。

　重機関銃と小型誘導弾の攻撃をまともに喰らったヘリは、真っ赤な炎とともに、粉々に砕け散り、海の藻屑《もくず》と化した――。

　だが、投下された物体は、橋を揺さぶる震動とともに、ゲートブリッジに落下した。

　コウは、突如として目の前に現われた巨大な物体に、ただ唖然《あぜん》とした――。

　その物体が、高周波の起動音とともにゆっくりと立ち上がる。

炎に照らされて、その姿が露わになる。高さは四メートルほどだろうか。巨大な人の形をした機械だった。

「ロボット？」

コウが口にすると、一馬が笑みを浮かべて満足そうに頷《うなず》いた。

「人型機動兵器だ」

その姿には、一馬の言葉が表わす無骨で荒々しい印象はなかった。滑らかな曲線で形作られたそのフォルムは、限りなく人間に酷似していて、まるで美しい女性のようだった。

真っ赤にカラーリングされた外装が、異彩を放っている。

「こんなものが……」

正直、今まで見たこともなかったし、存在しているとすら思わなかった。いったい、誰が何の目的でこんなものを造ったのか？

「おれたちが開発した」

一馬が、誇らしげに言う。

「何？」

「まあ、実際、造ったのはおれじゃないがな」

「あれは、いったい何なんだ？」

「この国に光を灯すために造られた機体だ。おれたちは、ネフィリムと呼んでいる」

「ネフィリム？」

「そう。旧約聖書では、天から降って来た者たち――創世記では、神の子と人の間に生まれた者――巨人の意味を持つ」

「巨人――」

目の前に立つ機体は、巨人というより、女神と呼ぶに相応《ふさわ》しい神々《こうごう》しさと威厳、それに息を呑む美しさをもっているように思えた。

「ネフィリムが示す可能性を、よく見ておけ――」

一馬は、オモチャを与えられた子どものように、無邪気な笑みを浮かべた。

だが、コウは不安を拭《ぬぐ》い去れなかった。

一馬がネフィリムと呼ぶ、このロボットがどれほどの性能を秘めているものかは知らないが、重機関銃二門に、誘導ミサイルを備えたハウンドを制圧することができるとは、到底思えない。

コウが、考えている間に、ハウンドが動いた。

ネフィリムを挟み込むように左右に分かれ、重機関銃の照準を向ける。

合計四門の重機関銃が一斉に火を噴こうとしたまさにそのとき、ネフィリムの人間でいう脹脛《ふくらはぎ》にあたる部分のハッチが開いた。

そこから、青い炎が噴き出し、ネフィリムの巨大な機体がわずかに浮いた。

ホバリングしているのだ。

そのまま、滑るように左側のハウンドに急接近したかと思うと、重機関銃を摑み、そのまま引きちぎった。

ハウンドは、残った重機関銃で応戦を試みたが、密接した状態では、弾は当たりようがない。

ネフィリムは、そのままハウンドを軽々と持ち上げた。

こうなると、ひっくり返された亀《かめ》同様に、脚を動かして、無様にもがくだけだった。

「すげぇ……」

だが、ハウンドはもう一体いる。

右側のハウンドの重機関銃がネフィリムに狙いを定めて火を噴いた。

だが、それより早く、ネフィリムは持ち上げていたハウンドを、自らの盾にした。

盾にされたハウンドは、数十発の弾丸を喰らい、悲鳴にも似た機動音を響かせたあと、凄まじい炎とともに爆発した。

黒煙が立ち上り、視界が奪われる。

「やられたのか?」

コウが言うと、一馬が肩を震わせながら笑った。

「あの程度の爆発で壊れるほど、ネフィリムはヤワじゃない」

自信に満ちた口ぶりだった。

だが、コウは肝心のネフィリムの姿を見つけることができなかった。

ハウンドも同じだったらしく、カメラやセンサーを動かしながら、辺りを探索している。

「ほらな――」

一馬が、自信に満ちた声で言った。

目を向けると、いつの間にか、ネフィリムがハウンドの背後に立っていた。

ハウンドのセンサーもそれを捕らえたらしく、方向転換をしようとする。だが、ネフィリムの動きの方が、はるかに速かった。

腰の部分から、アーミーナイフを抜いた。

ネフィリムのサイズからすれば、通常のナイフに見えるが、コウからしてみれば、一人で持てないほど大きなものだ。

そのナイフが、高周波の音とともに、青白く発光する。

コウが驚いている間に、ネフィリムは、アーミーナイフを振るい、装甲に覆《おお》われたハウンドの脚を、易々《やすやす》と切断した。

ハウンドはバランスを崩して倒れる。

「何で、あんな簡単に切れるんだ？」

「正確には、切ってるんじゃない。ナイフ自体が、超高圧の電気を発して、溶かしてるんだよ」

一馬が、にんまりと笑う。

話している間にも、ネフィリムの攻撃は続く。

ナイフを返しながら、ハウンドの上部装甲に斬《き》りつける。

さらに、ハウンドを蹴《け》り上げ、腹を見せてひっくり返ったところに、ナイフを突き立てた。

一連の流れるような攻撃を受け、ハウンドは、黒い油圧作動用のオイルを撒《ま》き散らしながら、完全に沈黙した。

コウは、その様子を呆然と見つめながら、戦慄を覚えた。

圧倒的な力で、徹底的に叩《たた》きつぶす。そこに、躊躇《ためら》いや手加減といったものは存在しない。

ハウンドたちを、一瞬で沈黙させたネフィリムは、ゆっくりとコウに身体を向けた。

舞い上がる炎の中に立つ、真っ赤な機体は、まるで阿修羅《あしゅら》のようだった。

「な、何なんだ……」

じっとコウを見下ろしていたネフィリムが、片膝《かたひざ》を突いた姿勢になる。

胸元にあるハッチが、滑らかにスライドして開く。

そこには、驚くべきことに人が乗っていた。しかも、コウとほとんど年齢の変わらぬ少女だった。

少女は、ネフィリムの胸の中から降り立ち、コウの前に歩み寄った。

ボブカットの黒髪に、白く肌理《きめ》のこまかい肌をした少女だった。

美しくはあるのだが、無感情で、無表情なその顔は、まるで造りもののようだった——。

そして、その少女の両の瞳《ひとみ》は、コウが今まで見たこともない色をしていた。

まるで瞳自体が発光しているかのような黄金色《こがねいろ》だった——。

少女がじっとコウを見つめる。

表情に乏しく、何を考えているのか分からない。ただ、怖《おそ》ろしいと感じるほどの冷たい視線だった。

「お前を迎えにきた——」

少女は、顔立ちに似合わぬ、幼さの残る声で言った。

「え？」

「私と一緒に来い」

そう言って、少女はコウに手を差し伸べた——。

第二章

鬼神との契約

1

仁村了介《にむらりようすけ》は、信じられない思いでその報告を聞いた――。

警察本部の最上階にある、自らの執務室だ。

「ハウンド三機が全滅――だと？」

仁村が口にすると、デスクの上に映像として表示されたテロ対策班の本部長、樺沢《かばさわ》の顔が大きく歪《ゆが》んだ。

普段から青白く、死人のような顔をした男だが、それがより一層際立《きわだ》って見える。

〈はい――〉

樺沢は、今にも消え入りそうな声で返事をした。

「あり得ない」

仁村は、大きく首を振った。

ハウンドは、テロ制圧用に開発された、最新鋭の機体だ。

装甲車並の装甲に、重機関銃を二門、小型誘導弾まで備えているのだ。

戦場に配備したならまだしも、市街地でのテロリスト追跡にハウンドを三機も投入しておいて、全滅など到底信じられる話ではない。

〈しかし、現実に起きているのです〉

樺沢は困惑したように眉《まゆ》を顰《ひそ》めた。

現場に赴いている彼の背後では、もうもうと黒煙が立ち上り、炎が舞い上がっている。そして、無残に破壊されたハウンドの残骸《ざんがい》も見てとれる。

その惨状を見れば、報告の内容に嘘《うそ》はないことが分かる。だが、それでも、受け容《い》れることができなかった。

「あり得ん。たった二人のテロリストに……」

〈ハウンドを撃破したのは、逃走中のテロリスト二人ではありません〉

「他に、何人かいた——ということか？」

〈はい〉

「それにしても——だ。そう簡単に、やられるものではないだろう」

〈まさにその通りです。言葉では、説明しにくいので、ハウンドが記録した映像を、そちらに送ります〉

樺沢は、早口に言うと、モニターの向こうで、映像転送の作業を行う。

それと同時に、仁村の目の前に、別のモニターウィンドウが開き、映像が映し出された。

それは、一分足らずの映像だった――。

「なっ、何だ……これは……」

仁村は衝撃とともに口にした。信じられない光景だった――。

突如として人型をしたロボットが現われ、瞬《またた》く間にハウンドを殲滅《せんめつ》してしまったのだ。

今まで人型を模したロボットは、何度も見たことがある。だが、そういったロボットは、エネルギー効率や運動効率が考慮され、小型軽量化されるのが常識だ。大きくても、せいぜい人間と同サイズに留まっている。

工業用の大型ロボットがないわけではないが、その動きはパワーと引替えに酷《ひど》く緩慢である。

だが、この機体は、全長四メートルはあろう大きさであるにもかかわらず、生きている人間と遜色《そんしょく》がないほど動きが滑らかで、かつ素早かった。

人型のロボットというより、鎧《よろい》をまとった人間そのもののようだった。

国内外を含めてこんな機体は、見たことがない。

映像が途切れたあとも、仁村は衝撃から立ち直れずに、呆然《ぼうぜん》とモニターを見つめた。

〈長官――〉

樺沢からの呼びかけで、ようやく我を取り戻した。

「それで、テロリストはどうなった？」

仁村は、気持ちを切り替え訊《たず》ねた。

〈現在、逃亡中です。ただ、一時、人質となっていた市宮潤一郎《いちみやじゅんいちろう》様のご息女は、無事に保護しました〉

不幸中の幸いといったところか。

テロリストを逃がすという失態の上に、ハウンドを三機も失った。挙げ句、市宮の娘で、自らの息子であるマコトの婚約者が死んだとあっては、目も当てられない。

警察組織の権威は地に墜《お》ち、現行政府打倒を標榜《ひょうぼう》するフォックスのような輩《やから》に、つけいる隙《すき》を与えることになる。

〈テロリストは、旧市街に逃走したものと思われます。直ちに、旧市街の警察と連携を取り……〉

「待て！」

仁村は、迅速に動こうとする樺沢の言葉を遮った。

〈はい？〉

「この件は、旧市街の警察に伝達する必要はない。それから、手配も不要だ」

〈なぜです？〉

「考えてもみろ。ハウンドを三機も失ったんだ。こんなことが表に出れば、どんな混乱を招くか分からん。それに、この事実をダシに調子づく連中もいるだろう」

〈フォックス――ですか？〉

樺沢の言葉に、仁村は大きく頷《うなず》いて答えた。

テロリストのフォックスも気にかかるが、同時にマクレーンからもたらされた情報も引っかかる。

このロボットの保有者が、クーデターを目論《もくろ》む勢力かもしれないのだ。

「今回の一件については、箝口令《かんこうれい》を敷け。ゲートブリッジの火災は、テロの容疑者追跡中に起きた事故――ということで処理しろ」

〈テロリストは如何《いかが》いたしますか？〉

「テロ対策班の中に、特別チームを編成して、少数精鋭での追跡を行え」

〈分かりました〉

「それにしても、いったい何者だ――」

いつものテロだと思っていたが、これほどの兵器を保有していようとは、思ってもみなかった。

それに、映像にあった人型ロボットの登場は、予《あらかじ》め準備していたかのようなタイミングだった。

あのような兵器の開発と生産を許していたことになる。或《ある》いは、国外から持ち込まれたものなのか――。

何にせよ、早急にその素性と目的を明らかにして、対策を講じる必要がある。

〈最初に追跡していた男に関しては、素性が割れています。しかし、他の者については、まだ、はっきりしたことは分かっていません〉

「テロリストのデータを転送しろ。何か分かったら、早急に連絡するように――」

仁村は早口に言って通信を終えた。

湧《わ》き上がって来る苛立《いらだ》ちを鎮《しず》めようと、仁村はデスクの抽斗《ひきだし》を開け、中から葉巻を取り出し火を点《つ》けた。

キューバ産の最高級の葉巻の香が、いくらか気分を落ち着かせてくれた。

一息吐《つ》いたところで、デスクのモニターに、テロリストのデータが届いた。モニターに表示された容疑者は、自分の息子と変わらぬ少年だった。

だが、そこにそれほど驚きはない。

テロリストの低年齢化は、どこの国であっても同じだ。老い先短い者は、現体制に不満を持っていても、我慢することを選ぶ。だが、若者はそうはいかない。これから、その世界を生きていかなければならない。青臭い価値観も相まって、力による変革を信じる傾向にあるのだ。

それに、テロを先導する側からしても、何も知らぬ若者の方が、丸め込み易《やす》いというのもあるだろう。

だが、仁村はその写真を見て、妙な既視感を覚えた。

少年の経歴に目を通す。名前はコウ。旧市街で育ったロストチルドレン——ということになっている。

ＤＮＡランクはＧマイナス——最低レベルだ。

小学生並の教育しか受けておらず、廃棄物処理の仕事に就いている。住所は不定になっている。別に珍しいことではない。旧市街の人間の多くは、役所に届け出などしていない。データがなくて当然なのだ。

肉親は妹が一人。その妹は病気を患《わずら》っている。治療費が捻出《ねんしゅつ》できずに、あとは死を待つばかりだ。

こういう人間は、旧市街には掃いて捨てるほどいる。いちいち同情するに価《あたい》しない。

優れた遺伝子を持つものが、群れの頂点に立ち、子孫を繁栄させていき、そうでないものは礎《いしずえ》として利用される——残酷なようだが、それこそが自然の摂理なのだ。

ふと、さっき見た映像が浮かぶ。

あの機体は、この少年が逃走中に、たまたまあの場所に居合わせたのだろうか？　いや、それはあり得ない。

おそらくは、この少年を救出するために現われたのだ。

だが、そうなると、疑問が残る。なぜ、この少年を助けたのか？　旧市街の最下層にいるこの少年に、いかほどの価値があるのか？

「まさか――」

仁村の頭に、ふとある考えが浮かんだ。

それは、実にバカバカしい考えではあったが、少年を見たときに覚えた既視感も含め、全《すべ》てがその推測を指し示しているように思えてならなかった。

仁村は、否定して欲しいという願いを込めて、市宮に連絡を入れた――。

2

コウは、未《いま》だに黒煙を上げるゲートブリッジを遠くに眺めた――。

さっきまで、あの場所にいたとは、正直、自分でも信じられない。よく、生きて戻って来られたと思う。

「まったく。ひやひやしたぜ……」

ぼやくように言ったのは、一馬《かずま》だった。

湾岸沿いにあるスクラップ置き場だ。ライフゲートの内側には、こうした場所が散在している。

一馬は、錆《さ》び付いた鉄柱の上に腰かけていた。顔には煤《すす》がべったりと張り付き、服はボロボロで、身体《からだ》のあちこちに擦《す》り傷があったが、いずれも軽傷のようだった。

「まずは、礼を言うべきなんだろうな。ありがとう――」

コウは一馬に頭を下げた。

一馬は「止《よ》せよ」とはにかんだように笑うと、ポケットから煙草《たばこ》を取り出し火を点けた。

雨の中、煙草の白い煙が立ち上る。

「一つ訊《き》いていいか？」

「何だ？」

「あんたたちは、何者なんだ？」

コウは、一馬に――そして、少し離れた場所に立っている少女、イヴに目を向けた。

イヴは無表情に、コウを見ている。

その傍らには、人型をした機械、ネフィリムと呼ばれていた機体が、片膝《かたひざ》を突いた姿勢で佇《たたず》んでいた。

真っ赤なその機体の放つ存在感は、暗闇《くらやみ》の中にあっても圧倒的だ。

これほどの兵器を保有する一馬やイヴの正体が、コウには皆目見当がつかなかった。

しかも、彼らはコウを助けただけでなく、ハウンド三機を殲滅することで、テロ対策班に正面から喧嘩《けんか》を売ったのだ。

現行政府とやり合うだけの自信があるか、あるいはただのバカか――どちらにしても、その正体を知らずには引き下がれない。

「その質問には、まだ答えられません」

口を開いたのは、イヴだった。

ゆっくりと、コウに向かって歩いて来る。均整は取れているが、小柄で手も足も細く、とてもあれだけの兵器を操縦していたようには見えない。

「答えられない？」

「はい。もし、知りたければ、私たちと一緒に来て下さい」

言葉遣いは丁寧だが、イヴの口調には有無を言わさぬ響きがあった。

それが、コウの中にある反骨心を煽《あお》る。

「ずいぶんと勝手だな」

「承知しています。しかし、我々が、あなたの命を救ったのは事実です。あなたは、こちらの要求を呑《の》んでしかるべきです」

イヴは、表情一つ変えずに答える。

今、彼女が何を考え、何を思っているのか、コウには計り知れない。

「確かに、助けてはもらった。だけど、素性の知れない奴《やつ》に、のこのことついて行けっていうのか？」

「はい」

挑発的に言ったつもりだったが、イヴはまるで動じることがなかった。

ここまで来ると、感情が存在していないとすら思える。

「いったい、何の目的で、おれを連れて行くんだ？」

「私にも分かりません」

イヴの返答は、あまりに想定外だった。

「何だと？」

「ただ、そういう指示が出ているだけです」

「何だそりゃ」

「危害を加えるつもりはありません」

「そんな話、信じられるわけないだろ。お前たちは、おれを殺そうとしているかもしれない」

「殺すつもりなら、もうとっくにそうしています」

まさにイヴの言う通りだ。

一馬にしても、イヴにしても、いつでもコウを殺すことはできたし、それだけの力も持っている。

　それに、助けたりせず、黙って見ているだけで、コウは今夜、間違いなく死んだ。そうなると、余計に分からなくなる。

「だったら、何でおれを助けた？」

「それは、これから明らかになります」

「これからって……」

　さらに主張しようとするコウを、一馬が止めに入った。

「まあ落ち着けよ」

「あんたも、何なんだよ。助けてくれたのは感謝している。だけど、なぜなんだ？　それに、お前たちは誰なんだ？」

　コウは、怒りの矛先を一馬に向けた。

　一馬は困り果てたように、長い髪をかき上げ、ため息を吐く。

「おれたちが、何者かは、イヴが言ったように、現段階では教えられない。お前を助けた理由についても、それが命令だったからだ」

「だから……」

「まあ、聞けよ。おれたちも、報《しら》されてないんだ。なぜ、お前を助ける必要があったのか——その理由をな」

一馬の説明を受け、コウは耳を疑った。

「理由も分からずに、命を懸けたっていうのか？」

「そうだ。おれもイヴも、ある人物の使いに過ぎない。その人物は、お前に会いたがっている」

一馬が、吸いさしの煙草を地面に落とし、踏み消しながら言った。

言葉に嘘はないように思う。だが、だからこそ分からない。理由も分からず、命令されたからといって、自らの命を懸けられるものだろうか？

「何なんだよ……」

おそらく、コウが混乱しているのは、今の状況のためだけではない。

キムに与えられた荷物運搬の仕事。妹を救うための金が手に入るはずだった。だが、それは自爆テロを実行させるためのものだった。

テロ対策班に追われていたコウに、救いの手を差し伸べたのは、今まで忌《い》み嫌っていた富裕層の少女、ミラだった。

さらに、一馬の登場に、人型機動兵器――もう、何もかもがめちゃくちゃだ。

「理由を知りたければ、一緒に来い」

一馬が手を差し出す。

だが、コウはそれを払い除《の》けた。

「冗談じゃねぇ。そんなわけの分かんねぇ話に、のこのこついて行けるわけねぇだろ」

それがコウの本音だった。

確かに一馬とイヴは、コウを救ってくれた。だが、その素性も目的も明かさない。コウを油断させるために、そうしたとも考えられなくない。

冷静に考えれば、それだと辻褄《つじつま》が合わないのだが、コウにはそこまで考える余裕がなかった。

「だったら、さっさと消えて下さい――」

冷たく言い放ったのはイヴだった。

口調だけではない。コウに向けられた金色の瞳《ひとみ》も、凍《い》てつく氷のように冷たかった。

「おいおい。いいのかよ」

一馬が慌《あわ》てて口を挟むが、イヴの表情は硬いままだった。

「正直、彼が何かの役に立つとは思えません。私たちは、説得して連れて来いと命令はされています。しかし、本人がそれに応じなかった。それだけのことです」

「本気かよ」

「私は本気です。あなたに、もう一度問います。私たちと一緒に来て下さい」

イヴがゆっくりと手を差し出す。コウは、息を止めて逡巡《しゅんじゅん》する。

「自分たちの素性を明かす気はないんだな？」

「何度も言わせないで下さい。現段階で、それはできません。私たちの雇い主についても、明かすことはできません」

イヴはきっぱりと言う。

分からないことだらけではあるが、何があっても彼女の考えが変わらないことだけは、はっきりした。

彼らが何を考え、何をしようとしているのかは知らないが、このままついて行くわけにはいかない。

それに、キムの件もこのままでは終われない。虫けらのように、殺されかけたのだ。

その落とし前をつける必要がある。

「悪いけど、おれは行く――」

コウは、意思を固めて歩き始めた――。

3

――実にあっけなかった。

クリスは、降りしきる雨に打たれながら、足早に歩を進めていた。

今まで、必死に生き抜いて来た。家畜で終わるまいと、努力を重ね、様々な策を弄《ろう》し、現在の地位を築いて来た。

DNAランクが高ければ、猶予《ゆうよ》も与えられたのだろうが、クリスのような身分では、たった一度のミスが命取りになる。

権限の剝奪《はくだつ》から、契約解除まで、わずか一時間足らずの出来事だった。

分かっていたことだ。だが、それでも、絶望に似た感情が、足許《あしもと》から這《は》い上がってくる。

今から、新しい職を探せば済むのかもしれない。法の上では、職業選択の自由は定められている。だが、この国では、DNAランクが就職におけるもっとも重要な価値基準になっている。

クリスのようなDマイナス程度のランクでは、再就職の先などたかが知れている。震災前は、それでも最低限度の生活が保障されていたが、今はそうではない。

旧市街で、貧困に満ちた生活が待っているのだ。

だが、クリスは黙ってその運命を受け容れる気はなかった。あんな惨《みじ》めな生活には、もう戻りたくない。

クリスが生まれたのは、震災から間もない頃だった——。

記憶にはないが、東京は瓦礫《がれき》の山と化し、そこら中に死体が転がる凄惨《せいさん》な有様だったらしい。

両親は、一番地区——旧港区の工場で働いていた。DNAランクはEプラスと低く、収入も生活していくのがやっとだった。

それでも、クリスの目には、両親が幸せそうに見えた。クリス自身も、貧しいながらも笑い合える生活に満足していた。

だが、クリスが十四歳のとき、その生活が一変した——。

父親が結核にかかり倒れたのだ。治療すれば完治する病気だ。だが、その金がなかった。

工場は早々に父との契約解除を決め、生活はより一層困窮した。

助かると分かっているにもかかわらず、金がないので指を咥《くわ》えて見ていることしかできない。

理不尽さに対する怒りが、クリスの身を焼いた。

父は、苦しみながら死んだ——。

いつも笑っていた父が、死ぬ間際に、クリスに言った言葉が頭を離れない。

「お前は、壁の向こうへ行け——」

幸せそうに見えて、父はずっと不満と怒りを抱え、それを覆《おお》い隠していたのだと知った。

望んでも届かぬから諦《あきら》め、幸せなふりをしながら、苦痛を呑み込んでいたのだ。

父の死から、半年としないうちに、母が勤務先の工場で倒れ、そのまま帰らぬ人となった。過労だった――。

生まれながらに定められた生活。家畜のように働き、ただ死んでいくだけの存在――。

クリスは、両親の姿を見て、憐《あわ》れだと感じた。ライフゲートの上から、フロートアイランドの栄華を眺め、必ずあの場所に行くと決めた。

両親のような惨めな生き様だけはするまい――そう心に誓った。だが、それも無残に打ち砕かれた。

――いや、まだ終わりではない！

クリスは、強い覚悟とともに、そのドアの前に立った。

フロートアイランドの東側の外れ――木更津《きさらづ》へとつながるゲートブリッジ近くにあるレストランだ。

ドアを開けて中に入る。店内はいかにも高級そうな調度品で整えられた、シックな雰囲気の店だった。

三十ほどのテーブル席があるが、客の姿はなかった。繁盛《はんじょう》していないわけではない。すでに閉店時間を過ぎているのだ。

もちろん、クリスはそのことを承知していた。何も、この場所に食事をしに来たわけではないのだ。

クリスの姿を見るなり、店内の清掃をしていた男が歩み寄って来た。頭のてっぺんから、爪先《つまさき》まで睨《ね》め回すように見て、露骨に嫌な顔をする。

雨に打たれ、びしょびしょに濡《ぬ》れた男が、閉店後の店内に紛れ込んだのだ。当然といえば、当然だろう。

それでも、男は丁寧な口調で、閉店時間を過ぎていることを告げた。

「三島龍平《みしまりゅうへい》に会いたい――」

クリスは、睨《にら》み付けるような視線を男に向けながら言った。

「失礼ですが、どなたですか？」

男は、笑顔を浮かべたままだったが、それでも三島の名前を出した瞬間に、その顔に緊張が走った。

「クリスだ」

「クリスさん？　どういったご用件ですか？」

「用件は、直接、三島に言う。案内しろ」

「あんた、いくら何でも、横暴なんじゃないですか？」

クリスを敵と認識したのか、男の表情と口調が一気に変わった。明らかな威嚇《いかく》だ。おそらく、こちらが男の本性なのだろう。

「三島を出せ」

クリスが毅然《きぜん》と言い放つと、男は胸ぐらを摑《つか》み上げて来た。

「てめぇ！　いい加減に……」

言い終わる前に、クリスは胸ぐらを摑んだ男の腕を巻き込むように捻《ねじ》り上げ、床の上に投げ飛ばした。

仰向けに倒れた男は、何が起こったのか分からないらしく、呆然としている。

合気道だ。ＤＮＡランクが低く、屈強な身体つきをしていないクリスでも、技によって軽々と投げ飛ばすことができる。

「てめぇ！　どういうつもりだ？」

「ふざけんじゃねぇぞ！」

口々に言いながら、二人の男が奥の厨房《ちゅうぼう》から出て来た。

包丁やモップといった武器を所持している。

クリスは、問答無用で、モップを持った男の股間《こかん》を蹴《け》った。「うっ」と呻《うめ》き声を上げ、膝を突いたところで、顔面を蹴り上げた。

男は、鼻血を出しながら仰向けに倒れる。

「野郎！」

包丁を持った男が、クリスに飛びかかって来た。

クリスは、男の外側に身体を移動させながら、包丁を持った手を払う。

自らの勢いにバランスを崩した男の首に腕を巻き付けると、足を払って地面に薙《な》ぎ倒した。

「てめぇ！」

最初に投げ飛ばした男が立ち上がり、ナイフを抜いた。

他の男たちも、次々に起き上がり、クリスを取り囲み、じりじりと距離を詰めて来る。

こうやって、冷静に向き合われると、相当に厄介だ。だが、ここまで来て退《ひ》くわけにはいかない。

クリスは覚悟を決めて、ファイティングポーズを取る。

ナイフを持った男が、一気に距離を詰めようとしたところで「待て！」という声が降って来た。

視線を上げると、二階席へと通じる階段の中ほどに、一人の男が立っていた。

百九十センチを超える巨漢の男だった。黒いスーツを着ているが、その上からでも肉体を相当に鍛え上げていることが分かる。

「三島さんが、お前に会いたがっている――」

巨漢の男が告げる。

面子《めんつ》を潰《つぶ》された三人の男たちが、何かを言おうとしたが、巨漢の男の睨み一つで大人しくなった。

「来い」

巨漢の男の指示に従い、クリスは階段を上った。

足取りが重かった。自分で選んだ道とはいえ、今から、戻れない場所に行こうとしているのだ。

不意に、脳裡《のうり》に一人の少女の顔が浮かんだ。

テロリストの人質になった美しい少女、ミラだった——。

胸に、刺すような痛みが走った。

彼女が、テロリストを逃がそうとしていたのは明らかだった。自分の失墜は、彼女のせいなのだろうか？　もし、そうだとしたら、この胸の痛みの正体は、彼女に対する恨みなのだろうか？

「どうした？」

巨漢の男の声で、クリスは現実に引き戻された。

今さら考えたところで、目の前の現実が変わることはない。

「何でもない」

クリスは、心中を気取られないよう、無表情を意識して巨漢の男のあとに続いた。

4

「本当にいいのかよ――」

雨の降りしきる中、歩き去って行くコウの背中を見送るイヴに、一馬が問いかけて来た。

彼の声には、苛立ちと落胆が色濃く出ている。

命懸けで救出したコウを、みすみす帰してしまうことに対する不満からくるものだろう。

「これでいいんです」

イヴは、表情を崩さずに告げた。

「だけどさ、命令は、連れて行くことだったんだろ」

「はい」

「だったら、これは、その命令に背く行為じゃねぇのかよ」

一馬の言い分はもっともだ。

イヴも、本来なら、当初の彼の指示通りに、力尽くでもコウを連れて行くべきだと判断しただろう。だが――。

「これも、彼の指示です」

イヴが言うと、一馬が「何？」と眉を寄せる。

無精で暑苦しい顔が、余計にうっとうしさを増したようだった。

「彼からは、コウがこちらの勧誘を断った場合は、そのまま泳がせろ——との指示が出ています」

「どういうことだ？」

一馬の疑念はもっともだ。

できることなら、それに答えてやりたいとも思う。しかし、残念ながらイヴも彼の真意を測りかねていた。

「詳しくは、私にも分かりません。ただ、彼を引き込むためには、演出が必要だと——」

「演出——ねぇ」

「はい」

「しかし、彼は、何でこうまでしてあいつを欲しがるんだ？」

一馬はぼやくように言いながら、新しい煙草に火を点けた。

理解に苦しむ行為だ。煙草に含まれるニコチンは、寿命因子でもあるテロメアの働きを縮める。それを知っていながら、敢《あ》えて煙草という嗜好品《しこうひん》を口にする。

だが、それもまた自由なのかもしれない。

「私にも、分かりません。一緒に行動した時間は、一馬の方が長いですよね。何か、感じるものはありましたか？」

イヴが問いかけると、一馬は苦い顔で煙を吐き出した。

「何か感じたら、こんな質問はしねぇよ。ありゃ、典型的なガキだ。頭も悪いから、計画性もねぇし、行動がいちいち雑なんだよ」

確かに言う通りだ。イヴがコウに抱いた感想と、一馬が感じたそれとは、ほとんど差がない。

コウの無謀な行動により、計画を大幅に変更せざるを得なかった。

当初の計画は、コウをテロ対策班に逮捕させることだった。そのために、予めテロ対策班に情報を流した。

彼が持っている爆弾も、妨害電波を出しているので、標的に近づこうと、起爆スイッチを押されようと、爆発することはない。

そうしておいた上で、コウが木更津の刑務所へ移送される際、事故に見せかけ、彼を死亡したことにして奪還するというものだった。

ところが、彼が逃亡を図り、射殺命令が下ったことで、ハウンドとの戦闘にまで発展する騒ぎになったのだ。

コウは、DNAランクが低く、ちゃんとした教育を受けていないのだ。それ故《ゆえ》に、教養がなく、行動は粗野で場当たり的だ。

さっきのやり取りにしても、自分がどうすべきかを冷静に判断する——というよりは、感情の趣《おもむ》くままに行動する節がある。

ただ一つ——あの目だけは、独特の光を持っていた。

どんな状況にあっても、決して諦めない生への執着ともいうべき光——。

「彼は、希望の光になる」

イヴは、ポツリと口にした。

「何だそれ？」

「あの方が言っていたんです。彼は、希望の光になる——と」

「希望の光——ねぇ。おれには、とてもそんな風には見えなかったね。あれは、ただの跳ねっ返りのガキだ。放っておけば、身を滅ぼす」

一馬の言う通りかもしれない。今の状態では、コウは希望にはほど遠い。

だが、あの方はコウに何かを見出《みいだ》したのだ。だからこそ、コウにこだわり、ネフィリムを出してまで、救出しようとした。

あの少年が、どんな光を灯すのか——あるいは、あの方の抱いたただの幻影なのか——その結末は、今考えることではない。

自分たちは、駒《こま》として指示に従い続けるだけだ。

「今は、それを考えるときではありません」

「あん？」

「私たちの任務は、まだ終わっていません――」

イヴが言うと、一馬は深いため息を吐いた。

コウに対して疑念を持ってはいるが、一馬とて、彼を信じて行動を起こした一人だ。ここで引き返すことはできないはずだ。

「まったく。気が重いぜ。で、何をすればいいんだ？」

「今までと同じです」

「また子守かよ……」

ぼやきながらも、一馬の表情は、どこか楽しげだった。

「文句は、全てが終わったあとにして下さい――」

「はいはい」

イヴは、立ち去る一馬を見送ってから、ネフィリムに歩み寄り、そのコックピットに乗り込んだ。

鉄とオイルの入り混じった臭《にお》いが、鼻を突く。

だが、イヴにはそれが心地よかった。前面に展開したハッチを閉じると、静寂と闇が訪れた。

イヴは、母の胎内に抱かれたような心地良さを感じた――。

5
「ミラ！」

ミラが診察室から出るなり、母の美晴が駆け寄って来た――。

普段は、美しく、凛とした佇まいで、娘であるミラが見惚れるほどの女性だが、今は酷く狼狽していた。

それだけミラのことを心配していたということだろう。

「お母様――」

「大丈夫なの？」

「ええ。何ともないわ」

そもそも、どこか怪我《けが》をしたわけではない。あの場所から、少しでも早く逃げたい。

その願望から、救急隊の車に乗っただけだ。

当然、診察の結果も異常なしだった。

「本当に？」

「ええ」

ミラは笑顔を返したが、ぎこちないものになってしまった。

じりっと胸に焼き付くような痛みが走る。

「ミラ――本当に良かった！」

美晴が、ミラを強く抱き締める。美晴の方が、小柄だが、それでも包み込まれている
ような安心感があった。

母の匂《にお》いともいうべきものだろうか――。

張り詰めていたものから解き放たれたせいか、自然とミラの目から涙がこぼれ落ちた。

気丈に振る舞ってはいたが、極度の緊張状態に晒《さら》されていたことを、今さらのように
実感した。

「かわいそうに。怖かったのね――」

美晴が、ミラを抱く腕により一層力を込めた。

これほどまでに、力強かったのかと驚きと戸惑いを覚えた。

「お母様。苦しい……」

「ごめんなさい」

美晴は、ようやくミラの身体から手を離した。

「私は、もう平気だから――」

ミラは涙を拭《ぬぐ》い、笑顔になるよう努めた。

美晴は、ミラが泣いた理由を、テロリストの人質になった恐怖からだと感じているのだろう。

だが、そうではない――ミラは、自らの起こした行動に驚き、戸惑い、恐怖したのだ。

美晴が、まじまじとミラの顔を見つめる。

それは一瞬のことであったが、ミラにはずいぶんと長い時間に感じられた――。

「ミラ、本当は何があったの？」

美晴が唐突とも言える質問をしてきた。

その目は、真《ま》っ直《す》ぐミラに向けられる。まるで、その心の底を見透かしたような目だ。

「私は……」

ミラは、言いかけた言葉を呑み込んだ。

もし、今の自分の心の内を話してしまったら、全てが壊れてしまう気がした。

自分自身は壊れても構わない。すでに、歪《ひず》みはあったのだから――だが、母である美晴は違う。

母として、妻として、今まで築いて来たものを壊してしまうことなどできない。

「話してみなさい」

美晴が優しく声をかける。

崩れそうになる心をどうにか立て直し、ミラは小さく首を振った。

「大丈夫。ちょっと、動揺しただけだから……」

「そう……あなたは、きっと、たくさんのことを知ったのね……」

そう言って、美晴がミラの髪を撫《な》でた。

しなやかで美しいその指先が、ミラの心の奥深くまで入り込んで来るようだった。

きっと美晴は、具体的なことは分からないまでも、ミラの中に起きた変化を察しているに違いない。

罪悪感ともいうべき感覚が湧き上がる。だが、それでも、今は何も言えない――。

「お父様は？」

ミラは、罪悪感から逃れるように口にした。

途端に美晴の顔が曇った。

表面上は、波風の立たない平和な家庭だ。だが、そこに愛情が存在しないことを、ミラは知っていた。

かつてはあった愛情が、徐々に覚めていったのではない。ミラの記憶する限り、二人の間は最初から冷め切っていたように思える。

諍《いさか》いがあるわけではない。まるで、他人同士が、お互いに遠慮しながら共同生活を送っているといった感じだ。

「連絡はしてあるわ。そのうち、顔を出すと思うわ」

美晴は、笑顔を浮かべた。

「そう……」

正直、今、父である潤一郎を目の前にしても、何を言っていいのか分からない。

ミラの心に芽生えた感情は、そのまま、潤一郎の造ったこの国のシステムを、否定するものでもあるからだ。

「申し訳ありません」

不意に声をかけられた。

振り返ると、そこにはテロ対策班のタクティカルベストを装着した男たちが立っていた。

名前までは知らないが、その顔は認識していた。

コウを追っていた男たちだ。彼らが、どんな目的で、ここを訪れたのかは、言われるまでもなく分かっている。

「事情聴取ですね」

ミラは、気持ちを切り替え、男たちに向き直った。

「待って下さい。ミラは、疲れているんです。何も、今すぐでなくても……」

割って入ろうとする美晴を、ミラが押しとどめた。

彼らが、ミラに疑念を持っているのは分かっている。事情聴取を拒否したり、先延ばししたりすれば、余計に疑念を強めることになる。

「分かりました。私の知る範囲でお答えします」

ミラは、毅然とした態度で言う。

「ご安心下さい。取調べをするわけではありません。あくまで事情聴取ですから――」

隊長の腕章を着けた男が言った。

コウを追っていたとき、隊長の腕章を着けていたのは、この男ではなく、ブルーの瞳の男だった。

もしかしたら、コウを逃がしたことで、何らかの責任を負わされたのかもしれない。

そう思うと、ズキリと胸が痛んだ。

「では、こちらに――」

ミラは、背中に美晴の視線を感じながら、男たちに続いて歩みを進めた――。

6

クリスは、二階の廊下の一番奥にある部屋に通された――。

薄暗い部屋だった。奥の壁面にはモニターが展開していて、いくつもの映像が表示されていた。

自動小銃を携帯した四人の男が、左右に分かれて鋭い視線をクリスに送っている。

部屋の中央には、虎《とら》の毛皮で装飾された大きなソファーが置かれ、そこに目当ての男が座っていた。

黒いシャツに、黒のスーツ——旧世代のホストのような恰好《かっこう》だ。

ワイヤーフレームのメガネの奥にある目は、知的な印象がありながらも、ナイフのような野蛮な冷たさも秘めていた。

薄く笑みを浮かべてはいるが、そこから覗《のぞ》く感情は、黒く湿り気のあるものだった。

——三島龍平。

噂《うわさ》に違《たが》わぬ、圧倒的な存在感の持ち主だ。

三島は、貿易会社を営みながら、このレストランを含む、幾つかの飲食店を経営している。だが、それは表の顔に過ぎない。

彼の本当の顔は、麻薬、武器などの密輸を取り仕切る犯罪組織のボスだ。裏の社会にいる者で、彼の名を知らない者はいないほどの大物だ。

「クリス——と言ったね。もしかして、元テロ対策班の隊長をやっていたクリスかい？」

三島は、細い目をさらに細めながら言った。

彼がクリスの経歴を知っていることに、驚きはなかった。モニターに表示される無数の映像の中に、自分の顔を見つけたからだ。

おそらく三島は、階下でのやり取りを監視していたのだろう。クリスが何者かを知り、会うという選択をした。

ここまでは読み通りだ。問題は、ここからだ――。

「そうだ」

クリスは、真っ直ぐに三島を見据えたまま答える。

三島に対する恐怖心は未だに残っているが、ここで臆《おく》せば、全てが水泡に帰す。

「それで、元テロ対策班の隊長が、私に何の用件だい？　逮捕しに来た――というわけではなさそうだな」

三島は殊更《ことさら》「元」を強調しながら言った。

失墜したばかりのクリスを嘲《あざけ》り、挑発しているのだろう。ここで感情的になっては、相手の思うツボだ。

クリスには、もう後がない。覚悟を持ってこの場所に足を運んだのだ。

汗の滲《にじ》む拳《こぶし》をぎゅっと握る。

「あんたに見てもらいたいものがある」

クリスは、そう言ってポケットの中に手を入れる。その瞬間、部屋にいた男たちが一斉に自動小銃を構え、クリスに狙《ねら》いを定めた。

今まで、危険な目には何度も遭って来たが、これだけの銃口を向けられると、さすがにぞっとする。

クリスは息を止めて、三島を見返した。

ひりひりと痺《しび》れるような緊張感の中、額に汗が滲む。

「出してみろ」

三島が、配下の男たちに銃を下ろすよう視線を送ってから言う。

クリスは、喉《のど》を鳴らして息を呑み込んでから、ポケットの中にあるタブレット端末を取り出し、三島に差し出した。

端末のモニターが展開し、映像が表示される。

映像を見た三島の顔が、わずかに歪《ゆが》んだ。

「これは？」

三島がクリスに冷たい視線を送る。

「おれが、まだ旧市街の警察官をやっていたとき、あんたの組織を追っていた。その過程で撮影したものだ」

撮影できたのは、本当に偶然だった。

そこには、三島が映っている。それだけでは、何の効力も持たない写真だ。問題は、一緒に映っている男だ。

その男は、決して、三島と関係を持ってはいけない立場にある人間——警察のトップである仁村了介だ。

「お前の望みは何だ？　金か？」

三島が顎先《あごさき》に手を当てながら訊《たず》ねてくる。

「金はいらない」

クリスが即答すると、三島の眉間《みけん》にわずかに皺《しわ》が寄った。

こちらの真意を測りかねているのだろう。

「では、何が欲しい？」

「あんたの元で、働かせてくれ——」

クリスが言うと、三島は、くつくつと肩を震わせながら笑い始めた。

そうされても仕方ないと思う。クリス自身、滑稽《こっけい》だと思う。元テロ対策班の隊長だった自分が、自ら望んで犯罪組織の手下になろうとしているのだ。

クリスの脳裡を、父と母の死に顔が過《よ》ぎる。青白く、痩《や》せ細った顔——二人は、幸せそうにしていたが、実際はそうではない。

全てを諦め、現状に甘んじ、幸せなふりをしていたのだ。

自分は、同じ人生を歩むのは嫌だ。たとえ、身を落とすことになろうとも、すがりつく。それが、クリスの覚悟だ。

「いい暮らしをしたいなら、この写真は別の奴のところに持って行くべきなんじゃないのか？」

三島の言うように、この写真に映っているもう一人の男、仁村の元に持ち込み、交渉する手がないわけではない。

そうすれば、警察との再契約を締結することもできるだろう。だが、それは一時的なものに過ぎず、その先に待っているのは、間違いなく死――だ。

三島は、金によって動くが、仁村を突き動かしているのは権力だ。邪魔者はどんな手を使ってでも始末するに違いない。

だからこそ、今までこの写真の存在を秘密にして来た。それに――。

「あんたと仕事がしたい」

「なぜだ？」

「あんたは、ＤＮＡランクに関係なく、人を評価する男だと聞いた」

それが、三島の元を訪れたもう一つの理由だ。

正直、ＤＮＡランクで人間の中身を決めつけられるのは、もううんざりだった。

「おれのことをよく調べているようだ。だったら、おれが容赦ないというのも知っているか？」

三島がクリスを睨む。

死人のように、暗く冷たい目に、クリスは恐怖した——。

「ああ」

クリスは、心の動揺を気取られぬよう、精一杯の虚勢を張りながら言った。

三島は、そんなクリスの心中を見透かしたように、自分の懐《ふところ》から拳銃《けんじゅう》を抜き、その照準をクリスの額に合わせた。

「お前は、バカなのか？　丸腰でこんな写真を持って来て、殺されると思わなかったのか？」

三島が冷笑を浮かべたまま問う。

「おれは、あんたと仕事がしたいと言った。ビジネスパートナーとの交渉の場に、武器を持ち込むのはルール違反だ。それに、あんたも、おれの身体検査をしなかっただろ」

「私が、身体検査をしなかったのは、君が武器を持っていないと知っていたからだよ」

三島が、パチンと指を鳴らすと、モニターにX線で撮影された映像が表示された。クリスが、店に入って来たときのものだ。

もしクリスが、武器を携帯していたとしたら、店に入った段階で撃ち殺されていたかもしれない。

「じゃあ、おれを殺すか？」

「かもしれない」

三島が、いかにも嬉《うれ》しそうに笑った。

「だったら、さっさと殺してくれ。おれは、このまいけば、どうせ旧市街で家畜のように働き、死んでいくだけだ。そんな人生に、何の意味もない」

クリスが言うと、三島が噴き出したように笑った。

「お前は、この国の本質を見ている」

「正直、この国がどうなろうと、知ったことじゃない。おれは、自分の人生に光を灯したいだけだ」

「なるほど。欲望に素直だな」

「どうする？　おれを雇うか？　それとも殺すか？」

三島の冷たい目に恐怖しながらも、クリスは問いかけた。

背中を汗が流れ落ちる。

「面白い男だ――」

それが、三島の答えだった――。

7

コウは、六番地区の路地を歩いていた——。

かつて千代田区と呼ばれた場所だ。この辺りも津波の被害が大きく、かつての街並みはほとんど残っていない。

唯一《ゆいいつ》残っているのは、天皇家がいた皇居だが、その広大な土地は、産業廃棄物の集積場になっている。

国の象徴であったという天皇は、震災から十年ほどしてその血筋が途絶えたという。それが真実なのか、新政府の嘘《うそ》なのか——正直、コウにはどちらでも良かった。自分には関係のないことだ。

ここに置かれているのは、ただのガラクタではない。資源不足の今、これらは新しい物を造り出すための重要な物資なのだ。

結果、廃棄物の処理をする労働者が、このガラクタの山の周りに集まり、ひっそりと生活している。コウも、その一人だった。

フロートアイランドに比べて、この街はあまりに暗い——。

電気は点《つ》いているが、その数は圧倒的に少ない。今まで、そんなことは気にも留めなかった。そういう生活しか知らなかったからだ。だが、フロートアイランドの輝きを目にしたせいで、この暗さが余計に際立《きわだ》って見える。

皮肉なものだ。震災後の日本は、宇宙での太陽光発電と、超小型の大容量蓄電池の開発でかつての力を取り戻した。

しかし、実際にそれを作っている旧市街の者たちは、電力に苦慮しているのだ。

コウは、胸の奥に燻《くすぶ》る苛立《いらだ》ちから逃げるように、足早に歩みを進めた――。

やがてコウは、自らの住居に辿《たど》り着いた。

コウが勤務している、廃棄物処理の会社が持っている社宅だ。

社宅といえば聞こえはいいが、津波で残った五階建てのマンションを改装して、住居として貸し与えている。

相当に古い上に、各部屋六畳ほどの広さしかない。一人暮らしならまだしも、そこに家族で住んでいる者がほとんどだ。

蛍光灯が一つ点いているだけの薄暗いエントランスを抜け、エレベーターに乗り込む。

コウは、自分の部屋がある三階でエレベーターを降り、廊下を歩く。壁の塗料ははげ落ち、床はコンクリートが剝《む》き出しになっている。フロートアイランドの建物とは、明らかに違う。

コウは、頭に浮かぶ光景を振り払い、自分の部屋の錆《さ》びた鉄のドアを開けた。

部屋の中は暗く、しんと水を打ったように静まり返っていた。

「お兄ちゃん――」

奥のベッドから、か細い声がした。妹のユウナだ。

声がはっきりしている。コウの気配に気づいたというより、ずっとコウの帰りを待っていたのだろう。

「まだ起きてたのか？」

コウは、ベッド脇《わき》に歩みを進め、ユウナに優しく声をかける。

顔色が冴《さ》えないのは、暗がりの中だからではない。彼女を蝕《むしば》む病魔が、生きる力を奪っているせいだ。

コウの中に、怒りの感情が込み上げて来る。

ユウナは、まだ十四歳だ。それなのに、このままいけば、あと一年ともたない。

——治療すれば……。

ミラの言葉が脳裡を過ぎる。そんなことは、コウも分かっている。ユウナの病気は、現代の医学をもってすれば、数日の入院で完治するものだ。

だが、金がない。保険を使おうにも、貧困層の者たちには、支払額が高すぎて払えないのが現状だ。

助かると分かっているのに、金がないばかりに何もできない。そのことが、許せなかった。

だから、高額の報酬に釣られて、キムの仕事を引き受けもしたのだ。しかし、そのわずかな願いも打ち砕かれた。

「どこに行ってたの？」

ユウナが、起き上がろうとしたが、コウはそれを制した。

「寝てなきゃ駄目だ」

「だけど……」

「ちゃんと、言うことを聞く約束だぞ」

コウが怒った口調で言うと、ユウナは小さく息を吐いてベッドに横になった。

妹のユウナも、コウも、施設で育った。親が誰かは知らない。

この国では、出生と同時に、DNAの鑑定が行われ、ランク付けされる。それが、その個人を示す指標になる。

それはときとして、親にとって望まぬ結果になることもある。

特に、フロートアイランドの富裕層は、自分の子が低いDNAレベルだった場合、それを甘受できないのだ。

その結果、殺害してしまうケースが相次いだ。

そこで政府は、人命を尊重するという名目のもと、DNAランクがB以上の富裕層に、子どもを放棄する権利を与えた。

そうして親であることを放棄し、子であることを許されなかった子どもたちは、ロストチルドレンと呼ばれ、旧市街にある養護施設に入れられ、十四歳まで育てられる。

自分の親が誰か、報《しら》されることはない。ただ、捨てられたという現実と、劣等感を抱きながら生きて行くのだ。

だから、コウは自分の親が誰かを知らない。それに、ユウナが本当の妹かどうかも定かではない。施設の職員に、ユウナが妹だと告げられただけだ。

だが、だからといって、ユウナに対する愛情がないわけではない。むしろ、孤独であったコウを支え続けて来たのは、ユウナの存在に他ならなかった。

誰が何と言おうが、ユウナはコウにとって唯一の肉親で、妹なのだ。

だから、十四歳を過ぎ、施設を出たユウナと一緒に生活することを選んだし、ユウナを何としても救いたいと思っている。

それなのに――。

「私……病気が治らなくてもいい……」

ユウナが、弱々しい声で言う。

「何言ってんだ」

「お兄ちゃんが、危ないことをするくらいなら、このままでいい……」

「つまらない心配をしてないで、さっさと寝ろ」

コウは、ぶっきらぼうに言うと立ち上がり、ユウナに背中を向けた。

気を抜いたら、今にも泣き出してしまいそうだった。ユウナは、コウが何をしているのか、薄々感付いているのだ。自分が、このままでは死ぬことも分かっている。それでも尚《なお》、コウのことを気遣っているのだ。

自分は何もできない――。

圧倒的ともいえる無力感が、コウを襲った。

コウは、ユウナの元を離れて、窓の外に目を向ける。

東京湾を囲うように広がる高い壁――そして、その向こうに見える、煌《きら》びやかな光の集合体――フロートアイランド。

――DNAのランクで、人の命の価値は変わらないわ。

再びミラの言葉が脳裡を過ぎる。

今まで、その疑問を真剣に考えたことはなかった。

生まれながらに、ランクが分けられ、一方的に自分の価値を決められ、自分たちは家畜だと思って生きてきた。

フロートアイランドに住む連中を羨《うらや》み、妬《ねた》み、だが、いくらそうしたところで、自分たちと、富裕層の連中とでは、根本的に違うのだという諦《あきら》めのようなものがあった。

だが、彼女は――ミラはそれを違うと言った。

コウも、自分も同じ人間だと言った。慈悲に満ちた言葉ではあるが、逆にそれは残酷でもあった。

違うと思うからこそ、耐えられていた部分がある。同じだと認識したら、そこに芽生えるのは羨望《せんぼう》ではなく憎悪《ぞうお》だ。

だが、いくら心の中でそうした感情を抱いたところで、圧倒的な現実が変わるわけではない。

コウは、固く拳を握り締めるのと同時に、強い決意を抱いていた——。

8

執務室で、今回の事件の情報を精査している仁村の元に、市宮から連絡が入った。

用件は分かっている。さきほど、調査を依頼した案件の回答だろう。

「ずいぶんと早いな……」

仁村は、デスクの上のモニターに、映像を表示させながら言った。

電話の向こうの市宮は、いつもと変わらず涼しい顔をしていた。この男は、万事この調子なので、何を考えているのか分からないところがある。

〈データを検索するだけだ。たいした時間はかからない〉

市宮はこともなげに言う。

それは事実だろう。市宮が経営するイチミヤコーポレーションには、権限によって閲覧の制限はあるが、日本国民のDNA情報だけでなく、ありとあらゆる情報が集約されている。

市宮にかかれば、プライバシーなど無いに等しい。

「どうだった?」

仁村は、逸《はや》る気持ちを抑えながら訊ねた。

〈近くに人は?〉

市宮の言葉に、仁村の心臓が跳ねた。

部屋の中にいるのは仁村だけだ。だが、問題はそこではない。周囲を気にしたということは、もたらされる結果が、思わしくないものであるということを意味する。

「大丈夫だ。誰もいない」

〈君が推測した通りの結果だった――〉

そう言った市宮の声が、ずいぶんと遠くに聞えた。

ビリビリと痺《しび》れるような、嫌な感覚が全身に広がっていく――。

予感はあった。だからこそ、市宮に頼んで調べてもらったのだ。だが、実際に現実を突きつけられると、奈落《ならく》の底に突き落とされたような感覚に陥る。

「マズイな……」

仁村は、呻くように言った。

もし、市宮の言っていることが事実だとすると、墓から死人が蘇《よみがえ》ったようなものだ。知られれば、いろいろと厄介なことになる。

それこそテロを助長することにもなりかねない。

〈そうだな――〉

市宮が変わらぬ口調で応じたが、彼とて後悔の念を抱いているはずだ。

あのとき、殺しておけば――と。

それは、仁村とて同じだ。あのときのわずかな情が、今の綻《ほころ》びを生んでいるのだ。

だが、分からないことがある。もし、あの少年が、自分の思った通りの人物だったというなら、なぜ――。

「テロなんてやろうとしたんだ？」

しかも、ただのテロではない。自らの命を犠牲にする自爆テロだ。

〈それを調べるのは、君たちの仕事だ〉

「そうだが……」

〈どちらにしても、彼には、協力者がいる。このままにはできない〉

市宮が重い口調で言った。

仁村の脳裡に、ゲートブリッジでハウンドを殲滅《せんめつ》した、人型をしたロボットの姿が鮮明に蘇る。

深紅の機体――まるで、修羅《しゅら》のような闘いぶり――。

　あの機体の保有者が何者かは分からないが、彼を守ろうとしていたことは明らかだ。どこまで知っているかは不明だが、早急に手を打つ必要がある。

「彼を始末する――」

　仁村は、強い決意とともに口にした。

〈賛成だ。だが、我々の関与を絶対に臭わせてはならない〉

「うってつけの男がいる」

　仁村が答えると、市宮は誰のことかを察したらしく〈なるほど――〉と納得の声を上げた。

〈分かった〉

「とにかく、今晩中にでも、一度顔を合せて対策を検討しよう」

「詳細は、追って連絡する」

　通信を終えようとしたところで、市宮に呼び止められた。

〈うちの娘が、君のところに世話になっているようだ〉

「たぶん、形式的な事情聴取だろう」

〈形式的なものなら、もう引き取っても構わんだろ〉

　常に冷静で、感情を置き忘れたかのような振る舞いをする市宮だが、さすがに自分の娘はかわいいらしい。

現場サイドでは、ミラがテロに関与している――と主張する者もいるようだが、彼女の人となりを知っている仁村からしてみれば、その可能性はないと見ていた。

正直、これ以上、拘束しておく理由はない。

「分かった。手配しておこう」

市宮との電話を終えた仁村は、デスクの抽斗《ひきだし》から葉巻を取り出し、火を点けた。

窓の外に目をやる。さっきまで、ゲートブリッジから上がっていた炎と黒煙は、完全に雨に呑《の》まれて消えていた。

今回の一件は、ただの偶然だったのか、或《あ》るいは、何かが起きる兆候なのか――どちらにしても、長く続くものではない。

仁村は、煙を吐き出し、感傷に浸る自分を斬《き》り捨て、ある男に電話をつないだ。

〈あんたの方から連絡があるとは、珍しいな〉

モニターに表示された男は、冷たい目で仁村を見据えつつも、口許《くちもと》には僅《わず》かに笑みが浮かんでいた。

「そうか？」

惚《とぼ》けてみせてはみたが、実際、仁村から、この男――三島に連絡を取ることは稀《まれ》だ。

警察のトップが、犯罪組織のボスと連絡を取り合っているなどということが、表に出れば、それこそ終わりだ。

だが、それでも三島のような男が必要になることがある。

〈雨が雪に変わるかもな〉

冗談めかした口調で三島が言った。

「やけに上機嫌だな」

〈なかなか面白い人材が手に入ったんでね。そのうち、あんたにも会わせてやるよ〉

適当に相槌《あいづち》を打ったものの、実際に会う気はない。そんなことをすれば、後にどんな災禍を残すか分かったものではない。

「実は、お前に頼みがあったんだ――」

仁村は、強引に話を進める。

〈あんたから電話ってことは、そうだと思っていたよ。――で、用件は何だ？〉

「ある男を消してもらいたい」

〈男？〉

「ああ。コウという名の少年だ」

〈テロ騒ぎを起こした少年か？〉

「そうだ」

仁村が答えると、三島は再び声を上げて笑い出した。

「何が、そんなにおかしい？」

〈だっておかしいじゃないか。あんたほどの男が、血眼になって、少年を抹殺しようとしている〉

「理由は訊《き》くな」

仁村はぴしゃりと言った。

三島にそこまで話す必要はない。

彼は、あくまで駒なのだ。それに、今は協力関係だが、油断のならない男だ。弱みを見せれば、いつしっぺ返しを喰らうか分かったものではない。

〈分かってるよ〉

「やってくれるな？」

〈報酬は？〉

「お前の商売を黙認してやっているんだ。これ以上、何が必要だ？」

仁村は苛立ちを込めて言った。

そのために、三島のような男を野放しにしているのだ。その気になれば、いつでも潰《つぶ》すことができる。

〈いいだろう。うちに、個人的にその少年に恨みを持っている男もいるんでね〉

「では、あとでデータを転送する」

仁村は、そう言って電話を切った。

深いため息を吐《つ》き、頭を抱えた。本当に、厄介なことになった。なぜ、あの少年は、今になって現われたのか？

そこに、作為を感じずにはいられない。だが、仮りにそうだとしても、結果は同じだ。

コウという少年を、抹殺する。それで終わりだ――。

9

「では、あなたは、本当にテロリストの少年と面識は無かったのですね――」

窓一つない密閉された空間の中で、息苦しさを覚えながらも、ミラは「はい」と大きく頷《うなず》いて見せた。

嘘ではない。それが真実だ――。

「そうですか――」

向かいに座る男の顔は、不満そうだ。

テロ対策班の制服を纏《まと》い、腕には隊長の腕章をしている。東《あずま》という名だった。控え室に踏込んで来たときに顔を合せている。

「疑っているのですね」

「いえ、疑うなんて……」

否定はしたものの、納得していないのは明らかだった。細められた目には、はっきりと疑念が浮かんでいる。

「私には、疑っているように見えます」

ミラが強い口調で言うと、東の顔が引き攣《つ》った。

「決して、そんなつもりはありません」

東は、慌《あわ》てて否定する。こんなに弱腰でいいものか——と思ってしまう。

彼がここまで臆していているのは、何もミラ自身が怖《おそ》ろしいのではない。その背後にいる父の潤一郎の影に怯《おび》えているのだ。

長いものには巻かれろという諺《ことわざ》があるが、東はそれを地でいっている。彼だけがそうではない。この国の多くが、そうした感覚を持っている。

だからこそ、現在の歪んだ世界が受け容《い》れられてしまったのだ。

今まで、その歪みに気付きもしなかった自分が言うことではないが、それでも、ミラは哀《かな》しいと感じた。

「私に、疑念を抱いているのでしたら、はっきりそう仰《おつしや》って下さい」

ミラは毅然《きぜん》と言ったものの、実際に訊ねられたとき、どう答えるかは、正直、まだ決めていない。

ミラがコウのことを知ったのは、今晩が初めてだ。それに嘘はない。だが、彼を逃がそうと策を講じたことは事実だ。

東は、困惑した表情のまま息を呑んだ。

決断できないのだ。自分の今の立場を天秤《てんびん》にかけているのだろう。

「私は……」

ミラが言いかけたところで、通信が入ったらしく、東は立ち上がり、耳のイヤホンマイクに指を当てて背中を向けた。

ボソボソと囁《ささや》くような声で二言、三言、言葉を交わしたあと、改まってミラに向き直った。

「もう結構です」

「はい？」

「事情聴取は、これで終了です。お父様がお迎えに来ています。どうぞ、お帰り下さい」

どうやら、父の潤一郎がミラを解放するように圧力をかけたのだろう。

「私への疑いは、晴れたのでしょうか？」

ミラは立ち上がりながら、東に訊ねた。

東は、ミラの視線から逃れるように、わずかに俯《うつむ》いた。

「最初から、疑ってなどいません――」

力なく言う東を見て、ミラは苦笑いを浮かべた。

こんな状態で、まともな犯罪捜査ができるとは、到底思えない。だが、これがこの国の現実でもある。

DNAランクの良し悪《あ》しが、そのまま善悪の基準になっている。

これ以上、何かを言っても無駄だし、正直、追及されて困る立場になるのはミラの方だ。

「失礼します――」

ミラは、丁寧に頭を下げてから取調べ室を出た。

「ミラ」

廊下に出たところで、声をかけられた。

そこには、父である潤一郎の姿があった。隣には、秘書のマユもいる。

彼の声には、微塵《みじん》も動揺が見られない。今回に限らず、ミラは潤一郎が、感情を表に出しているのを見たことがない。

常に冷静で、思慮深く、ロジカルなものの考え方をする。だが、それらは潤一郎の特性とは言い難い。ミラにとって潤一郎は、何を考えているのか分からない、一番身近な他人だった。

「お父様が、手を回したんですね」

　ミラは、意識して責めるような視線を向けた。だが、それでも潤一郎は表情一つ変えない。

「そうだ——」

「なぜそんなことをしたのですか？　彼らは、私を疑っています。圧力をかけて、解放されたところで、その疑念が晴れるわけではありません」

「大丈夫だ。私からも、きちんと説明しておく」

　潤一郎は抑揚のない声で答えた。

　娘に対する信頼から発した言葉ではない。潤一郎は、娘のことなど、何も知らないし、知ろうともしない。

　興味があるのは、現在の地位をいかに維持するか——だ。

　感情の昂《たか》ぶりを覚えたが、結局、ミラは何かを口にすることはなかった。

　そうしたところで、潤一郎の答えは容易に想像できるし、決して、心を乱したりはしない。

「残念だが、私は今からやることがある。マユと家に戻っていなさい——」

　潤一郎はそう告げると、踵《きびす》を返して歩き去った。

　母の美晴のように、ミラを気遣う言葉もなければ、抱き締めることもしない。潤一郎は、まるで仕事の一部のように、父親という役割を処理している。

「ああいう方ですから――」

ミラの肩に手をかけ、優しい口調で言ったのはマユだった。

「本当は、とても心配されていたんですよ」

マユが続けて言った。

潤一郎の秘書として働くマユは綺麗《きれい》だし、仕事もできるし、とても優しい。だが、ミラはどうしても好きにはなれなかった。

彼女は、一部で潤一郎の愛人であるとの噂があった。だが、ミラがマユに苦手意識を持つ理由は別にある。

上手《うま》く表現できないが、強いて言うなら、出来過ぎているのだ。

「私には、そうは見えません」

「不器用な方ですから……」

マユの微笑《ほほえ》みは、華やかではあったが、その目の奥に、何か別の光があるように思えてならなかった。

10

〈申し訳ありません。どうやら、失敗のようです――〉

フォックスは、怒りを噛《か》み締めながらその報告を聞いた。

モニターに映し出されている男、キムは、意気消沈しているように見えるが、どうせ演技だろう。

所詮《しょせん》、金に塗《まみ》れた男だ。今回の作戦の重要性など理解していないし、その大義も分かっていない。

今回、キムに渡してあった爆弾は、セントラルタワーの近くにある変電施設前で爆発させる予定だった。

正直、変電施設一つを壊したところで、別の変電施設からの供給に切り替わるだけで、電力をストップさせることはできない。

だが、それでも、フロートアイランドにある七つの変電施設が、同時に爆破されたら――という恐怖を植え付けることはできた。

ここで激昂《げきこう》してキムを罵《ののし》るのは簡単だ。だが、それでは意味がない。

相手を威圧し、恐怖心を植え付けつつ、今後も利用していかなければならないのだ。

ではない。


「気に病むことはない。ミスは起こるものです」

フォックスは、静かに言った。

ボイスチェンジャーを使って、音声を変換してある上に、モニターにはこちらの画像が表示されていないので、キムはフォックスが何者であるかを知らない。

もし、知ったらどんな反応をするのか、試してみたい衝動はあるが、今はそのときではない。

〈そう言って頂けると、安心します〉

「ただし——」

フォックスは、ここでたっぷりと間を置いてから続ける。

「あなたには、退場して頂かなければなりません」

〈退場——ですか？〉

「そうです。テロに失敗し、実行犯の少年は、まだ生きている。これが、どういう意味か分かりますか？」

本当なら、自爆テロで死ぬはずだった少年——。

仮に、現地に辿り着けなくても、遠隔操作で彼の持っている爆弾を爆破する手はずになっていた。

だが、どういうわけか、爆弾が起爆できず、彼はまだ存在している。

〈はい〉

「その少年が捕まれば、あなたとのつながりが明るみに出るだけでなく、やがては私にまでその害は及ぶでしょう」

フォックスは、淡々とした口調で言った。

モニターに映るキムの顔が、みるみる引き攣っていく。何を言わんとしているのか、察しがついたのだろう。

〈いや、しかし、その可能性は……〉

「ゼロではないのですよね」

〈はい……〉

キムが額に汗を浮かべながら頷く。

「私は、常に完璧《かんぺき》を求めます。その少年が、生きている以上、あなたには消えてもらわなければなりません」

フォックスが冷徹に言い放つと、キムの顔が驚きと恐怖に震える。

キムは、フォックスである自分に会ったこともないし、どんな人間であるかも知らない。だが、富裕層に位置する権力者だと認識しているはずだ。だからこそ、指示に従い、協力関係を築いてきた。

一見、相手を知らずに信頼関係を築くことは難しい。だが、相手に畏《おそ》れを抱かせ、恐怖のもとに服従させるには、知らない方が都合がいい。

やたらと自分の素性を明かし、力を誇示したがる輩《やから》がいるが、それはむしろ逆効果だ。正体が分からないからこそ、不安をかき立てられ、怖れ戦《おのの》くのだ。

フォックスが行っているテロ活動も同じだ。

犯行声明も、フォックスと名乗るに留め、素性はおろか、自分たちが組織なのか、個人なのか、その目的すら明かしていない。

何も分からないからこそ、人々はフォックスを畏れるのだ。

キムにしてもそれは同じだ。

〈ご冗談を――〉

「私は、冗談を言う男ではありません。すでに、スナイパーが、君の額に照準を合わせています」

フォックスは、指で銃の形をつくり、キムに向けた。

もちろん、向こうにはフォックスの動きは見えていないし、スナイパーなど存在しない。だが、効果覿面《てきめん》だった。

キムは、額に汗を浮かべながら必死に周囲に視線を走らせる。

スナイパーを見つけることができれば、逃げることも、反撃することもできる。だが、見えないから身動きが取れない。

フォックスは、その慌て方を見て、キムに気付かれないように口を押さえて笑った。

――愚かな男だ。

金に取り憑《つ》かれ、保身に走るキムのような男ほど操りやすい。

〈どうか……どうか、お許し下さい〉

キムの声には、一切の余裕がなくなった。

「駄目です――ここで、あなたを許せば、他に示しがつきません。残念ですが、あなたには、お別れを言わなくてはなりません」

〈待って下さい！　今回の失敗は、私のせいではありません！〉

「言い訳は無用です。金を惜しみ、重要な作戦を、無自覚な若者にやらせたことが、そもそもの失態なのです」

フォックスは、冷淡に言い放った。

今まで、何度も爆破テロをキムに依頼して来た。その度にキムは、旧市街に住む貧しい人間を金で釣り、荷物運搬と称して爆弾を運ばせ、自爆テロを遂行して来た。

そうやって、無関係の人間を巻き込む手法は、外道だが、同時に、だからこそ当局がキムやフォックスを見つけられない要因の一つでもあった。

もちろん、フォックスは兼ねてからそのことを知っていた。本来なら、今さら責める理由などどこにもない。

〈お願いです。私は……まだ死にたくない……〉

キムは、今にも泣き出しそうな顔をしていた。

ここまでやれば、もう充分だろう。

「いいでしょう。あなたに、少しだけ猶予《ゆうよ》を与えます。何をすべきかは分かりますね」

フォックスは、静かに言った。

〈はい〉

キムが項垂《うなだ》れるように返事をしたところで、通信を終えた。

これでキムは、血眼になってテロに失敗した少年を捜し、血祭りに上げるだろう。その少年が消えてくれれば、自分たちに捜査の手が伸びることはない。

フォックスがほくそ笑んだところで、インターホンが鳴った。

デスク前のパネルを操作して、家の前のモニターの映像を呼び出す。そこには、知っている顔があった。

――マコトだった。

「やあ。こんな時間にどうしたんだい？」

フォックスはボイスチェンジャーを外し、高校生の御手洗《みたらい》タケルに戻り、呼びかけた。

〈いや、実はちょっと相談があって……〉

モニターの向こうで、マコトが微《かす》かに俯いた。

「ロックを解除する。とにかく入れよ」

タケルは、インターホンを切ると、ドアのロックを外したあと、マコトを迎えるために立ち上がった。

もし、自分の同級生が、テロリストのフォックスだと知ったら、警察トップの息子であるマコトはどんな顔をするだろう？

タケルは、そんな夢想をしながら部屋を出た──。

11

コウは、七番地区──かつて渋谷と呼ばれた街に足を運んだ。

この一角は、震災の影響をあまり受けておらず、古い建物が多く残っている。瓦礫《がれき》の上に造られた工場地帯とは違い、旧市街にある数少ない繁華街でもある。

とはいっても、フロートアイランドのそれとは、根本的に質が違うし、数も圧倒的に少ない。

コウは、帽子を目深《まぶか》に被《かぶ》り、俯くようにして歩いた。

斜めがけにしたバッグが、ズシリと肩に食い込む。

途中にある路地を右に折れた先にある、雑居ビルの前に立つ。〈ゴールド〉という看板が出ていた。

コウは、ビルの中に入り、地下へと続く階段を降り、重厚感のある扉を開けた。

酒と体臭と、煙草《たばこ》の煙とが入り混じった臭《にお》いが鼻を突く。何度来ても、この臭いは好きになれない。

ため息を吐きつつも、コウは中に入る。

薄暗い店内にボックス席があり、ドレスを着た女たちが、嬌声《きょうせい》を上げながら、男たちをもてなしていた。

酒を飲み、女を口説き、いっときの夢に浸る。いつの時代も、この手の店は代わり映えがしない。

コウは、ボックス席を一瞥《いちべつ》したあと、カウンター席に着いた。

女をつける金はないが、酒を飲むだけなら、払えない額ではない。とはいえ、安い金額とはいえない。

コウは、カウンターの向こうにいるウェイターに、ウィスキーをロックで注文した。

ウェイターの男が、ウィスキーの入ったグラスをコウの前に置いた。

温《ぬる》いウィスキーを口に含む。

強いアルコールが喉《のど》を焼き、ゆっくりと胃に落ちて行くのが分かった。身体《からだ》がかっと熱くなったが、今のコウにとって、それくらいの刺激が必要だった。

「ここで何してるの？」

隣にドレスを着た女が座り、囁くような声で言った。

「客の相手はいいのか？」

コウは、ちらりと隣に座った女に目を向ける。気配で分かった。この店のホステスをやっているアンだ。

茶色く、ウェーブのかかった長い髪に、色の濃い化粧をしている。

アンとはロストチルドレンの施設で一緒に育った仲だ。年齢はコウより一つ上だが、妹のような存在だった。

「すぐに戻るわ……それより、何でここにいるの？」

アンの口調には、明らかに焦《あせ》りが滲《にじ》んでいた。

「何をそんなに慌ててるんだ？」

「あいつが……キムが、あなたのことを捜しているわ」

アンは、コウに顔を近付け耳打ちした。

むせ返るような香水の臭いがした。まるで、何かを覆《おお》い隠そうとしているようだ。

コウの知るアンは、こんな女ではなかった。もっと無邪気で、笑顔がかわいくて、健康的な少女だった。

少しでも稼げる仕事がしたい——と、ホステスの仕事をするようになってから、彼女はどんどん変わっていった。

女としての色気が身についたのだと言う者もいたが、コウはそうは思わなかった。いくら金があろうと、背伸びをしようと、自分自身を変えられるわけではない。

今のアンは、着飾ることで、自分の本質を少しずつ削り落としているように思えてならなかった。

「都合がいい」

コウは、もう一口ウィスキーを口に含んでから答える。

「え？」

「おれも、キムに会いたかったんだ。向こうが捜してくれてるんだったら、都合がいいって言ったんだ」

「本気で言ってるの？」

アンが目を丸くする。

「何をそんなに驚いてるんだ？ キムをおれに紹介したのは、お前だろ？」

コウが言うなり、アンは目を伏せた。

妹の治療費を捻出《ねんしゅつ》するために、稼げる仕事を探していたコウは、アンに相談を持ちかけた。

ホステスのアンなら、何かいい情報を持っていると思ったのだ。

アンは、迷いながらもコウにキムを紹介した。ある依頼を請け負ってくれる人材を探している——と。

見るからに、胡散《うさん》臭い男だったし、依頼の内容がまっとうなものでないことはすぐに分かった。

アンが、いつ何処《どこ》でキムのような男と知り合いになったのかは訊《たず》ねなかった。

だが、今になって思うことがある。あのときから、アンはコウが自爆テロの駒《こま》に使われると分かっていたのかもしれない。

だが、それを口に出すつもりはなかった。

アンは変わったとはいえ、そこまで墜《お》ちたとは思いたくなかった。

「そうだけど……とにかく早く逃げて」

アンの声には焦りがあった。

「なぜ？」

「キムはあなたを……」

アンの言葉を遮るように、一人の男がコウの隣に座った。

見たことのある男。キムの手下で、ハクという名だった。色黒で、身体中にタトゥーを入れている。

「捜したぞ。コウ」

ハクは、コウの肩に手を回しながら、親しげに話しかけてきた。

「おれも、あんたたちに会いたくてね」

「それは都合が良かった。キムさんが待ってる。一緒に来てもらおう」

断る理由は無かった。コウは、大きく頷いてから立ち上がった。ウェイターに金を払おうとしたが、ハクがそれを制した。

「ここは、おれの奢《おご》りだ」

「気前がいいんだな」

「お前のお陰さ」

ハクが、意味深長な笑みを浮かべる。

コウがハクに続いて歩き出そうとしたところで、アンに腕を摑《つか》まれた。

「行ったらダメ！」

アンは、今にも泣き出しそうな顔をしていた。

これが演技だとしたら、なかなかのものだ。いや、アンに限ってそれはない。願望なのかもしれないが、そう思いたかった。

「一つ頼みがある」

コウは、アンに顔を寄せて耳許で囁く。

「え？」

「妹を──ユウナを預かってくれ──」

「どういうこと？」

「いいから、おれの言う通りにしてくれ」

「何をする気なの？」

コウはアンの質問に答えることなく、ハクに続いて店を出た。

12

「どうしたんだ？　こんな夜中に──」

そう言ってマコトの目の前に現われたのは、タケルだった。

細身な上に、肩までかかる長い髪をしているタケルは、遠目からだと女性に見紛《みまが》うほどだ。

マコトは会ったことがないが、タケルの実の母親の容姿を受け継いでいるらしい。

「すまない。いろいろあって……何だか落ち着かなくて……」

マコトが言うと、タケルが人懐《ひとなつ》こい笑みを浮かべながら、向かいのソファーに腰かけた。

タケルの父、御手洗寛一《かんいち》は、国営放送のトップであると同時に、民放三社の実質的な経営者でもある。それだけでなく、インターネットメディア、広告代理店と手広く事業を展開している。

国内のメディアは、全《すべ》て御手洗の息がかかっているといっても過言ではないほどの有力者だ。

だが、タケル自身は、そのことを鼻にかけるでもなく、誰に対しても気さくに振る舞う。マコトは、タケルのそうしたところを気に入っていたし、だからこそ、互いによき相談相手にもなっていた。

「だろうな。あのテロ騒ぎは、かなりインパクトがあった。だけど、ミラは無事だったんだろ」

タケルが、柔らかい笑みを浮かべた。

「ああ。だけど……」

「何だ？」

「ミラの様子がおかしかったんだ」

「おかしい？」

「ああ。何ていうか……ぼくに対しての態度が変わったというか……」

マコトの脳裡《のうり》に、あのときの光景が蘇る。

抱き締めたマコトを拒絶したばかりか、その視線には、突き放すような冷たさがあった。

何度か電話もしているのだが、ミラは一向に出ようとしない。

本当なら、ミラが無事に解放されたことを喜ぶべきなのだろうが、それよりも、ミラが自分のことをどう思っているか——ということの方が気にかかった。

タケルは、しばらくマコトの顔を見つめたあと、声を上げて笑い出した。

「何がおかしいんだ？」

「だって、おかしいじゃないか。何を心配しているのかと思ったら、そんなことか——」

「そんなことじゃない。これは、とても重要なことだ」

マコトが立ち上がりながら主張する。タケルは、そんなマコトを「まあ、落ち着けよ」と宥《なだ》めてから話を続ける。

「君は、意外とうぶなんだな」

「何だよそれ」

「別に、気に病むようなことじゃないって言ってるんだ」

「だけど……」

「そもそも、君たちは、ちゃんと交際しているのか？」

「え？」

不意打ちとも取れる質問に、マコトは驚きを露《あら》わにした。

「君たちが、親同士が決めた婚約者だってことは、周知の事実だ」

「ああ」

DNAの検査結果で、マコトとミラの遺伝子上の相性は相当に良かった。親同士が旧知の仲ということもあり、トントン拍子で婚約の話が進んで行った。

かつては、自由恋愛が尊重された時代もあるし、旧市街ではそれが当たり前のようだが、フロートアイランドではそうではない。

優秀な遺伝子を残すために、よりよい配偶者を選択することが当たり前になっている。異を唱える連中もいるが、その方が、生物としても、むしろ自然なことでもあるとマコトは考えていた。

「君は、今までその事実に甘えて来たんじゃないのか？」

「どういう意味だ？」

マコトが訊ねると、タケルは小さくため息を吐いたあと、席を立ち、マコトの隣に座り直した。

「だからさ、君は婚約者ってこととは関係なく、ミラに恋をしているんだろ」

思いがけない質問に、ドキリとする。

「恋って……そんなのは古い考え方だろ」

「古かろうが、新しかろうが、人は恋をするんだよ。君は、ミラに恋をしているからこそ、悩んでいるんじゃないのか？」

タケルが、マコトの肩をぐいっと抱き寄せる。

「それは……」

「優秀な子孫を残すために選ばれた配偶者。ミラのことを、そう考えているなら、別に彼女の気持ちなんて、どうでもいいはずだろ――」

「そう――かもしれない」

マコトは、小さく返事をした。

初めてミラを見たのは、六歳のときだった。父親に連れられて、フロートアイランドの完成を祝う式典に参加したときのことだった。

そこで、白いドレスを着たミラを初めて目にした。

その美しさに言葉を失った。胸が高鳴り、ミラの顔をまともに見ることができなかった。

それから何度か会う機会はあったが、ミラの前に立つと、どうしても緊張してしまい、ろくに言葉を交わすことができなかった。

十四歳になったとき、父からＤＮＡ鑑定の結果を踏まえ、ミラとの婚約の話を持ち出されたとき、「別にどうでもいいよ」とぶっきらぼうに答えたが、その夜は興奮して眠れなかった。

　ミラが自分の妻になる——そのことが、気持ちを昂ぶらせたのは事実だ。ミラに会う度に、抱き締めたいという衝動に駆られる。

　今夜にしてもそうだ。恐怖に震えるミラを、自分の腕で包み込みたかった。

　なぜか？　その理由は明白だ。タケルの言うように、婚約者であることを抜きにして、ミラに恋をしているのだ。ずっと昔から——。

「だったら、やることは分かっているだろ」

　タケルが目を細めながら言う。

「やること？」

「そうだ。君の想《おも》いをミラに伝えるんだよ」

「なぜ？」

「分からないか？　彼女も、それを待っているからだよ」

　タケルは立ち上がり、ミュージカル俳優のように、大きく両手を広げてみせた。

「待っている？」

「そうさ。女とは、複雑な生き物なんだ」

「どういうこと？」

「愛されたいんだよ。たとえ、それが親同士の決めた婚約者だとしても、愛しているという意思表示が欲しいのさ」

マコトには、イマイチ実感がないが、多くの女性と浮き名を流して来たタケルが言うなら、そうなのだろう。だが――。

「どうすればいいんだ？」

「簡単なことだ。君の気持ちを伝えればいいんだよ」

「ぼくの――気持ち」

「そうだ。君の気持ちを伝えた上で、彼女を抱き締めればいいじゃないか。自分の恋した相手が、親の決めた婚約者なんだぞ。君のような幸せ者は、他にはいない」

タケルがいかにも楽しそうに笑った。

マコトのことを、祝福してくれているのかもしれない。

タケルに相談して良かった――マコトは心の底からそう思った。

13

――ガキが！

タケルは、玄関先でマコトを見送りながら、心の内で吐き捨てた。

生まれながらに得た自分の地位に守られ、この国の現状に目を向けることなく、自堕落に生きる愚か者の典型だ。

恋にうつつを抜かし、何も見ようとはしていない。

マコトの中にあるのは、常に自分だ。他の誰かのことなど、端《はな》から考えていない。

ただ、基本スペックが高いというだけで、ああいう連中が支配者としてのさばるのかと思うと、心底吐き気がする。

だからこそ、フォックスが必要なのだ——。

「タケル君——」

自分の部屋に戻ろうとしたところで、声をかけられた。

甲高く、甘えを含んだ耳障《みみざわ》りな声——タケルは、不快感を呑み込んで作り笑いを向けた。

そこには、案の定リラが立っていた。商売女のように、露出が多く下品な服装をしている。化粧にも、髪型にも品位が感じられない。

「何ですか？」

タケルが答えると、リラは小さくため息を吐いた。

「敬語——まだ、直してもらえない？」

「敬語になってました？」

「ほら、また……気持ちは分かるけど、私は、一応、あなたのお母さんなのよ」

リラが笑窪《えくぼ》を作って笑った。

——何がお母さんだ！

タケルは、内心で毒づく。

リラはタケルと十歳しか離れていない。かつては、アイドルのようなことをやっていたらしいが、鳴かず飛ばずだった。

そんなリラが、タケルの父である寛一と結婚し、後妻の座に収まったのは、一年前のことだった。

初対面の会食のとき、リラは開口一番「これからは、私をお母さんだと思って——」と言ったのだ。

——ふざけるな！

それがタケルの率直な思いだった。

この女が、母であるはずがない。タケルが、母と呼ぶべき女性は、この世でたった一人だけだ。寛一が何をしようと勝手だが、タケルから母を奪う行為は、断じて許せなかった。

激しい憎悪《ぞうお》を抱いたが、タケルはそれを表に出すことはなかった。

マコトのような子どもではない。表面上は受け容れた素振りを見せていたが、決して自分の領域には踏込んで欲しくなかった。

敬語は、その表われといっていい。

「そうでしたね。すみません」

タケルが笑顔で詫《わ》びると、さすがに諦《あきら》めたのか、リラは敬語についてもう口にしなかった。

「私、これから出かけてくるから――」

「そうですか。分かりました」

タケルは、短い会話を終えて自分の部屋に入った。

もう日付が変わろうという時間だ。リラは、寛一が多忙で、ほとんど家に帰って来ないのをいいことに、好き放題遊び歩いている。

まだ二十代だから、仕方がないのかもしれないが、そんな女を母と思うことなど、できるはずがない。

タケルは、自分のデスクに座ると、目の前の端末を操作して、モニターに一枚の写真を表示させた。

それは、実の母、万里亜《まりあ》の写真だった。

タケルを抱き締め、弾《はじ》けるような笑みを浮かべている。そこにあるのは、媚《こ》びた女の顔ではなく、深い愛に満ちた母の顔だ。

万里亜は、DNAによってランク別《わ》けされるこの国の制度をおかしいと感じ、ロストチルドレンを支援するボランティアに従事したり、講演会を開いたり、様々な活動に参加していた。

——人は、DNAで差別されるべきではない。

それが万里亜のログセだった。タケルは、芯《しん》が強く、凛《りん》とした母の姿が好きだったし、その考えに深く共感もしていた。

そんな万里亜が死んだのは、六年前のことだった——。

旧市街からの帰り道、ゲートブリッジで交通事故死したのだ。

——あり得ない！

それが、タケルの素直な感想だった。あんなに真《ま》っ直《す》ぐで、障害物一つないゲートブリッジで、事故など起こすはずがないのだ。

タケルは、そこに作為を感じずにはいられなかった。

誰もが事故と認識していたが、タケルは、母の万里亜は殺されたと考えていた。

父の寛一は、メディア王と呼ばれ、この国のメディアを牛耳っている。そんな男の妻が、反政府的な活動に参加しているのは、都合が悪かったのだ。

だから殺された——。

物的証拠は何もない。だが、そんなものは、いくらでも操作できる。寛一には、それだけの力があるし、この国はそういうことがまかり通るほどに歪んでいる。

タケルが、寛一に憎悪を抱くのに時間はかからなかった。あの男は、自分の立場を守るために、自らの妻を手にかける屑《くず》だ。

怒りの矛先は、寛一だけではなかった。

後妻のリラはもちろん、友人であるマコトと会うときも、その婚約者のミラに対しても――笑顔の仮面を被ってはいるが、心の底では黒い憎悪が渦巻いている。

この国の歪み――それを正そうとしていたからこそ、母は殺されたのだ。

それなのに、残された連中は、何ごともなかったかのように、平和な日常を送っている。

それが、どうしても許せなかった。

その怒りは、日に日に強くなり、やがて、自分は母の遺志を継ぐべきだと考えるようになった。

――だが、母と同じ方法ではダメだ。

正面から訴えたところで、母のように邪魔者として消されるだけだ。それに、富裕層の連中は、自らの富を手放してまで、この国を変えようとは思わないだろう。

もっと効果的で、インパクトのある方法を採らなければ、この歪んだ国を変えることなどできない。そのために必要なのは――恐怖だ。

そして――フォックスが生まれた。

「母さん。見ていて。ぼくが、この世界を変えてみせるから――」

タケルは、映像の中の母の頬にそっと触れた。

14

ベッドに腰かけたクリスは、深いため息を吐《つ》いた――。

三島から与えられた部屋だ。それほど広い部屋ではないが、旧市街での生活を思えば、快適といえる空間だ。

もう戻れない場所まで来てしまった。そんな実感が、クリスを襲った。

だが、それも自分で選んだ道だ。惨《みじ》めな死を迎えるくらいなら、墜ちてもいいので、満ち足りた生活をしたい。

――これは、満ち足りた生活なのか？

疑問が過《よ》ぎったところで、携帯端末が鳴った。応答のスイッチを押すと、モニターが展開し、三島の顔が現われた。

三島の隣には、女の姿もあった。見たことのある女だ。クリスの記憶が正しければ、彼女は御手洗寛一の妻のリラだ。二人の結婚報道を、テレビのニュースで何度も目にした。

よりにもよって、メディア王と呼ばれる御手洗の妻が、犯罪組織のボスと関係を持っているとは――。

リラは薬をやっているのか、目がとろんとしている。

彼女は、それなりのDNAランクのはずだ。だが、遺伝子が持つのはあくまでポテンシャルだ。人格は、まったく別のものだし、いくらDNAランクが高くても、薬や色に溺《おぼ》れる愚か者はいる。

世界がどう変わろうと、腐敗はついて回るものだ。

分かっていることではあるが、クリスごときが声高々に叫んだところで、現実が変わることはない。

クリスは、湧《わ》き上がる感情を、無理矢理押し込んだ。

〈部屋は気に入ってもらえたか？〉

三島がうっすらと笑みを浮かべたまま言う。

「気に入らないと言ったら、変えてくれるのか？」

クリスが答えると、三島が声を上げて笑った。

〈やはり、お前は面白い男だよ〉

何が、そんなに三島を喜ばせているのか、クリスにはまるで分からなかった。だが、それを口にする気にもならない。

「それで、用件は？」

別に、部屋の具合を訊《き》くためにわざわざ連絡して来たとは思えない。

〈お前に仕事だ――〉

「仕事？」

〈そうだ。復讐の機会を与えてやるよ〉

「復讐だって？」

クリスは困惑した。今まで、復讐したいほどに誰かを恨んだことは、ただの一度もない。

〈お前を失墜させた張本人を、この世から葬《ほうむ》り去るんだよ。これ以上、楽しい仕事はないだろ？〉

クリスは、ますます分からなくなった。

契約解除を通達したのは、テロ対策班の本部長である樺沢だ。しかし、それは当然の判断だといえる。

東にしても、クリスの失墜を願っていただろうが、具体的に何かをしたわけではない。

今の状況は、自らのミスによって作り出されたものに他ならない。誰かを恨む類《たぐい》のものではない。

――もしかして、ミラのことだろうか？

周囲がどう判断しようが、ミラがテロリストの手引きをしたのは確実だ。だが、それだって責める理由にはならない。どんな状況であったにせよ、逃亡を許したのはクリス自身のミスだ。

それに——彼女を殺すなど、自分にはできない。

「いったい、誰のことを言っているんだ？」

クリスが訊ねると、三島は呆《あき》れたようにため息を吐いた。

〈お前が逃がしたテロリストだ〉

「コウ——」

クリスは、苦い思いとともにその名を口にした。

ＤＮＡ解析システムの生みの親でありながら、そのシステムを破壊しようとした希代のテロリストと同じ名を持つ少年——。

確かに彼を取り逃がしたことが、今のクリスの状況を作り出している。あのとき、撃っておけば——という思いはある。

だが、それも原因はクリスの判断ミスで、彼を恨む理由はない。

〈そうだ。おそらく、旧市街に潜伏しているはずだ。お前は、そいつを見つけ出して始末しろ——〉

淡々とした調子の三島の言葉が、クリスの胸を鷲摑《わしづか》みにした。

——果たして、自分は彼を殺せるのだろうか？

コウの顔が脳裡を過ぎる。

あのとき、クリスはトリガーを引くことができなかった。コウの真っ直ぐな視線は、かつての自分を見ているようだった。

何としても、生き抜いてやるという強い意志に溢《あふ》れていた。

必死に生きようとしている人間を、容赦なく撃つ——そんなことが、自分にできるだろうか？

三島のような男とかかわっていれば、いつかは、人を殺すことになるかもしれないと、ある程度の覚悟はしていたが、まさかそれが最初の仕事になろうとは——。

〈怖《お》じ気づいたのか？〉

返事を返さないクリスに対して、焦《じ》れたように三島が問う。

「おれは……」

その先の言葉が出て来なかった。

喉が干上《ひあ》がり、背中を嫌な汗が伝う——。

〈お前が飛び込んで来たのは、こういう世界なんだよ。今さら悔やんでも、後戻りはできない〉

三島の言葉が、無情に響く。

確かにその通りだ。どんなにあがこうと、今さらクリスは後戻りできない。断れば、警察のように契約解除だけでは済まされない。クリスは確実に三島に殺される。

　今さらのように後悔が押し寄せる。だが――。

「戻るつもりはない」

　クリスは、汗の滲む掌《てのひら》を固く握った。

〈それでいい。あとでデータを送るので、指定された場所まで来い〉

「分かった――」

　クリスが答えるのと同時に、通信は切れた。

　だが、すぐに立ち上がる気にはなれなかった。分かったつもりでいたが、今になって重い現実が両肩にのし掛かる。

「おれは――何がしたかったんだ？」

　自然と疑問が口をついた。

　だが、今さらそんなことを問うてみたところで意味はない。

　覚悟を決めて立ち上がり、身支度を始める。部屋を出る前に、ふと足を止めて窓の外に目を向けた。

　雨は、もう止《や》んでいた――。

15

コウが、ハクに連れて来られたのは、一番地区——旧港区だった。

ライフゲートの高い壁に沿って、整然と倉庫が建ち並んでいる。近くには、大きな港があり、工場地帯で造られたメイドインジャパンの製品が、ここから海外に輸出されているのだ。

震災後、驚異的な復興を遂げた日本は、再び技術大国の名を世界に轟《とどろ》かせたが、実際にそれを造っているのは、フロートアイランドの住人ではない。地べたを這《は》いずり回る下層の人間たちだ。

だが、その恩恵を受けるのは、フロートアイランドに住む、一握りの富裕層に限られている。

「こっちだ——」

ハクの案内で、コウは倉庫の一つに足を踏み入れた。

野球場がそのまま入ってしまいそうなほど広く、天井まで二十メートルはある空間に、複数のコンテナが乱雑に置かれていた。

そこに、一台の車が滑り込んで来た。

ただの車ではない。どこで手に入れたのか、屋根の部分に重機関銃を装備した装甲車だ。


キムだった――。

助手席のドアが開き、一人の男が、ゆっくりとコウの前に歩み出た。

「会いたかったよ」

キムだった――。

金歯をひけらかすように、にいっと笑ってみせた。

腹の底から、じりっと焼け付くように熱くなる。何が簡単な仕事だ――キムは、最初からコウを自爆テロの駒に仕立てるつもりだったのだ。

「ずいぶんなことをしてくれたじゃないか」

コウは、キムを睨《にら》み付けながら言う。

「何のことだ？」

惚《とぼ》ける態度が、コウの中の怒りを余計に煽《あお》った。

今まで、こうやって甘い言葉で誘い、いったい何人の人間を自爆させたのだろう。

「お前は、最初からおれを殺す気だったんだな。まさか、自爆テロの駒にされるとは、思ってもみなかったよ」

「何をそんなに怒ってるんだ？」

キムは、両手を広げておどけてみせる。

罪悪感の欠片《かけら》もない態度だった。

「てめぇ！」

「お前のDNAランクは、何だった？」

「は？」

「確か——Gマイナスだったよな。最下層もいいところだ。お前みたいな、何の役にも立たない屑は、自爆テロくらいしか、使い道がないだろうよ」

キムが言うのに合わせて、ハクが声を上げて笑った。

倉庫の中に響く、無慈悲な笑い声が、コウの心をかきむしる。少し前なら、そう思われても仕方ない——と感じていただろう。

だが、今は腹の底から怒りが込み上げてくる。ミラの言葉が、頭を過ぎる。

「DNAのランクがどうだろうと、おれも、お前も、同じ人間なんだよ！」

コウの力一杯の主張は、キムの笑い声にかき消された。

「笑わせんな小僧！　一緒なわけねぇだろ！　地べたを這いずる虫が、偉そうに吠《ほ》えるんじゃねぇよ！」

キムの口調が、一気に変わった。

人を人とも思わぬ冷徹な声が、コウの耳朶《じだ》を不快に揺さぶった。

キムも、テロを実行するからには、現行政府のやり方に不満を感じているはずだ。にもかかわらず、吐き出される言葉に大差はない。

結局は、自分の保身だけで動いているのだろう。

そもそも、何かを訴えたくてテロをやるなら、自分自身でやればいいのだ。何も知らない人間を使うなど、許せるものではない。

「黙れ！　きっちりと報酬は払ってもらう！　おれは、そのためにここに来たんだ！」

「仕事を失敗しておいて、何を偉そうに」

「成功したところで、払うつもりなんて無かったんだろ」

「今さら気づいたか。だから、お前は最低ランクなんだよ。その調子じゃ、何のために、自分がここに呼ばれたかも分かってねぇんだろうな」

キムが、同情にも似た視線をコウに向けたあと、指をパチンと鳴らした。

それを合図に、装甲車の中から、ぞろぞろと人が現われた。全部で十人――全員が、自動小銃や拳銃《けんじゅう》で武装していた。

逃げようにも、あれだけの数の銃口に狙《ねら》われては、身動きが取れない。

「クライアントの命令でね。お前は、抹殺しないとならないんだ。証拠として、撮影させてもらうよ」

キムが言うと、取り巻きの中の一人が、三脚を立て、そこにカメラを設置した。

証拠映像を撮影するために、コウをすぐに殺さなかったらしい。だが、コウもこうなることは分かっていた。

「殺すなら殺せ。だけどその前に、約束した報酬を払え」

「今から死ぬ奴《やつ》が、金なんてもらって何に使うつもりだ？　ええ？」

使い道ならある。ユウナの病気を治す。そのためなら、自分の命を差し出しても構わない。その覚悟を持って、コウはここにいる。

「今すぐ、入金の手続きをしろ！　さもないと、この爆弾を爆発させる！」

コウは斜めがけにしたバッグを右手に持ち替え、掲げて見せたあと、左手をポケットの中に突っ込み、ライターを取り出した。

「ここで自爆する気か？」

キムが、困惑したように眉《まゆ》を寄せる。

「おれには、その覚悟がある。どうせ、生きては帰れないだろうしな。爆弾の威力は、おれより、お前たちの方が知ってるはずだ」

コウはずいっとキムに歩み寄る。

さすがに驚いているのか、キムも取り巻きの連中も、何も言わなかった。倉庫の中に静寂が訪れる。

「お前、本物のアホだな――」

長い沈黙のあと、キムが噴き出した。

「何がおかしい？」

「旧世代のダイナマイトならまだしも、そんなもんで、自爆できると思ってんのか？」

「何？」

「あのな――爆弾ってのは、信管が破裂して、初めて爆発するんだよ。しかも、その爆弾は、金属製のシェルに覆われているんだ。ライターの火で炙《あぶ》ったところで、爆発なんてしねぇんだよ」

キムの言葉は、コウを絶望のどん底に突き落とすのに、充分過ぎるほどのものだった。

自らの無知を今さらのように呪《のろ》う――。

やはり、自分のようなDNAランクの低い者は、抗《あらが》ったところで、その底が知れている。

搾取《さくしゅ》され、地べたを這いずり回りながら、死を待っていれば良かったのか――。

「もういい。お前の話はもう飽きた」

キムが言うのと同時に、再び銃口がコウに向けられる。

今から、何を言おうとキムはコウを殺すだろう。抗おうにも、素手である上に、切り札の爆弾が役立たずではどうにもならない。

だが、それでも――コウは生きたいと願った。

16

クリスが足を運んだのは、フロートアイランドの房総半島側にある埠頭《ふとう》だった――。

近くにある倉庫の軒下から、クリスは暗い海を眺めていた。

雨に洗い流された夜空は、澄み渡っていたが、クリスの心はどんよりと沈んだままだった。いつもなら、懐かしさを感じる潮風も、酷《ひど》く不快に感じられた。

停泊している船舶は、中型のカーゴシップが一隻《せき》だけだった。元々は、海外への輸出用に造られた埠頭だが、現在は旧市街の一番地区から直接搬出するのがメインになっていて、ほとんど使用されていない。

「早かったな――」

声をかけて来たのは、三島だった。

百九十センチの巨漢の手下、カズを従えている。

「時間は守る方だ」

クリスが答えると、三島は笑った。

「真面目《まじめ》な男は嫌いじゃない。では、さっそく行くとするか。ついて来い――」

三島は、そう言って一隻だけ停泊しているカーゴシップに向かって歩いて行く。

彼の到着を待ち構えていたかのように、カーゴシップの前面に備えられた巨大なハッチが、ゆっくりと開いた。

どうやら、このカーゴシップで旧市街に向かうつもりらしい。

「車で移動した方が、早いんじゃないのか？」

クリスは、三島について歩みを進めながら訊ねた。

「おれが、どうやって薬や武器を密輸してるか、知っているか？」

逆に質問を返された。

だが、ある意味それが答えでもあった。

「この船を使っているんだな――」

「正解」

三島は得意げに言う。

全てに合点がいった。三島は、この船を使い、海外から違法品の密輸をしている。

本来なら、積荷は税関によって検査されるが、この船だけは、それを受けない仕組みになっているのだろう。

普通ならあり得ないことだ。だが、クリスが撮影した写真に映っていた、もう一人の男――仁村了介の存在がそれを可能にしている。

おそらく、ここには税関はない。警察のトップである仁村は、実質この港を三島に与えたのだ。

三島は、カーゴシップの中に足を踏み入れる。クリスもそれに続く。

密輸の方法は分かったが、まだ腑《ふ》に落ちないことがある。

「それでも、船より車の方が速い」

この埠頭は木更津側にある。車なら市街地を突っ切って、ゲートブリッジを渡ればいいので、二時間ほどだが、船の場合は、フロートアイランドをぐるりと回らなければならない。

倍以上の時間がかかってしまう。

「時間だけで言えばな。ただ、この船は色々と便利でね」

ハッチの奥は、そのまま格納スペースになっていた。幅は二十メートル。天井高は十メートルといったところだろう。

薄暗く、奥までは確認できない。

格納庫の中には、武装した五人の男たちが待ち構えていた。

三島が、男たちに指示を出す。

「見せてやれ」

彼らは、棺桶《かんおけ》ほどの大きさのグリーンのケースを、運んで来て三島の前に置くと、蓋《ふた》を開けた。

中には、自動小銃やロケットランチャーが、ぎっしりと詰まっていた。

「車で移動すれば、ゲートブリッジで、検問やら何やらで面倒だろう」

三島の主張はもっともだ。

日本は、一般市民に銃の保有が認められていない、希有《けう》な国だ。こんなものを持ち歩いていいようものなら、即刻逮捕されるのは間違いない。

船で移動すれば、検問を通らずに済むということだ。

「それに、車もあるしな」

三島が指を鳴らすと、薄暗い倉庫に照明が灯った。

五台ほどの車が積載されていた。どれもクリスの収入では、手が届かないような高級車ばかりだ。

三島が、なぜ船での移動をするのかは分かった。だが、別の疑問が首をもたげる。

「テロリスト一人に、これだけの武器が必要なのか？」

武器を携行しながら、取り逃がしたクリスが言うことではないが、それでも、少年一人を相手に、ここまでの武装は、大げさと言わざるを得ない。

クリスの主張を、三島は鼻で笑い飛ばした。

「お前は、何も分かっちゃいない。事態は、お前が思っているより、はるかに深刻なんだよ」

「どういうことだ？」

「見せてやれ――」

三島の指示で、配下の男の一人が、クリスの前に携帯端末を差し出した。モニターが展開し、そこに映像が表示される。

「なっ！　何だこれは！」

クリスは、そこに映し出されたあまりの映像に、驚きを隠せなかった。

見たこともない、人型をした巨大な機械が映っていた。アニメに出て来るようなロボットだ。

それは、三機のハウンドを、瞬《また》く間に殲滅《せんめつ》してしまったのだ。

「警察はこの映像を隠蔽《いんぺい》し、箝口令《かんこうれい》を敷いてはいるが、こいつは現実なんだよ」

これだけの兵器を保有しているとは――。

「いったい、何者だ？」

「さあな。ただ、ターゲットのガキは、ただのテロリストじゃねぇってことだよ」

三島の言葉に、クリスは息を呑《の》んだ。

あまりに想定外のことに、次の言葉が出て来なかった。

「これだけの獲物に、そうそう出会《でくわ》すことはねぇ。ゾクゾクするだろ」

三島は、クリスの肩を抱き、顔を寄せながら言った。

その顔には、歓喜に満ちた笑みが張り付いていた。三島は、本気で楽しんでいる。この男の行動原理は金だと思っていたが、そうではないのかもしれない。

無邪気な子どものように、スリルを楽しんでいるように思える。

もしかしたら、自分はとんでもない奴についたのかもしれない――三島の本質に触れ、背筋に寒気を覚えつつも、クリスは現状を分析してもいた。

「あんなものが相手だとしたら、この装備じゃ手に負えない」

クリスは、ケースの中の銃器を一瞥《いちべつ》してから言った。

相手は、ハウンド三機を易々《やすやす》と破壊するような化け物だ。自動小銃や、ロケットランチャーごときでどうにかなるとは思えない。

「だろうな」

三島は、クリスの指摘をあっさり受け容《い》れた。

だが、その顔に不安や怖《おそ》れはない。むしろ、自信に満ち溢れているようだった。

「どうするつもりだ？」

「こっちにも、切り札があるんだよ」

そう言って三島は、格納スペースの奥を指差した。そこには、大型のバンほどの大きさの物体が四つ。シートを被《かぶ》せられた状態で置かれていた。

「何だ？　あれは？」

「見せてやるよ」

三島は、クリスと肩を組んだまま、その物体に向かって歩き出す。

シートを被せられてはいるが、近づくにつれて、その形状から、クリスはそこに何があるのか察しがついて来た。

「まさか――」

すぐ目の前まで来たところで、クリスは確信に満ちた声を上げる。

「分かったようだな」

三島が目で合図をすると、四つのうちの一つに被せられたシートを、配下の男たちが引き剝《は》がした。

「ケルベロス――」

地獄の番犬をその名に持つこの機体は、戦車に四本の脚を付けた形状に、二本の巨大なアームを備えている。

形だけで言えば、番犬というより、カニを連想させる。だが、その性能については、地獄の番犬に相応《ふさわ》しい凶暴さを持つ。

ハウンドがテロ制圧用に造られた機体であるなら、このケルベロスは、紛争地帯での拠点防衛目的で造られたものだ。

チョバムアーマーで造られた、厚い装甲板が展開していて、あらゆる攻撃に備えている。

胴体の両サイドには、12・7㎜のアンチマテリアルライフルが装着され、カニのハサミを思わせる左右のアームには、六砲身のM77バルカンを備えている。

中心部にある主砲は、アメリカの主力戦車で使用されているのと同形式で、マッハを超える速度で徹甲弾を発射し、あらゆる装甲を粉々に打ち砕く。

ハウンドの装備が、オモチャに見えるほどの代物《しろもの》だ。

それだけではない。ハウンドは市街地でのテロ制圧を目的としているので、搭載されている高度な人工知能により、独自に状況判断をして攻撃を加える。

だが、ケルベロスに搭載されている人工知能は、非常に簡易的なもので、味方識別コードのない者に、手当たり次第に攻撃を仕掛ける。

アメリカの軍事演習中に、誤作動を起こし、味方の一個小隊を全滅させる事故を起こしている。

それを契機に配備が中止され、闇《やみ》市場に流れたというが、まさか、こんなところに眠っていようとは——。

「どうだ。楽しくなって来ただろ」

そう言って三島は、声を上げて笑った。

格納スペースに響くその笑い声を聞きながら、クリスは呆然《ぼうぜん》と黒く染め上げられたケルベロスを見上げた。

これは、もはや戦争だ――。

17

コウは、十人の男たちに銃口を向けられながらも、まだ希望が捨て切れなかった――。

生きたい。何としても、生き抜きたい。

情念ともいえる強い衝動が、コウの全身を駆け抜ける。身体《からだ》が熱くなった。今まで眠っていた何かが、目覚めたような感覚があった。

「こんな世界でも、生きたいと願うか？」

どこからともなく、声がした。

低く厚みのある声。だが、そこに込められた響きは、陰湿で暗い――。

――誰だ？

キムを含め、そこにいる男たちにとっても、その声は想定外のものだったらしい。

しきりに周囲を見回している。

それを嘲笑《あざわら》うかのように、キムたちの背後に、黒い影が立った。一人の男だった。

おそらくは、あれが声の主だろう。

異様な男だった——。

黒い外套《がいとう》を纏《まと》い、髪は真っ白だった。彫りの深い顔立ちは、相応の年齢に見えるが、首から下の身体つきは、若々しく、引き締まっていた。

何より目を引いたのは、その男の右腕と左脚だった。義手義足である。しかも、人工皮膚などの加工を施しておらず、金属のフレームが剝《む》き出しになっている。まるで、その部分だけ甲冑《かっちゅう》を纏っているかのようだった。

「何だ、お前は？」

キムが振り返り、男に銃口を向ける。

男は、そんなことを意に介することなく、真っ直ぐにコウに視線を向けた。まるで、獣のように鋭く力強い視線——それでいて、品位があり、威光を放っているかのようだった。

「もう一度問う。お前は、こんな世界でも、生きたいと願うか？」

その声は、他の誰でもない、コウに向けられたものだった。

男が何者で、なぜこの場所に現われたのか。そして、なぜコウに「生きたいか？」と問うのか——まるで分からなかった。

だが、それでも、コウには、男が絶望の淵《ふち》に現われた一条の光に思えた。

確かに、コウの人生はクソみたいなものだった。親を知らず、生まれながらに出来損ないのレッテルを貼《は》られ、どんなにあがいても、這い上がれない壁が目の前に立ちふさがっている。


——今、キムに殺されなかったとしても、その先に何がある？

妹のユウナは救えない。家畜同然に働き、やがては死んで行く。そこには、何の希望もない。


だったら、このまま死んだ方が、楽なのかもしれない。

——否《いな》！


コウは、自らの心を侵食しかけた思いをかき消した。

それでも、やはりコウは生きたいと願った。理屈ではない。たとえ、闇に包まれた人生であったとしても、最後まで抗い、生きるのが生物の本能だ。だから——。

「おれは、生きたい！」

気づいたときには、声に出していた。

外套を羽織った男が、口を吊《つ》り上げて笑った。

恍惚《こうこつ》を噛《か》み締めているようでもあり、嘲《あざけ》りとも取れる笑みだった。

「いいだろう。お前の願い、聞き入れよう——」

男の言葉は、まるで神の啓示のように感じられた。それが、救いの神なのか、破滅の神なのかは分からない。

だが、それほどまでに、神々《こうごう》しく、畏《おそ》ろしく思えた。

「何者か知らんが、このガキはおれたちの獲物でね。悪いが、さっさと消えてくれ」

キムが、男に拳銃を向けたままずいっと歩み出る。

「それはできない」

男は動じることなく、毅然《きぜん》と言い放つ。

「だったら、お前から死ね！」

キムが言うなり、トリガーを引いた。

耳をつんざく破裂音とともに、銃口が火を噴く――。

だが、弾丸は男には当たらなかった。正確には、男が素早く義手である右腕を翳《かざ》し、盾にしたのだ。

あまりのことに、キムの顔が恐怖に引き攣《つ》る。

男は、呆然としているキムの手から拳銃を奪い取ると、金属の義手で強く握った。機械の掌の中で、メキメキと音を立てながら拳銃が潰《つぶ》れていく。

コウは、ここに来て、男の異様な義手の正体を悟った。

あれは失った自分の腕の代わりなどではない。それを補ってあまりあるパワーを秘めた武器なのだ。

「キムさん――」

配下の一人が、今にも泣き出しそうな声を上げた。この得体の知れない男に、心底怯《おび》えているのだ。

キムは、その一声をきっかけに我を取り戻し、男を睨み付ける。

「撃て！　この男を撃ち殺せ！」

キムが叫ぶ。

男たちが一斉にトリガーに指をかける。と——次の瞬間、凄《すさ》まじい爆音とともに地面が激しく震えた。

何ごとかと振り返ったコウの目に飛び込んで来たのは、砕け散った倉庫の扉と、その残骸《ざんがい》の中に立つ人型ロボット——ネフィリムの赤い機体だった。

「なっ、何だあれは？」

「ロボットだと？」

キムと配下の男たちが、次々と声を上げる。驚きと恐怖とが入り混じり、混乱が広がって行く。

ネフィリムが、滑らかではあるが、重量感のある動きで歩み出る。

〈下がっていろ——〉

スピーカーを通して、イヴの声がした。

やはり、あの機体に乗っているのはイヴだ。彼女は、コウを見放したはずだ。それなのになぜ――。

疑問を抱えつつも、コウはネフィリムの股《また》の下を抜け、入口付近にあるコンテナに身を隠した。

キムの合図だったのか、あるいは、興奮した誰かが発端だったのかは分からないが、配下の男たちの自動小銃が一斉に火を噴いた。

激しい弾丸が、ネフィリムに浴びせられ、火花を散らす――。

だが、それだけだった。

男たちが全弾を投入した攻撃だったが、ネフィリムの装甲の表面に傷を付けた程度だった。

立ち上る硝煙の中、直立するその姿は、鬼と呼ぶに相応しい迫力をもっていた。

キムの配下の男たちの間に、どよめきが広がる。

ネフィリムは、震動を伴う金属音を響かせ、歩みを進めると、近くにあったコンテナの一つを軽々と持ち上げる。

重量にして二百キロはある代物だ。

ネフィリムの目が、赤く煌《きら》めく。次の瞬間、ネフィリムは、そのコンテナを無造作に壁に向かって投げつけた。

コンテナは、原型が分からないほどに圧縮され、倉庫の壁にめり込んだ。

〈死にたくなければ、今すぐ消えろ――〉

スピーカーを通じて、イヴが警告する。

たった一言ではあるが、自動小銃を受付けない装甲に、コンテナを壁にめり込ませるほどのパワーを見せられたあとでは、抗う者はいなかった。

キムの配下の男たちは、我先にと自らの銃器を放棄し、蜘蛛《くも》の子を散らすように四方八方に逃げて行った。

キムだけが取り残された――。

「クソッ！　何なんだ！　クソッ！」

キムは、叫び声を上げながら走り出した。

逃げ出したのかと思ったが、そうではなかった。キムは、自分たちが乗って来た装甲車に駆け寄ろうとしていた。

屋根の部分に、大口径の機銃がついている。おそらく、あれで応戦するつもりだ。

「イヴ！　あいつは！」

〈分かっている〉

イヴの声が、コウの警告を打ち消した。

ネフィリムの背部に装着されたパーツがスライドする。

そのパーツをネフィリムが右手で摑むのと同時に、二つ折にされていたパーツが展開した。

その形状は、巨大なライフルのようだった。

ネフィリムが立った状態のまま、人間と同じ射撃姿勢を取ると、銃身部分が二つに割れた。

バチバチッと青い火花が散り、耳をつんざく高周波の音が響く。

ネフィリムの指が、トリガーを引いた。

普通の銃のような破裂音はなかった。

ビュンッ――という風を切る音がしたかと思うと、キムが乗ろうとした装甲車だけでなく、その先にある倉庫の壁にも大きな穴を開けた。

あまりのことに呆然とするコウたちの目の前で、装甲車は爆炎を巻き上げながら、粉々に砕け散る。

装甲車の近くにいたキムは、猛烈な爆風に吹き飛ばされて、三メートルほど転がった。

「なっ、何だあれ？」

コウは、目の前の出来事が信じられずに口にした。

「電磁レールガンだ」

いつの間にか、コウの横には、一馬が立っていた。コウと目が合うと「ようっ」と軽く手を上げる。

「レールガン？」

「そう。物体を電磁誘導により加速させて撃ち出すのさ。火薬を炸裂《さくれつ》させる従来の射撃とは違って、圧倒的な射程と加速度があるのさ。あいつを前にしたら、鉄板なんて、紙切れ同然だ」

「そんなものが……」

「知らなかったか？　米軍は、もうとっくに実用化してるぜ。まあ、膨大な電力が必要になるから、戦艦に乗せなきゃならないほど大型の物だけどな。あそこまで小型軽量化出来たのは、うちだけだと思うぜ」

一馬が誇らしげに言った。

ネフィリムといい、レールガンといい、彼らはいったいどれほどの力を持っているというのか。それに――。

「なぜ、ここに？」

「気づかなかったか？」

一馬は、そう言ってコウのズボンのベルトから、一センチ四方ほどの大きさの物体を取り外した。

「何だそれ？」

「発信機だ。これで、ずっとお前をモニタリングしていた」

そんな物を取り付けられているとは、まるで気づかなかった。だが、問題はそこではない。

「何しにここに来たんだ？」

「何度も言わせるな。それが、命令だったからだ。あのお方のな――」

一馬は、炎を巻き上げる装甲車の前に立つ、義手義足の男に目を向けた。

火から出る赤い光を帯び、長く影を伸ばしたその姿は、畏怖《いふ》を抱くに余りあるものだった。

「あいつが……」

コウは、まるで引き寄せられるように、義手義足の男に向かって歩みを進めた。

彼に声をかけようとした、まさにそのとき、「おぉぉ！」と叫びに似た声を上げながら、キムが立ち上がった。

爆風を浴び、火傷《やけど》を負い、肌がただれているだけでなく、あちこちに傷ができ、血が滴《したた》っていた。

執念からか、意地からか、拳銃を義手義足の男に向けた。

「てめぇ、何者なんだ――」

肩で大きく呼吸をしながら、キムが問う。

この状況でありながら、義手義足の男は、驚くどころか、涼しい顔をしていた。

いや、彼だけではない。一馬も平然とその様を見ている。ネフィリムも、まるで動こうともしない。

「いいのかよ。あの男が、あんたたちの雇い主なんだろ？」

コウが言うと、一馬が鼻を鳴らして笑った。

「必要ない。おれたちは、殺し合いをしに来たわけじゃない」

「どういうことだ？」

「見てれば分かる」

それきり、一馬は口を閉ざしてしまった。

「答えろ！」

キムが焦れたように、義手義足の男に叫ぶ。

「私の名はイザナギ――」

男は、闇を宿した独特の声で言った。

「イザナギ？」

キムが怪訝《けげん》な顔をする。

それはコウも同じだった。イザナギ――どこかで聞いたことがある気がするが、思い出すことができない。

「イザナギとは、日本神話に出て来る神の名だ。イザナミとともに、この国を生みだした神だ――」

一馬が小声で解説をする。

「神――だと？」

国を生んだ神の名を名乗る男――他の者なら、滑稽《こっけい》に見えただろうが、あの男には、それが相応しいように思えた。

「私は、君と交渉がしたい」

イザナギは、ずいっとキムに向かって歩み出る。

キムの持つ銃の銃口が、イザナギの額に当たる。だが、それでも、表情一つ変えなかった。

キムは、自分が圧倒的な優位にあるにもかかわらず、イザナギの放つ異様な空気に呑まれ、蛇に睨まれた蛙《かえる》のごとく、完全に萎縮《いしゅく》していた。

「交渉？」

キムが、掠《かす》れた声で復唱する。

「そうだ。彼を、私に売ってはくれないか？」

イザナギは、そう言って義手を掲げてコウを指差した。

本人に了承も得ずに、人を売買するための交渉をするなど、あり得ない行為のはずなのに、不思議とコウはその状況を受け容れていた。

「しかし……あいつを殺さなければ、おれたちは……」

「安心したまえ。君の心配ごとは、私が解決しよう。なぜなら――」

そう言ったあと、イザナギはキムの耳許《みみもと》で何ごとかを囁《ささや》いた。

その途端、キムの表情が驚愕《きょうがく》に震える。そして、しばらく放心したあと、小さく笑って拳銃を下ろした。

「あのガキが欲しいなら、くれてやる。金はいらん――」

キムは、そう言って拳銃を放り投げた。

「それでは、ビジネスとして成立しない」

イザナギが言うと、キムは首を左右に振った。

「だったら、金の代わりに別のものが欲しい」

「何だ？」

イザナギの問いに、キムは小さく頷《うなず》いたあと、何ごとかを囁いた。その内容は、コウの耳まで届かなかった。

「いいだろう――」

イザナギが、笑みとともに言うと、キムは踵《きびす》を返して歩いて行った。

コウは、ただ呆然とすることしかできなかった。

いったい、彼らは何を話したのか？　キムのような金の亡者《もうじゃ》が、金以外に何を欲したのか？

いくら考えてみても、その答えは出なかった。

「次は君だ――」

そう言って、イザナギはコウに向き直った。

イザナギの顔が、一瞬だけ死人のように見えた。だが、それは錯覚で、すぐにあの力のある視線に搦《から》め捕られる。

「君は、妹の病気を治すために、金が必要だった――」

イザナギが言った。

「なぜ、それを知っている？」

「他にも色々と知っている。私は、君を見て来たのだから――」

「答えになってない」

「知っていることに、答えが必要かね？　私は君を知っているという事実がある。そして、君の望みを叶《かな》えることができる――」

「望み？」

「そう。君の妹の治療費を出してやろう」

さっきのキムとのやり取りを見ていれば分かる。イザナギは、同情だけで金を出すつもりではないだろう。

「条件は？」

コウが問うと、イザナギはいかにも嬉《うれ》しそうに笑った。

「そうだな――君の未来をもらおう」

「未来――だと？」

「そう。未来だ」

「おれみたいなクズの未来なんて、何の役に立つんだ？」

「それを決めるのは、君ではない。この国に住む者たちだ。絶望の闇に墜《お》ちるか、希望の光になるかは、君の選択次第だ」

イザナギが何を言わんとしているのか、コウにはまるで分からなかった。自分のような人間に、価値があるとは到底思えない。

「おれは……」

「君は、こんな歪《ゆが》んだ世界でも、生きたいと願った。その意思が本物であるなら、私とともに行こう――」

イザナギは、そう言って義手である右手を差し出した。

未来をもらうとは、いったいどういうことなのか？　本当にユウナの治療費を払うのか？　疑問はたくさんあった。

だが、イザナギの放つカリスマ性ともいうべき魅力が、それら全《すべ》てを呑み込んでしまった。

コウは、気づいたときには、イザナギの機械の右手を握り返していた。

「これで、君の未来は私の手の中だ――」

イザナギは恍惚とした笑みとともに口にした――。

第三章

絶望の底から

1

「ここは？」

コウは、目の前に建つ古びた建物を見て声を上げた。

七番地区——旧渋谷の外れ、坂を上った先にある場所だ。広いエントランスのある建物で、隣には円筒型の建物があり、渡り廊下で繋《つな》がれている。

「劇場だ——」

答えを返したのは、ここまでコウを連れて来たイザナギだった。

「青山劇場と呼ばれていた場所だ」

イザナギは、そう続けながら建物の中に入って行く。

コウは、そのあとに続く。

エントランスを入ってすぐ、赤い絨毯《じゅうたん》が敷かれた空間があった。壁際《かべぎわ》にベンチが置かれている。おそらくはロビーだろう。

「かつてこの場所では、音楽、演劇、ミュージカルといった、様々な芸術作品が公演されていた――」

イザナギは、ロビーの奥にある扉をゆっくりと押し開ける。

そこには、開放感のある空間が広がっていた。床は傾斜があり、それに沿って座席が整然と並んでいる。

一番奥のステージには、誰もいないのにスポットライトが当たっていた。

「震災後は閉鎖され、放置されていた――」

イザナギが、ステージに向かって歩みを進めながら言う。

「それにしちゃ、ずいぶんと綺麗《きれい》だな」

コウは、辺りに視線を走らせながらイザナギのあとに続く。

震災から二十五年が経《た》っているにもかかわらず、座席はもちろん、ステージやその他の施設も、そのまま使用できると思えるほどだった。

「私が、整備させたんだ」

一番前の座席のところで足を止め、ステージを見上げながらイザナギが言った。

以前の状態を知らないが、これだけの施設を整備するのには、相当な費用がかかったはずだ。

「何のために？」

　コウが問うと、イザナギはゆっくりと、ステージへと続くステップを上る。

　ステージの中央に立ったイザナギは、身を翻《ひるがえ》し、通路に立つコウを見下ろした。

　スポットライトを浴びたその姿は、光り輝いているように見えた。

「再びこの場所で、人々の歓声を聞くためだ――」

　イザナギは、両手を大きく広げ、天井を仰いだ。キリストの像を思わせる立ち姿だった。

「この街の住人に、そんな余裕はない」

　コウは吐き捨てるように言った。

　それが現実だ。コウは、今まで一度も演劇の類《たぐい》を鑑賞したことがない。日々の生活で精一杯で、観《み》たいと感じたことなど一度もなかった。それは、コウに限ったことではないはずだ。

　そもそも、旧市街は生産するための街で、娯楽である舞台の公演など、どこを見回してもやっていない。

「君の言う通りだ。この街の人々は、おそらく演劇の存在すら知らないだろう。機械のように働き、そして死んで行くだけの街――」

　イザナギが言った。

「だったら……」

「だからこそ――だ」

「え？」

「だからこそ、ステージが必要なのだ。死ぬために生きるのではなく、楽しむために生きるために」

「だけど、そんなことは許されない」

「どうしてだ？」

イザナギが、ギロリと目を剝《む》いて問う。

「おれたちみたいに、DNAランクの低い人間は、金がない。金がなきゃ、生活を楽しむことなんてできない」

コウが言うと、イザナギは声を上げて笑った。

「何がおかしい？」

「君に、この世界の欺瞞《ぎまん》を教えよう」

イザナギの目に、強い光が宿る。

「欺瞞？」

「今から、二十五年ほど前――震災が起こる寸前のことだ。遺伝子工学を研究していた草薙巧《くさなぎこう》という男と、情報工学の天才だった市宮潤一郎《いちみやじゅんいちろう》という男が、あるシステムを開発した。ネオ・シークエンサーというシステムだ」

なぜ、ここで二十五年も前の話が飛び出すのか？　疑問を抱きながらも、イザナギの放つ独特の空気に呑《の》まれ、コウは黙って耳を傾けた。

「それまでも、ＤＮＡの解析は行われていた。だが、既存のシステムでは、遺伝情報を暗号として読み取るだけで、それが何を示すかについてまでは、完全に解明できていなかった」

「それを解明した――」

「そうだ。解析した遺伝情報が、何に影響を及ぼすかまで判別するだけでなく、それを数値化し、その人物の能力を完全に把握できるようになった。しかも、測定にかかる時間は、わずか一分足らずだ」

イザナギは、ここで一息吐《つ》いてから、さらに続ける。

「二人は、紛れもない天才だった。何せ、ネオ・シークエンサーを開発したとき、二人はまだ学生だったんだ」

専門的なことは分からないが、本当に学生がそんなシステムを造り出したのだとしたら、それは凄《すご》いことだと思う。だが――。

「それが、現行のシステムを生みだした」

「そうだ。だが、そうせざるを得なかったんだよ」

「なぜ？」

「その直後、未曾有《みぞう》の大災害が起きた――三百万人もの人命を一瞬のうちに奪い去った――」

「震災があったから、DNAをランク付けしたってのか？」

「正確には違うが、ここではそうだ――と言っておこう。震災で廃墟《はいきょ》と化した東京――疲弊した日本――ロシアや中国は、このどさくさに乗じて日本を支配しようとしていた」

「何だって？」

コウは、興奮とともに口にした。

今まで現在の状況を恨みはしたが、なぜそうなったのか、考えようとしたことがなかった。

それが当たり前だったし、心のどこかで、変わらないと決めつけていた部分があったからかもしれない。

「政府は、何としても、日本という国を守ろうとした。そのためには、迅速な復興を行い、その力を国内外に示さなければならなかった」

「だけど……」

「そう。三百万人もの人命を失い、中心都市である東京を失った日本が復興するのは容易ではない。そこで、政府は二人の学生が開発したネオ・シークエンサーに目を付けた。

国民の遺伝子情報を片っ端から鑑定し、効率的かつ、迅速な復興を成そうとしたのだ――」

理屈は分かる。だが、イザナギの言葉は、現行の制度を正当化しようとしているとしか思えない。

「その結果が、これだってのか？」

「いきなり今になったわけではない。最初は、大義があったのだ。それに、ランク付けをしたのは、もっと後になってからだ」

「何だって？」

「さっきも言ったが、ネオ・シークエンサーは、その個人の持つ遺伝子情報の特性を、項目別に数値化しただけだ」

「同じことだろ」

「違う。当初の目的は、個人の特性を把握し、適材適所に人員を配置し、才能のある人材には積極的な支援を行うことが目的だった」

「正しかったって言いたいのか？」

「正しいか否《いな》かは、私が判断することではない。ただ、その結果として、わずか五年足らずで、ライフゲートを建設し、旧市街を整備して工場地帯を造り、一応の復興には成功した」

「だけど――」

「言わんとしていることは分かる。なぜ、このシステムが本来の目的を失ったのか――それは、ランク付けにある」

「どういうことだ？」

「特性を計るための指標に、総合評価という基準を導入した。このことにより、本来の目的を失い、人の優劣を判定するための基準になってしまった。だが、こうなることは、当然の帰結だった」

「だったら、止《や》めればいいだろ」

「それは、持たざる者の台詞《せりふ》だ」

「何？」

「持てる者からすれば、自分の全《すべ》てを捨てなければならない。そんな選択ができる者はそうそういない」

「だからって……」

「持てる者たちは、自分たちの権利を守ろうとした。そして――腐敗した。法により、全ての国民に対して鑑定を義務付け、それらのデータを、一つのサーバーに集約して管理した――狡猾《こうかつ》だと思わないかね？」

「何がだ？」

「国がやったのは、ランク付けして、その情報を管理するまでだ」

「どういうことだ？」

「法の上では、今まで通り、職業選択の自由も、居住の自由も、婚姻の自由も認められているんだ」

「嘘《うそ》だ！　現におれたちは……」

「嘘ではない！」

イザナギが、一際大きな声で言った。

劇場に響くその声に圧《お》されて、コウは口を閉ざした。

「まず、企業が採用や人員配置、給与算定にDNAランクを重視するようになった。その結果、DNAランクによる収入の格差が拡大した」

「そうか——」

こうやって、改めて考えると頷《うなず》けるところがある。

別に、コウは国の指定で廃棄物処理の仕事をしたわけではない。そこしか、雇ってもらえなかったのだ。

「収入の格差が生まれれば、必然的に住める場所が限定されてくる。そして、より優秀な遺伝子を残すために、婚姻にもDNAランクが重視されるようになった——」

イザナギの話を聞き、コウは愕然《がくぜん》とした。

「そんな……」

「結果として格差が定着し、江戸時代のような階級制度が自然発生的に生まれたのだ。その象徴が、あの島だ」

「フロートアイランド」

「そうだ。あの島は、富の象徴であると同時に、人を惑わす光となった。富裕層は、生まれながらのスペックに甘んじ、それを伸ばすことを怠った。あの島にいれば、満ち足りた生活が約束されているのだから——」

「歪《ゆが》んでる……」

コウは、憎しみに満ちた声で吐き出した。

「そうだ！　だが、その歪みに身を委《ゆだ》ねたのは誰だ？」

イザナギが、機械の右腕でコウを指差す。

言葉が出なかった。歪みの正体を知ろうともせず、その世界で、与えられた役割を果たして来たのは、誰あろう自分たちだ。

「おれは……」

「かつて、その歪みを破壊しようとした男がいた——」

「草薙巧——」

コウは、自分と同じ名を持つテロリストの名を口にした。

「そうだ。草薙は、この国の歪みを正そうと、自ら造ったシステムを破壊しようとした。その結果が、どうなったか知っているか？」

「殺された」

コウが言うと、イザナギが大きく頷いた。

「彼は、正しいことをしようとしたと思うか？」

「ああ」

コウは、即座に返事をした。

今までテロリストとしてしか知らなかった。だが、こうしてイザナギの話を聞くに至り、彼のやろうとしたことこそが、正しかったのだと理解した。

「違う。彼のやろうとしたことは間違いだった」

イザナギが、ぎゅっと機械の右拳《こぶし》を握り締めながら言った。

「なぜだ？」

「システムを破壊したところで、人の意識は変わらない。仮に、彼のテロが成功していたとしても、この国は何も変わらなかった」

「だけど……」

「私は草薙のやり方を肯定しない。だから、あれほど反対したのだ」

——今のくちぶり。

「知っているのか?」

「ネオ・シークエンサーの開発には、相応の金がかかる。それを、支援していた者がいた」

「それが、あんただった……?」

「そうだ。私は、草薙と市宮の研究に可能性を感じ、二人を支援した。だが、その結果がこれだ。この国の歪みは、私の責任でもある」

イザナギの力強い目に、一瞬だけ哀《かな》しみの色が浮かんだ。だが、それはすぐに跡形もなく消え去った。

もしかしたら、コウの錯覚だったのかもしれない。

「あんた何者だ?」

「今は言えない――。私は、自分の責任を果たすために、草薙を救おうとした。一時は国外に逃がしもした。だが、逃げ切れなかった。草薙は殺され、私はこの様《ざま》だ」

イザナギは、機械の右腕を掲げた。

「あんたは、何でこんなことをおれに話した?」

コウが問うと、イザナギは口許《くちもと》に笑みを浮かべた。

「君は、知る必要がある。この世界で起きている欺瞞を――」

「欺瞞?」

「そう。そのためには、まず現状把握が必要だった」

「欺瞞ってのは何だ？」

コウが身を乗り出すように言うと、イザナギは踵《きびす》を返して背中を向けた。

「今、この国の実権を握っている富裕層は、実は震災前から、そのメンバーがほとんど変わっていないことを、君は知っているか？」

「何？」

「政治家、官僚、それらの人物が、都合よくDNAランクが高かったと思うか？」

「何が言いたい？」

コウの言葉に、イザナギは再び振り返った。

その顔には、ぞっとするほど恐ろしい笑みが張り付いていた。

「現在、DNAデータを管理しているのは、イチミヤコーポレーションだ。つまり、一企業がそれを測定管理し、誰も監督していないんだよ。言っている意味は分かるかね？」

コウは、息を呑んでから首を振った。

「データが、彼らに都合よく改竄《かいざん》されているんだよ」

「かいざん？」

「そう。書き換えられているんだ。本当は、低脳な連中が、金でDNAランクを買い、我が物顔で支配者を気取っている——それが、この世界の欺瞞だ」

イザナギの口から放たれた、あまりに衝撃的な内容に、コウはしばらく呆然《ぼうぜん》としてしまった。

「嘘だ。そんなの……もし、そうだとしたら、おれたちは……」

口にしながらも、コウの額を汗が流れ落ちる。

今まで、コウたち旧市街の人間たちが、貧しい生活に耐えて来たのは、心のどこかに、自分たちのDNAランクが劣っていて、優れた人間である富裕層は、自分たちと違う優れた人間なんだという諦《あきら》めのようなものがあったからだ。

だが、イザナギはそれを嘘だと言う。

「証拠を見せよう——」

イザナギは、そう言うとステージの袖《そで》に歩いて行った。

コウは、一瞬の躊躇《ためら》いを抱いたが、ここで呆《ほう》けていても何も始まらない。覚悟を決めてイザナギのあとを追った。

2

市宮潤一郎は、応接用のソファーに腰かけ、そこに居並ぶ面々を見渡した——。

正面に座るのは、現首相の潮崎浩造《しおざきこうぞう》。フロートアイランドが完成した十年前に首相の座に就いた男だ。

垂れ目がちで、穏和な印象を与える男だ。事実、潮崎は穏健派だ。

潮崎の右側にいるのが、御手洗寛一《みたらいかんいち》。国営放送局の会長職であると当時に、民放三社の筆頭株主でもある。

事実上、国内にある全てのメディアは、彼に牛耳られているといえる。

そしてもう一人は、仁村了介《にむらりようすけ》。警察のトップを務める男だ。

ここに集まった四人は、日本という国の舵取《かじと》りをしていると言っても過言ではない。

もちろん、表向きにはそれぞれ分離しているし、こうして集まっているのも非公式のものだ。

「こんな夜更《よふ》けに、いったい何の用件だ？」

不満げに口火を切ったのは、潮崎だった。

「あなたの地位を揺るがしかねない、重要な案件が発生したんですよ。潮崎首相――」

仁村が当てつけのように口にする。

彼が幾ら警察のトップであったとしても、一国の首相に対する態度ではない。

「いったい、何が起きてるんだね？」

潮崎は、仁村のそんな態度を気に留める様子もなく、鷹揚《おうよう》に問う。

「例のゲートブリッジでの騒ぎでしょ」

気怠《けだる》げに言ったのは、御手洗だった。

すらっとした長身に甘いマスク。いかにも業界人風のファッションセンス。御手洗が女性から圧倒的な人気を誇る所以《ゆえん》だろう。

「情報は、どの程度拡散している？」

仁村が問うと、御手洗はにいっと口許に笑みを浮かべた。

「拡散なんかしちゃいませんよ。指示通り、事故があったってことにしてありますから。事前にゲートブリッジを封鎖していたことが幸いでしたね。一般市民は、何が起こったかは知りませんよ。漏れるとしたら、警察からでしょうね」

御手洗は、挑発するように仁村に目を向けた。

「心配には及びません。警察内部には箝口令《かんこうれい》を敷いていますし、監視カメラの映像も含めて、全て回収済みです」

仁村がやり返す。

「ゲートブリッジで、何が起きたんだ？」

未《いま》だ状況を把握していない潮崎が、困惑した顔で問う。

その間抜け面《づら》を見て、市宮は心底嫌気が差した。やはり、この男は一国の首相の器ではない。

あれだけの騒ぎがあって、知らぬ存ぜぬと呆けていられるのだから、見ていて痛々しくもある。

市宮が視線を送ると、仁村が頷いてから説明を始めた。

「セントラルタワー前で、自爆テロを行おうとした少年が、逃走を図ったのが、今から六時間前のことです」

「コンサートホールに逃げ込んだ挙げ句、市宮さんの娘さんを人質に獲《と》ったらしいじゃないか」

口を挟んだのは御手洗だった。明らかに仁村を批判している。

それに対して、仁村は露骨に嫌な顔をする。

御手洗と仁村は昔から仲が悪い。警察組織とメディアという立場上の問題だけでない。真面目《まじめ》一辺倒の仁村と、斜に構える御手洗とでは、反りが合わないのだ。

「テロは未然に防いだし、人質は無事に保護した。それに、コンサートホールに来ていた観客にも被害は出ていない」

「だが、取り逃がしたんだろ」

御手洗が、追い打ちをかけるように言う。

「邪魔が入った」

表情を強張《こわば》らせた仁村に代わって、市宮が口を開いた。

「いったいどんな邪魔だ？」

御手洗がおどけた調子で言った。

プライドの高い男だ。ゲートブリッジの件も、事故でないことは察しがついているが、本当のところは何も把握していない。それでいて、知ったかぶりを気取っている。

「これだ」

市宮は、端末を操作してテーブルの上にモニターを展開させた。

「なっ、何だこれは――」

「見たことないぞ」

潮崎と御手洗が、映し出された人型兵器の映像を見て、口々に声を上げる。

「これが、何かは分からないが、ハウンド三機を殲滅《せんめつ》した。それが、ゲートブリッジで起きた爆発の正体だ」

仁村が、重苦しい口調で締め括《くく》った。

「こんな映像が出回ったら、大変なことになるぞ」

興奮気味に言ったのは御手洗だった。

「それを、させないために、君にも来てもらったんだ。いつものように、情報規制をかけてくれ」

市宮は、ピシャリと言った。

御手洗は、起業家だけあって、目先の損得勘定だけで動く節がある。この映像も、独占スクープすれば、御手洗の懐《ふところ》は潤《うるお》うだろうが、根幹を成すこの国が揺らいだのでは意味がない。

「分かった。確かに、こんなものが出回ったら、テロリストどもが調子づくだろうしな」

御手洗が、鬚《ひげ》の生えた顎《あご》をさすりながら言う。

「また、フォックスかね？」

質問をして来たのは、潮崎だった。

「フォックスではありません。もし、フォックスであれば、犯行声明が出されるはずですが、今のところ、それはありません」

市宮は苦笑いを浮かべながら答える。

やはり、この男は首相の器ではない。現にDNAランクもBマイナス程度だ。だが、そのデータを改竄し、ダブルSSの評価を与えてやった。彼が当選できたのは、偽りのランクがあってこそだ。

そうすることで、市宮は潮崎に恩を売るだけでなく、弱みも握ることになっている。

実質、潮崎は市宮の掌《てのひら》で踊っているに過ぎない。

だが本人は、それに気づいてもいない。愚かにも、自分がリーダーだと主張する。分をわきまえない子どものような男だ。だが、それ故《ゆえ》に操り易《やす》い。

「では、誰の仕業なんだ？」

御手洗が、険しい顔で訊《たず》ねて来る。

「それに関しては、仁村がある情報を摑《つか》んでいる——」

そう言って、市宮は仁村に顔を向けた。

「アメリカのＣＩＡから、クーデターの動きがあるとの情報がもたらされた」

「これが、その勢力だというのか？」

潮崎が興奮気味に、モニターを指差した。

この狼狽《ろうばい》ぶり——やはり、一国の首相には相応《ふさわ》しくない。市宮は、内心で毒づきながらも、それを押し込んで潮崎に目を向ける。

「現段階で、そうだと断定されたわけではありません」

「そうか……そうだな……」

「ただ、これだけの物を造った者たちです。放置しておくことはできません」

「どうすれば……」

潮崎が懇願するような視線を向ける。

「まずは、外交ルートを使い、ＣＩＡの情報の出所を探って下さい。仁村の情報元となった人物は、あくまでＣＩＡの一工作員に過ぎません。摑んでいる情報に限りがあります」

「分かった――」

潮崎が苦い顔で頷いた。

「それで、逃亡したテロリストはどうするんだ？」

御手洗が、口にした。

「それに関しては、ある男に追わせている」

仁村が言うと、御手洗も心得ているらしく「あの男か――」と渋い顔で言った。

「問題は、その男の素性です」

市宮はモニターの映像を、テロの容疑者である少年、コウの顔写真に切り替えてから続ける。

「彼は、おそらく――」

市宮の告げた事実に、潮崎と御手洗が絶句した。

この少年の存在は、この二人にとっても破滅を招く爆弾になりかねない。

「どうするつもりだ？」

しばらくの沈黙のあと、潮崎が絞り出すように言った。

「もちろん――抹殺します」

市宮は、確固たる覚悟とともに口にした。

3

コウはイザナギに導かれ、ステージ袖の奥の通路にあるエレベーターに乗った――。

「どこに行くんだ？」

訊ねるコウに、イザナギは不敵な笑みを返しただけだった。

不思議な魅力のある男だ。カリスマ性とでも言った方がいいのかもしれない。それでいて、彼を取り巻く空気は重く暗い。

やがてエレベーターが到着し、扉が開いた。

地下だった。天井高は十メートル近くある。コンクリートの壁に囲われた、無機質で広大な空間だった。

壁際には、見たことのあるものが置かれていた。

真っ赤に染め上げられた、人型機動兵器――ネフィリムだ。

「ここは、ネフィリムの格納庫でもある」

イザナギが足を止め、その巨体を見上げながら言った。

彼は、なぜこんな物を造ったのか――それを問いかけようとしたが、疑問を吹き飛ばしてあまりある物が目に飛び込んで来た。

ネフィリムの隣に、同じ形状の人型兵器が置かれていた。

いや、厳密には違う。腕や足が、ネフィリムより太く、ゴツゴツとした印象がある。

ネフィリムが、しなやかで美しい女性なら、もう一体は、逞《たくま》しく、荒々しい男性といった感じだ。

「リベリオンだ」

イザナギが、コウが見ているのと同じ機体に目を向けながら言った。

「え？」

「この機体の名だよ。リベリオン——叛逆者《はんぎやくしや》の意味がある」

そう言うと、イザナギはリベリオンの太い足を、義手で触れた。金属のぶつかる音が、やけに大きく響いた。

「何に使うつもりだ？」

「名は叛逆者だ。だが、私はこれを破壊の道具にするつもりはない」

どう見ても、破壊の道具だ。それは、ネフィリムの修羅のような闘いぶりを見ても明らかだ。

コウがそれを主張すると、イザナギは小さく笑った。

「破壊から生み出せるものなど何もない。我々は、災害をもたらすつもりはない」

「では、何をもたらすんだ？」

「光――とでも言っておこうか――」

イザナギの説明は、あまりに抽象的過ぎて、コウには理解できなかった。

「あんたは、いったい……」

コウの疑問を遮るように、二人の男女がコウに歩み寄って来た。

女の方は、見覚えがある。イヴだ――。

男の方は初めて見る。かなりの老齢で、白衣を着て、白髪頭を後ろに撫《な》でつけ、鬚をたくわえている。

「宗像《むなかた》博士。さっそく頼む」

イザナギが言うと、老人は白衣のポケットから、何かを取り出したかと思うと、コウの腕を取り、それを突き刺した。

チクッとした痛みに驚き、慌《あわ》てて手を引く。

「何だ？」

コウが抗議するのも聞かずに、宗像はひょっこひょっこと跳ねるように、奥に設置してあるデスクに座り、パソコンを操作し始めた。

そのパソコンからは、複数のコードが束になって伸びていて、車ほどの大きさがある巨大な白い箱に繋がれていた。

「君のDNAを採取させてもらったんだよ」

イザナギが、言いながら宗像の元に歩いて行く。

「何でそんなことを？」

コウは、イザナギのあとを追いかけながら訊ねる。

「君に、本当の自分を知って欲しいからだ」

「本当の自分？」

「そう」

本当の自分とは、いったいどういう意味だ？　彼らは、何をしようとしているのか？

そして、この設備はいったい何だ？

次々と疑問が湧《わ》き上がり、どれから片付けていいのか分からなくなった。

「出たぞ」

困惑するコウを余所《よそ》に、宗像が言った。

「よし。出してくれ」

イザナギの指示に従い、宗像が端末を操作すると、一メートル四方はあるモニターが壁面に展開する。

そこには、レーダーチャートが表示された。

「これが何だか分かるか？」

「いいや」

コウは首を左右に振る。

「セントラルタワーに集約されている、君の遺伝子情報だよ」

「これが……」

コウは、初めて自分のそれを見た。

総合評価のGというのは知っていたが、実際はこんなにも細かくデータ化されているとは思わなかった。

「身体《からだ》の強さと、病気に対する免疫《めんえき》力は人並み以上のBだ。だが、その他の能力が、著しく低い。特に言語、記憶、応用といった部分が、最低ランクだ。結果、君の総合評価はGとなる」

イザナギが言った。

細かく分類されたとはいえ、自分が最低のGランクであるという事実は変わらない。

コウがそのことを伝えると、イザナギは首を左右に振った。

「さっきも言った。遺伝子情報は、そもそも、人の特性を示すものであって、人間そのものをランク付けするものではない」

「どういうことだ?」

「身体が強い人間は、それを知り、活《い》かせばいい。頭を使うのが得意なら、それを有効活用する。どちらがいいとか、悪いとかではない。それをランク別《わ》けするなど、愚の骨頂だ」

「だけど……」

「それに、これはあくまで、セントラルタワーにある君のデータだ」

「何が言いたい？」

「さっき、君から採取したDNAのデータを解析してみた。その結果が、これだ――」

イザナギが言うのに合わせて、さっきのデータの上に、別のデータが重なった。

免疫、言語、記憶、ありとあらゆる項目の数値が上昇していた。しかも、その全てがAプラス以上。中にはSランクもあった。

DNAの総合評価はトリプルSと表示された。

「何だ――これ？」

「これが、本当の君の遺伝子情報だ」

そう言って、イザナギがコウの肩に手を置いた。金属のひんやりとした感触が、伝わって来た。

とても信じられなかった。身体の力が抜け、今にも座り込んでしまいそうだった。

――もし、これが本当だとしたら、今まで自分は何をしていたんだ？

コウは、頭をかきむしった。

これがイザナギの言う欺瞞か――真実を覆《おお》い隠し、人の人生を操るが如《ごと》き振る舞い。

もう怒りしか湧いて来なかった。

「ふざけんな！　おれは、騙《だま》されていたってのかよ！」

「そうだ」

イザナギが、真《ま》っ直《す》ぐにコウを見てから続ける。

「だが——今の生き方を選んだのは、政府ではなく、君自身だ」

「何だって？」

「君には、本当はこれだけの可能性があった。だが、それを活かそうとしなかった。どんなに優れた遺伝情報を持っていようと、何もしなければ、無知で愚かなままだ。君のようにね——」

「おれのせいだって言いたいのか？」

「その通りだ。君は、自らの可能性を信じることなく、政府に踊らされ、卑屈になって努力することをしなかったんだ」

「知らなかったんだ。こんな……」

「それは、問題ではない！」

イザナギの声が響き、一気に緊張感が張り詰めた。

「え？」

「自分を信じ、抗《あらが》うことができなかった人間に、現行の政府を批判する権利はない」

「そうかもしれない……」

コウは低く呟《つぶや》いた。

イザナギの言う通りだ。たとえ、自分の遺伝子情報がどうであれ、努力し、抗うことはできたはずだ。

だが、現行政府からもたらされる情報を鵜呑《うの》みにし、考えることも、信じることもせず、ただ流されるままに生きて来た。

「もう一度、君に問う」

イザナギの言葉に、コウは顔を上げた。

「私と一緒に来い――」

「何を――する気だ？」

「真実の光で、この国を変えるのだ――」

イザナギの声が、コウの耳の奥で幾重にもなって反響した。

4

クリスは、カーゴシップの甲板の上に立ち、朝焼けの光の中、次第に近づいて来る本土に目を向けた――。

津波対策として造られた、高さ四十メートルの巨大な壁が、圧倒的な存在感とともに聳《そび》え建っている。

フロートアイランドを繋《つな》ぐゲートブリッジもあるし、他国との貿易に使われる港もある。だが、それでも、あの壁のせいで、本土は刑務所のように隔絶された世界に感じられる。

船は今、木更津側からぐるりとフロートアイランドを回り込んで一番地区——旧港区に向かっている。

「感傷に浸っているのか？」

背後から声をかけられた。

振り返るまでもなく、それが誰なのかは分かった。三島だ——。

「そんなつもりはない」

クリスは、振り返りながら答えた。

三島は、朝日が眩《まぶ》しいのか、サングラスをかけていた。

「本当にそうか？」

「どういう意味だ？」

「君は、旧市街の出だったな」

その質問は、少々意外だった。

三島は冷酷で容赦のない男として名を馳《は》せている。そんな男が、部下であるクリスのパーソナルな情報を知りたがるとは――。

「ああ。何でそんなことを？」

「理由なんて、どうでもいい。それに、先に質問をしたのは私だ――」

三島の目に獰猛《どうもう》な光が浮かぶ。

気圧《けお》されたと悟られるのは癪《しゃく》だが、別に話さない理由はないと自分に言い聞かせる。

「十一番地区――旧、世田谷区の出だ」

「震災は、経験していないんだったな」

「ああ」

クリスが生まれたのは、震災の一年後だ。

幸か不幸か、震災のときの惨状を知らないで育った。よく父親が、震災前の話をしてくれた。

あの頃は、みなが平等だった――と。

だが、クリスは正直、平等とはどういうことかを知らない。生まれたときから、この国の人にはランクが付けられていたからだ。

「おれは震災のとき、交番勤務の警察官だった」

三島がポツリと言った。

「警察官？」

今の三島の禍々《まがまが》しい空気からは、到底想像がつかなかった。

「意外か？」

「ああ」

「これでも、震災のときは、近隣住民の避難に尽力したんだ――」

三島が小さく笑った。

彼の制服姿を想像しようかと思ったが、ギャップがあり過ぎて、徒労に終わった。

「そんな男が、なぜ？　そういう顔をしてるな――」

そう続けた三島が、クリスを見据える。

否定する理由もない。クリスは「ああ」と肯定の返事をした。

「震災は、そりゃ酷《ひど》い有様だった。さっきまで、普通に話してた奴《やつ》が、次の瞬間には消えちまってるんだ」

三島は、目を細めて旧市街を見ながら続ける。

「酷かったが、面白いものもたくさん見られた」

「面白いもの？」

「そうさ。極限状態に置かれると、人間はその本質が剝《む》き出しになる。残酷なくらいな
――」

「どういうことだ？」

「子どもを守って死んだ親。民間人を助けるために、最後の瞬間まで活動した消防隊員——英雄的な奴がたくさんいたのは事実だ。だがな、それと同じくらい、他人を蹴落《けお》とした奴がいるのさ」

「なっ……」

「子どもの手を放した親。救助より逃げることを優先した消防隊員。それだけじゃねぇ。恋人を、親を置き去りにした奴。食料の奪い合いもあった」

「酷いな……」

胸クソが悪くなるクリスとは対照的に、三島は笑っていた。

「震災のときに、悟ったんだよ。自然の猛威の前では、人は無力なんだ。どんなにクソ真面目に生きようと、死ぬ奴は死ぬし、逆にクソみたいな野郎でも、のうのうと生きていられるんだ」

「そうかもしれない——」

どんなに綺麗事《きれいごと》を並べようと、それが圧倒的な現実なのだ。

「だから、好きに生きることにしたのさ。自分の欲望を隠さず、この時代を駆け抜けてやろうってな」

「そうか」

クリスは、目を細めてライフゲートを見つめた。

他に返事のしようがなかった。三島がそう思う理屈は、分からないでもない。だが、自由気ままに生きるために、多くの人を蹴落としていいのだろうか？

だが、その疑問も、今のクリスにとっては偽りに他ならない。なぜなら、クリス自身も、自分が惨《みじ》めな生活に墜《お》ちないために、三島の配下に収まったのだから。

そういう意味では、三島と自分は似ているのかもしれない。そう思うと、虫酸《むしず》が走った。

だが、どんなに嫌悪《けんお》しようと、それが現実であることは変わらない。

「だから、おれにとってはDNAランクなんて、どうでもいい。ちなみに、おれのDNAランクは、総合評価でF——だそうだ」

「F？」

それは、相当に意外だった。

裏社会とはいえ、三島は幾つもの会社を経営し、トップに君臨している男だ。それが、クリスよりさらに下のFランクとは——。

「そうだ。だがな、DNAランクなんてのは、その個人のスペックに過ぎない。どんないい車に乗ってたって、故障すりゃ終わりだし、ドライバーがクソなら、早く走ることもできない」

「使い方次第――そういうことか？」

「あとは運だな」

そう言って、三島はニヤリと笑った。

だが、ここに来て、三島がなぜクリスを雇ったのか、その理由に合点がいった。認めたくはないが、二人には共通点が多いのだ。

「運――か」

クリスが呟くと、三島が人差し指を立てた。

「もう一つ、重要なものがあった」

「何だ？」

「躊躇《ためら》わないことだ」

「どういうことだ？」

「おれがなぜ、警察からノーマークで好き勝手やってられるか分かるか？」

「彼らの弱みを握っている――」

それがクリスの推測だった。クリスが、旧市街の警察官だった頃、何度か三島を追おうとしたが、その度に上層部から圧力がかかった。

三島は、アンタッチャブルな存在だったのだ。

「貸しがあるんだよ」

「貸し？」

「そう。草薙のテロ未遂事件は知ってるな」

「ああ」

この国の人間なら、誰もが知っている。

DNAデータが集約されたサーバーを、開発者の一人である草薙自身が、爆破しようとした事件だ。結局、警察に射殺された。

クリスが、その概要を口にすると、三島が声を上げて笑った。

「そいつは嘘だ」

「え？」

「政府は、草薙を取り逃がしたんだよ」

「何だって？　じゃあ彼は逃げのびているというのか？」

もしそれが事実なら、この国をひっくり返すほどの衝撃を与えることになるだろう。

だが、三島の反応は冷淡なものだった。

「草薙は死んだよ。おれが——殺した」

「殺した？」

三島の口許が歪み、陰湿で残虐《ざんぎゃく》な笑みが零《こぼ》れ落ちる。

「そうだ。草薙には支援者がいた。旧天皇家にかかわりのある男だ。その男の根回しで、国外に逃亡したんだ」

「中国か？」

「どこだっていい。おれは、まず匿《かくま》っていた男を見つけた。奴は、最初はかたくなに居場所を言わなかった。だから、右腕を切断してやった。次は左脚。それでも、奴は喋《しゃべ》らなかった。だから、女房を殺してやった。そこで、ようやく喋った」

「なんてことを……」

それが、躊躇わないという三島の言葉の意味だとしたら、完全に腐っている。

「それから、草薙の許に行き、奴を始末した」

三島は、とんでもなく残虐な男だ。

そして草薙を始末してもらった貸しがあるせいで、現行政府は三島に手を出せない。

それどころか、ときどき今回のように、表に出せない暗殺任務を依頼し、新たな借りを作っている。

だが、それは微妙なバランスの上に、辛うじて保たれている均衡だ。

少しでも綻《ほころ》びが出れば、一気に崩壊することは、火を見るよりも明らかだ。そうなったとき、抹殺されるのは誰あろう三島だ。

だが、クリスはそのことを口にはしなかった。言ったところでどうなるものでもないし、誰より三島自身がそのことを理解しているだろう。

この男の生き方は、あまりに破滅的で、刹那《せつな》的だ――。

5

「起きて下さい――」

どこからともなく聞えた声に反応して、コウはゆらゆらと身体を起こした。

ベッドの上だった。目を擦《こす》りながら辺りを見回す。

――ここはどこだ？

見覚えのない部屋の様子に、コウは困惑したが、すぐにここに至るまでの経緯を思い出した。

イザナギの誘いに乗り、彼と行動することを決めた。

その後、劇場の上にあるこの部屋が与えられたのだ。ベッドとデスクが置いてあるだけの殺風景な部屋だが、それでも今まで住んでいたところより、いくらかマシだった。

「五分以内に身支度を済ませて下さい」

声に反応して目を向けると、ドアロのところにイヴが立っていた。

運動靴にトレーニングウェアという出で立ちだった。

「待ってくれ」

コウは、立ち去ろうとしたイヴを呼び止めた。

「何ですか？」

「妹は、ユウナは、本当に大丈夫なんだろうな？」

それが、コウには気がかりだった。

イザナギは、ユウナの治療費を全額払うことを約束してくれた。だが、その代わりに、ある条件を出された。

許可が出るまで、ユウナに会わないこと——それが、イザナギの条件だった。

なぜ、会ってはいけないのか？　疑問は残ったが、コウに選択肢はなかった。放っておけば、ユウナは死ぬのだ。

「心配は無用です。一馬《かずま》が手配しています。今は、手術のための検査をしています。貴方《あなた》の希望通り、アンという女を、世話係として雇いもしました」

「そうか——」

コウは、ほっと胸を撫で下ろした。

自分が会えないなら、アンをユウナの許に行かせて欲しいと頼んだのはコウだった。

正直、まだイザナギたちのことを信頼したわけではないし、その方が、ユウナも安心すると思ったからだ。

「こちらは、貴方の要求を呑みました。今度は、貴方が応《こた》える番です。着替えは、ロッカーに入っています」

早口に言うと、イヴはドアを閉めた。

イザナギが何を考え、何をしようとしているのか、そして、自分はいったいどんな役割を果たすのか――正直、分からないことだらけだが、今はそれを考えたところで何も進まない。

コウはベッドを離れ、手早く身支度を済ませると部屋を出た。

廊下で待っていたイヴと合流し、最初に向かったのは、地下にあるミーティングルームのような部屋だった。

そこには、イザナギともう一人、女性の姿があった。

紺のスーツに身を包み、凛《りん》と佇《たたず》むその女性は美しく、かつ品位があった。

座るように促され、コウは手近な席に腰かける。イヴは、コウと離れた場所に座った。

敢《あ》えてそうしたといった感じだ。

「君には、今後、私の秘書として働いてもらうことになる――」

落ち着いたところで、イザナギが切り出した。

「秘書？」

「そうだ。ただ、今のままでは、正直、何の役にも立たない。君には、教養がない。技術がない。そして、品位がない。まるで掃《は》き溜《だ》めの野良犬《のらいぬ》だ――」

酷い言われようだが、残念ながら否定することができない。

「当然だ。教育を受けていないんだ」

コウが開き直ると、イザナギが楽しそうに笑った。

「その通りだ。君は教育を受けていない。だが、資質はある。昨日のデータを見ただろう？」

イザナギの問いかけで、昨晩の衝撃が再び蘇《よみがえ》る。

今まで自分は、ＤＮＡランクの低い、低脳な人間だと思って生きてきた。だが、そうではなかったのだ。

本来なら、自分はフロートアイランドに住んで然《しか》るべき人間だった。

――いや違う。

抗うこともせず、流されるままに野良犬のような生活をしたのは自分自身だ。

「おれは――」

「これから、君にはありとあらゆる教育を施す。歴史、数学はもちろん、英語、中国語、あらゆる語学を学んでもらう。それと、肉体のトレーニングや格闘術。車の運転。機械の操作に至るまで、必要なことを全《すべ》て叩《たた》き込む。さらには、品位を身に付けるために、マナーも学んでもらう」

何だか話を聞いているだけで、気が遠くなって来た。

今まで、何の指導も受けていない。それなのに、そんなに一度にたくさんのことを覚えられるのだろうか？

コウの疑問を察したのか、イザナギが小さく笑った。

「どんなにDNAランクが高くても、自らやろうという意思がなければ、何ごとも成し遂げることはできない。逆もまた然りだ」

イザナギの言葉で、心の奥にある感情が、湧き立つのを感じた。

「分かった」

コウは力強く頷《うなず》いた。

正直、まだ自信はない。だが、今までのように、ただ流されるままに諦《あきら》めながら生きていたのでは、何もできない。やるしかないのだ。

「まずは食事にしよう」

イザナギが言うのに合わせて、奥からウェイターと思《おぼ》しき男が、カートを押しながら現われ、コウのテーブルの前に皿を置いて行く。

パンにスクランブルエッグとハッシュドポテト。それに、スープとサラダが付いていた。

こんなに豪華なメニューには、そうそうありつけない。空腹を覚えたコウは、早速食事に手を着けようとしたが、その手をいきなり摑まれた。

見ると、さっきまでイザナギの隣に立っていた女性が、コウの手首を摑んだまま、睨《にら》みを利《き》かせていた。

「なっ、何だよ……」

「彼女は由奈《ゆな》。教養とマナーについて、君の教育係を務める」

イザナギが説明をする。

「教育係？」

「初めまして。由奈です。これから、普段の歩き方から、立ち振る舞いまで、全てを指導させて頂きます。もちろん、食事に関しても、例外ではありません――」

由奈は、毅然《きぜん》と言い放った。

「そんなことして、いったい何の役に立つんだ？」

コウは、イザナギに目を向けた。

「何の役に立つかは、そのうち分かる。君は、可能性を最大限に引き出すための努力をすればいい」

「だけど……」

「質問は受付けない。それと、最初に言っておくが、我々の期待に応えられないようなら、妹の治療費の話は無くなったと思え」

「なっ！」

一瞬、怒りを覚えたが、それはすぐに鎮《しず》まった。

要は結果を出せばいいのだ。

「やればいいだろ――」

コウがぶっきらぼうに言うと、イザナギが笑った。

「粗野な言葉遣いも直す必要がありますね――」

由奈の軽蔑《けいべつ》の視線が突き刺さった。

6

いつものように登校し、机に座ったミラだったが、授業に集中することはできなかった――。

昨晩のあまりに鮮烈な記憶が、何度も脳裡《のうり》に蘇るだけでなく、様々な疑問が頭に張り付いて離れない。

――コウは、無事に逃げ切れただろうか？

――なぜ、自分はあんなことをしたのだろうか？

だが、いくら考えたところで、疑問の答えは出ない。それが、ミラの中の鬱屈《うっくつ》した感情をより一層、増幅させていた。

結局、授業の内容が、何も頭に入って来ないまま昼休みを迎えた。

「ミラ――」

声をかけて来たのは、マコトだった。

「何？」

自分でも驚くくらい、固い口調になってしまっていた。

マコトが、驚いたように目を丸くする。だが、それも一瞬のことで、すぐにいつもの優しい顔に戻った。

「ちょっと話があるんだけど……」

「話？」

「ああ。二人で話したいんだ――」

今、マコトと話したい気分ではなかった。断る理由を探してみたが、何も思い付かなかった。

困惑しているところに、友人のリサがやって来た。

「ねぇ、ミラ。一緒に食堂に行こうよ」

「うん。待って。今行くから――マコト君、ゴメンね」

ミラは早口に言うと、マコトの返答を待たずにリサに駆け寄った。

マコトがどんな顔をしているのか、気にならなかったわけではないが、確認しようとはしなかった。

「ねぇ、ミラ。昨日、人質になったってホント？」

廊下を歩きながらリサが、興奮した調子で訊ねて来た。

彼女がミラを食事に誘ったのは、事件の話に対する好奇心からだったようだ。

「あっ、うん」

「どうだった？」

リサが目を輝かせながら問う。

質問の内容が、あまりに抽象的過ぎて、返答に困ってしまう。

「どうって言われても……」

「テロリストって、最下層のランクだったんでしょ。最悪だよね。どうせ人質にされるなら、タケル君みたいなかっこいい人がいいな」

リサはその姿を夢想しているのか、恍惚《こうこつ》とした表情で胸に手を当てた。

ミラはうんざりしながらも相槌《あいづち》を打つ。酷く、空虚な気持ちが広がって行く。まるで、夢の中にいるみたいに、現実味がなかった。

昨日までなら、ミラもリサと同じように、はしゃいでいたのかもしれない。それが当たり前の日常だった。

だが、今はその日常が、遠い昔の出来事のように感じられる。

中身のない会話を続けながら、食堂に入り、リサと席に着いたところで、あちこちから人が寄って来た。

みな、話の内容はリサと大差ない。

テロリストの人質になったことの感想を求めている。退屈な日常に、適度な刺激と彩《いろど》りを与えるのに、ミラの身の上に起きた出来事は、恰好《かっこう》のネタだったのだろう。

これなら、マコトの話を聞いていた方が、まだマシだったかもしれない。

「でもさ、何でテロなんてやるのかしらね」

言ったのは、一つ上の学年のエマだった。エマは、マコトの姉でもある。

かなりの美貌《びぼう》の持ち主で、そのことを本人も自覚している。父親の立場と相まって、学校の中で女王様のような振る舞いをしている。

だが、不快感はない。それが様になるのがエマの凄《すご》いところでもある。

「自分たちの権利を主張しているんだと思う――」

言うつもりはなかったのに、つい口を衝《つ》いて出てしまった。鬱積していた感情が、零れてしまったという感じだ。

「権利を主張するって言っても、そもそも、あの人たちに、権利なんてものはないでしょ」

エマは冗談めかして言った。

周囲の取り巻きたちが、賛同の意見を口にする。そのざわつきが、ミラの心の底にある感情をさらに刺激した。

「彼らだって、人間です。権利はあります」

ミラが言うと、エマが大げさに驚いた顔をした。

「だって、あの人たちはDNAランクが低いのよ。私たちとは、根本が違うの。それは、誰のせいでもない。自分の責任じゃない」

エマの論調は、あまりに独善的だと言わざるを得ない。

「何も違いません。ランクが低くても、高くても、同じ人間です。平等に権利を主張して然るべきだと思います。もちろん、テロにより人の命を奪うという方法には、賛同できませんけど……」

「あら、イチミヤコーポレーションのご令嬢の発言とは思えないわね」

「父は関係ありません」

「あなたは、そのつもりでも、周りはそうは思わないわよ」

エマが、ミラの耳許《みみもと》で囁《ささや》くように言った。

「え？」

「あなたは、イチミヤの娘で、仁村家の嫁になるかもしれないのよ。偽善者ぶって演説をするのは勝手だけど、ときと場所をわきまえた方がいいわね」

エマの言葉は、明らかな警告だった。

その裏には、大勢の前で、義姉になるかもしれないエマに、口答えしたことに対する叱責《しっせき》の意味も込められているのだろう。

「私は……」

「それに、そこまで言うなら、あなたは今の生活を捨てられるの？」

すぐに返事を返せなかった。

エマの切れ長の目が、ミラを真っ直ぐに見据える。

「安全地帯で、人権だ愛だと叫んでも、説得力はないわよ」

そう締め括《くく》ったあと、エマは肩を震わせながら笑った。

彼女たちが去ったあとも、ミラはしばらく動くことができなかった。強い怒りが渦巻いていたからだ。

それは、エマに対する怒りではない。自分自身に対するものだ。

エマの言う通りだ。自分は、対岸の安全地帯から眺めているだけの存在に過ぎない。

そんな自分が、何を口にしようと説得力はない。

そして、エマの言う通り、どんなに綺麗事を並べようと、自分は今の生活を捨てることができない。

「気にするなよ」

そんなミラに声をかけて来たのは、マコトだった。

隣に座り、心配そうに顔を覗《のぞ》き込んできた。

「マコト君――」

「姉さんは、ああいう人だから――ミラは全然気にしなくていいんだ」

マコトがミラの肩に手を置いた。

ミラは、それから逃れるように席を立った。おそらく、マコトはやり取りの一部始終を見ていたのだろう。その上で、あとからフォローを入れに来た。

彼の優しさなのかもしれないが、それを嬉《うれ》しいとは思わなかった。

マコトという人間の底を見た気がした。この人は、自分と同じだ。安全地帯から出て来ようとはしない。

「全然、気にしてないから」

ミラは笑顔で言うと、逃げるように食堂をあとにした――。

7

「無駄な動きが多いです」

イヴは、大きく踏込み、パンチを打ち出して来るコウの腕を摑《つか》み、巻き込むようにして床の上に投げ飛ばした。

背中から叩きつけられたコウは、「うっ」と短い悲鳴を上げる。

「立って下さい」

イヴは、ファイティングポーズを取ったまま、コウを促す。

コウは痛みに顔を歪《ゆが》めながらも、どうにか立ち上がった。

肉体労働をしていただけあって、身体のタフさと、パワー、敏捷性《びんしょうせい》はなかなかのものだし、気迫もある。

だがそれだけだ。技術がまるでなっていない。

ボクシングスタイルで構えているが、隙《すき》だらけだ。

「脇《わき》を締めて下さい」

イヴは言うのと同時に、コウの左脇腹に回し蹴りを入れた。

「があぁ」

呻《うめ》き声を上げながら、コウが片膝《かたひざ》を突く。

「脇が空けば、そこを狙《ねら》われます」

イヴの指摘を受け、再び立ち上がったコウは、今度はがっちり脇を締めている。だが
――。

「ガードを下げないで下さい」

イヴは、コウの鼻っ柱に右のジャブを叩き込んだ。

オープンフィンガーのグローブを嵌《は》めてはいるが、それでも直撃を喰らったコウの鼻からは血が流れ出し、よろよろと後退《あとずさ》った。

「くそっ！」

コウは、怒りとともに吐き出しながらも、改めて構え直す。だいぶ様になって来たが、今度は身体に力が入り過ぎている。

イヴは、無言のままコウの鳩尾《みぞおち》に前蹴りをお見舞いした。

「うっ……」

コウは身体を折り、両膝を床に突いた。

額から冷や汗が溢《あふ》れ出し、呼吸もままならず、苦しそうに喘《あえ》いでいる。

「身体に力が入り過ぎです。もっと、柔らかく、自然に――分かったら立って下さい」

コウは、恨めしそうにイヴを睨んだが、歯を食いしばって立ち上がり、再びボクシングスタイルで構えた。

構えはこれでいい。だが、ようやくスタートラインに立ったに過ぎない。

これまでの流れで分かった。コウは、頭で考えて動くより、身体に覚えさせた方が、スムーズに進む。

まあ、それもそうかもしれない。

イヴが受け持つ格闘術の講習の前に、由奈から、これでもかというくらい、教養とマナーの講習を受けている。

ありとあらゆる知識を詰め込まれ、彼の脳は悲鳴を上げているだろう。

「第一段階として、様々な攻撃に対する対処法を教えます。まず、私の顔面を殴りに来て下さい」

イヴが言うと、コウが驚いた顔をした。

「本当にいいのか？」

「構いません」

「じゃあ、行くぞ」

コウは、予告してから大振りのパンチを、イヴに向かって突き出した。スピードはあるが、予備動作が大きい上に、軌道が丸分かりだ。

イヴは、左斜め前方に移動しながら、右手でコウの手を払い、そのまま彼の手首を巻き込みながら、脚を払った。

コウの身体がふわっと宙に浮き、床に倒れ込む。

「分かりましたか？」

イヴは、仰向けに倒れているコウに訊《たず》ねた。

「何をした？」

「単純なことです。パンチは、真っ直ぐ飛んで来ます。それをかわすには、身体をパンチの当たる範囲から、外してやればいいんです」

「外す？」

「そうです。日本の古武道やフィリピンのカリなどの武術では、基本の動きです。斜めに移動し、攻撃の外側に身体をおけば、絶対に相手の攻撃はあたりません。今度は、あなたがやってみて下さい」

イヴが促すと、コウが立ち上がった。

「では、いきます」

イヴは、コウの顔面にパンチを突き出した。

コウはイヴのパンチを顔面にまともに喰らい、膝から崩れ落ちた。

「ちょ、ちょっと待ってくれ。いきなり本気かよ……」

コウが血に塗《まみ》れた口を押さえながら抗議する。

イヴはうんざりしながらため息を吐《つ》いた。今のパンチが、本気だと思われては困る。

それなりに手加減はした。

ただ、当てるつもりでは打った。

外すことを前提にした練習など、ダンスと同じだ。コウに身に付けてもらわなければならないのは、実戦の中で生き抜く術《すべ》だ。

「あなたは、戦場において、相手にゆっくりやろうと提案するのですか？」

「そういうことじゃなくて……」

「では、どういうことですか？」

「もういい。やってやるよ」

コウは、舌打ちをしながらも立ち上がる。

目の色が、一気に変わった。気迫と打たれ強さは、相当なものだ。だが、それだけではダメだ。

「では、もう一度行きます」

イヴは、コウに向かってパンチを繰り出す。

コウは素早く身体を動かし、右腕で払いながらイヴの攻撃をかわした。

自分の動きに満足したのかコウが、ニヤリと笑った。

最初のステップはクリアした。だが、そこに満足して、油断をしているような愚か者は身を滅ぼす。

イヴは、がら空きになったコウの顔面に肘《ひじ》打ちを入れ、首に腕を巻き付けると、そのまま床に引《ひ》き摺《ず》り倒した。

「戦闘中に気を抜かないで下さい」

イヴは、仰向けに倒れるコウを見下ろした。

返事はなかった。どうやら、気を失ってしまったらしい。イヴは小さく首を振った。

このまま寝かせておいてやるほどの時間の余裕はない。

イヴは、部屋の隅に置いたバケツを運んで来て、中の水をコウの顔面にぶちまけた。

「うわぁ！」

コウが一気に覚醒《かくせい》する。

ずぶ濡《ぬ》れになったコウは、キョトンとした顔でイヴを見ている。

「立って下さい。もう一度やります」

イヴが言うと、コウは長いため息を吐いた。

8

アンは、ベッド脇の椅子《いす》に座り、眠っているユウナの顔に目を向けた――。

施設で遊んだのが、ずいぶん昔のことのように思える。コウとユウナ、そしてアンはいつも一緒だった。

アンの方が年上だったが、いつも主導権を握るのはコウだった。

あの頃の自分たちには、希望があった――。

自分のＤＮＡランクについては、すでに報《しら》されていたが、それが何を意味するのか、正確に理解していなかった。血液型と同じくらいの感覚に過ぎなかった。

現実を思い知らされたのは、十四歳で施設を出てからだった。

学校に行きたくても、アンのランクでは、受け容《い》れてくれる学校もなければ、通うだけのお金もなかった。

就職も同じだ。アンのランクを受け容れてくれるのは、危険な仕事か、肉体を酷使する重労働か、或《あ》るいは、女を売りにしたものだけだった。

この国で地道に働いたところで、将来はない。死ぬまで、その日暮らしを続けるだけのことだ。

だから、アンは夜の世界に飛び込んだ。

少しでも多くの金を稼ぎたかったし、その可能性があると思っていた。だが、突きつけられた現実は、そんなに甘いものではなかった。

売上を伸ばすために、身体《からだ》を売ったりもしたが、その代償として、精神をすり減らした。

アンのDNAランクを聞き、途端に覚める客もいた。

——私は、何がしたかったんだろう？

アンの疑問を遮るように、インターホンが鳴った。モニターに目を向けると、知っている男が立っていた。

「どうぞ」

インターホンに向かって答えてから、ドアのロックを解除した。

部屋に入って来たのは、一馬だった。

彼に会ったのは、昨晩のことだった。コウの使いの者だと名乗り、今いるマンションの部屋を斡旋《あっせん》し、そこにユウナとアンを移した。

もちろん、最初は信用しなかった。だが、彼から受け取った謝礼金で、簡単に心が動いた。

浅はかで、金銭欲に塗れた汚い女だと思う。だが、この街で一人で生きるには、そうするしかないのだ。

「調子はどうだ？」

一馬は、長い髪をかき上げながら言う。

無精な出で立ちで、口調も軽薄そうだが、どこか知的な印象のある男だ。

「安定してるわ。薬のおかげかも――」

アンは、改めてユウナに目を向けた。

ユウナは、今まで病院に行くことすらできなかった。金がなかったのだ。その金を融通したのも一馬だった。

「そりゃ良かった。あとは、手術を受ければ、すっかり治るはずだ」

一馬は、ユウナに歩み寄り、笑みを浮かべた。

「一つ訊《き》いていい？」

「何だ？」

「あなたは何者なの？　何で、ここまでのことをするの？」

一馬に会ったときも同じ質問をした。だが、うまくはぐらかされて、ちゃんとした回答は得られていなかった。

「おれは、ただの使いだ。この部屋を用意したのも、治療費を出しているのも、おれじゃねぇ」

一馬は、おどけるように言った。

「誰なの？」

「それは言えない。まあ、あんたを巻き込んだのは、コウの要望――とだけ言っておく」

「コウは……彼は、無事なの？」

「もちろんだ」

即答だった。だが、そう簡単には信じられない。

「本当に？」

「ああ。元気にやってる」

「あなたたちは、彼に何をやらせようとしているの？」

アンが詰め寄ると、一馬は露骨に嫌な顔をした。

「奴のことが心配か？」

「もちろんよ！」

「だったら、なぜキムのような男をコウに紹介した？」

一馬の言葉が、無慈悲にアンの心の底を抉《えぐ》る。

立っているのが辛《つら》くなるほどの、強烈なインパクトのある言葉だった。

「私は……」

「あんただって、分かってたはずだろ。キムが、どういう男か？　紹介すれば、コウがどんなことをやらされるか？」

「そんなの、知らなかったわよ！　知るわけないじゃない！」

叫んではみたものの、自分でも白々しいと思う。

具体的に、何をさせられるかまでは分かっていなかったが、それでも、真っ当な仕事でないことは、何となく理解していた。命を危険に晒《さら》すことになることも——。

それでも、コウをキムに紹介したのは、その仲介料が破格だったからだ。でも、本当にそれだけだろうか？

自分でもよく分からない。だが一つだけはっきりしている。コウを心配していないわけではない。アンにとって、コウは特別な存在だ。

　肉体関係があるとか、恋人だとかではない。それを望んだこともあったが、今に至るもその想《おも》いを伝えていない。

　とはいえ、一馬の言う通り、金に目が眩《くら》んでキムに紹介したのは事実だ。今さら何を言おうと、説得力に欠ける。

「そうか。おれは、別にお前を責めてるわけじゃない。欲望に目が眩むのは、人間らしくていいじゃねぇか」

　一馬は、人懐《ひとなつ》こい笑みを浮かべた。

　安っぽい慰めではなく、そこには一馬の本心があるように思えた。

「え？」

「おれも、昔はお前と同じだった」

「同じ？」

「金で仲間を売ったのさ――」

　一馬の顔に影が差した。

　なぜ、一馬が急にそんなことを話し出したのか、アンには分からない。だが、彼に対して親近感を覚えたのは確かだった。

「それで、どうなったの？」

「そいつは死んだよ——」

一馬の目に、深い悲しみが浮かんだ。

「死んだって……」

アンは息を呑んだ。

「そいつは腹から血を流しながら、おれを見た——。あの顔が、今でも忘れられない」

「憎しみ？」

「違う。憎んでくれたら、もっと楽だった。だが、そうじゃなかった。奴《やつ》は、全てを悟ったように笑いやがったんだ」

「なぜ？」

「知らねぇよ。訊く前に死んじまったからな……」

強く握られた一馬の拳《こぶし》が、微《かす》かに震えていた。

「後悔してるのね」

「そんな生易しいもんじゃねぇ。おれは、この先の人生、ずっとそいつと生きて行くんだ。いつ何をしてても、そいつは、おれのことを見ている。人の命を犠牲にして、お前は何を摑む——そう問われているような気がする」

アンは、項垂《うなだ》れる一馬を抱き締めたい衝動に駆られた。

慰めとか同情とは違う。強いていうなら、母性ともいうべき感情だろうか——だが、できなかった。

自分には、その資格がないからだ。

思えば、コウに対しての感情もそうだ。彼を欲しながら、そうできないのは、自分にはその資格がないと思っているからだ。

DNAランクがどうあれ、アンから見たコウは、純粋で高潔な男だ。

彼に惹《ひ》かれる反面、彼の真《ま》っ直《す》ぐな視線に晒されると、穢《けが》れてしまった自分の生き様を否定されているような気がする。

――もしかしたら、私はコウを穢したかったのかもしれない。

「妙な話をしたな。悪かった――」

しばらくの沈黙のあと、一馬が言った。

その顔からは、すでに影が取り払われていた。一馬は今、どんな人生を歩むことで、裏切った友人への折り合いを付けているのだろう？　気にはなったが、到底訊ねることはできなかった。

「私は別に……」

「あんたは、おれと同じになるなよ」

本当なら自らの忌《い》まわしい過去の片鱗《へんりん》を晒してまで、アンに警告をしてくれた一馬に礼を言うべきなのだろうが、口から出たのはまったく違う言葉だった。

「余計なお世話よ」

一馬は反論することなく、小さく笑った。

そこに込められた感情が失望なのか、憐《あわ》れみなのか、アンには分からなかった。

「とにかく、あとは頼んだぜ。何かあったら、すぐに連絡をくれ――」

一馬は連絡先を書いたメモを寄越すと、逃げるように部屋から出て行った――。

9

そのマンションは、六番地区、旧千代田区の外れにあった――。

震災前から残っている、古い五階建てのマンションだった。明かりはなく闇《やみ》に沈んでいるようだった。

クリスは、三島とその配下の男たちとともに、階段を上がり、三階の部屋の前に立った。

コウが勤務していた廃棄物処理業者の社長を締め上げ、この場所を聞き出した。

ドアには鍵《かぎ》がかかっていたが、シリンダータイプの旧世代の代物《しろもの》だ。三島の配下の一人が、ドアノブに歩み寄り、ものの一分で鍵を開けてしまった。

三島がクリスに目で合図をした。

クリスは、大きく頷いてから腰のホルスターに挿した拳銃《けんじゅう》を抜いた。

もし、このドアの向こうに、コウがいた場合、自分はトリガーを引くことができるだろうか？

疑問が首をもたげたが、三島の視線を感じ、強引にそれを振り払った。

ここまで墜《お》ちたら、もう後戻りはできない。やるしかない。それが、たとえ人としての道を踏み外す行為だとしても――。

クリスは、拳銃を構えたまま一気にドアを開けて部屋に飛び込んだ。

暗い部屋の中、素早く視線を走らせる――。

張り詰めていた緊張を解き、クリスはため息を吐いた。部屋の中には、誰もいなかった。

単に不在ということではなく、部屋は完全に空っぽだった。

身の危険を感じたのか、すでにどこかに身を隠したあとだったようだ。

クリスは思いがけずほっとしていた。もし、ここにコウがいたら、トリガーを引かなければならなかった。その必要がなくなったことに対する安堵《あんど》感だろう。

「逃げたあとか――」

あとから部屋に入って来た三島が言った。

だが、そこに悔しさは感じられない。楽しいゲームが先に延びたことに対する喜びすら感じられる。

「どこに逃げたんだ？」

資料では、コウは妹と二人暮らしだった。しかも、その妹は病気を患《わずら》っている。そんな状態で、いったいどこに逃げたのか？

「協力者がいるのは、間違いないな」

三島は、にっと笑みを浮かべながら言った。

「いったい誰が？」

「さあな」

「これから、どうやって捜す？」

クリスが訊ねると、三島は冷たい視線を向けて来た。

「そのために、お前がいるんじゃないのか？」

確かにそうかもしれない。

かつて旧市街の警察官だったクリスは、土地鑑もあるし、それなりに顔も利く。それに、逃走者の捜索の経験もある。

「まずは、この辺り一帯の聞き込みが必要だ。コウが、いつ、この部屋を出て、どこに向かったのか——それをはっきりさせる必要がある。それと、彼の交友関係を洗い直し、関係のあった人物に、片っ端から当たる」

クリスが早口に言うと、三島は満足そうに頷いた。

「ここからの指揮は、お前に任せる。人員は好きに使え——」

三島は、それだけ言い残すと、さっさと部屋を出て行ってしまった。

あとには、クリスを含めた六人の男が残された。クリスは、男たちを二人一組にして、コウを捜索するための詳細の指示を与える。

こうしていると、まるで警察官に戻ったような気になる。だが、そんなものは錯覚に過ぎない。今からやろうとしていることは、犯人の逮捕ではない。ターゲットの抹殺なのだ。

——それでもやるしかない。

クリスの指示に従い、四人の男たちは部屋から出て行った。

残ったのは、クリスと三島の側近でもある巨漢の男、カズだ。

「行くぞ」

クリスは、カズを先導するかたちで部屋を出ようとした。が、すぐにカズに呼び止められた。

「最初に言っておくことがある」

カズが、じっとクリスを見下ろす。

「何だ？」

「三島さんがどう言おうが、おれは、お前を信用していない」

カズの言葉は、三島に対する反骨心から来るものではない。逆に、彼に心酔しているからこそ、彼の身に降りかかる火の粉は払い除《の》けようとしているのだ。

ましてや、クリスはこの前まで警察の人間だったのだ。すぐに信頼する方が無理というものだろう。

もしかしたら、カズがクリスを信頼していないのは、元警察官だからというだけではないかもしれない。

だが、そんなことは、どうでもいいことだ。クリスもまた、カズから信頼を勝ち取ろうなどとは思っていないからだ。

裏の社会で、安っぽい友情ドラマを演じたところで、喜ぶ奴など一人もいない。

「分かっているさ」

クリスは投げやりに応じて部屋をあとにした――。

10

「姉さん」

マコトは、リビングにいる姉のエマを呼び止めた。

自分の部屋に戻ろうとしていたエマは、「何？」といかにも不機嫌そうに応じた。

「この前のことなんだけど――」

マコトが切り出すと、エマは怪訝《けげん》な顔をする。

「だから何？」

「ほら、学校の食堂で、ミラと言い合っていただろ」

ようやく、何のことか分かったらしく、エマは「ああ……」と気のない返事をした。

「別に、言い合ってなんかいないわよ」

「そうは見えなかったけど……」

「何よ。その感じ。それじゃ、私が未来の義妹を苛《いじ》めてるみたいじゃない」

エマは、感情的な口調で言うとマコトを睨んだ。

昔からエマは勝ち気なところがある。マコトも、幼い頃から、彼女によく言いくるめられていた。

いつもなら、その迫力に負けて口を閉ざすところだが、今回に限ってはそうはいかない。

「そうは言ってない。だけど、あんな風にみんなの前で責めるのは良くないよ」

「だから、責めてないって。そもそも、あの娘《こ》が変なこと言い出すからいけないんでしょ」

エマは、むくれながら脱力してソファーに座った。

「別に、変なことを言ったわけじゃないよ。彼女は、優しいだけなんだよ」

マコトの主張をエマが笑い飛ばした。

「あんた、それ本気で言ってるの？」

「ああ」

「この際だから、言っておくけど、イチミヤの娘だかなんだか知らないけど、あの娘、陰で何て言われてるか知ってる？」

「え？」

「フォックス――」

エマの口から飛びだした、あまりに想定外な言葉に、意味を理解するのに時間がかかった。

「フォックスって、あのテロリストのフォックスのことか？」

「他に誰がいるの？」

エマは、おどけたように肩をすくめてみせる。

その態度が、マコトの心に怒りを芽生えさせた。

「そんなわけないだろ！　彼女は、断じてテロリストなんかじゃない！」

怒りを露《あら》わにするマコトとは対照的に、エマの切れ長の目は覚めきっていた。

「否定する理由は何？」

「彼女は、そんなことする人じゃない」

「そんなの理由にならないわよ。あなたは、彼女の何を知ってるわけ？」

さすがに口が達者だ。

だが、ここで退《ひ》くわけにはいかない。自分のことならまだしも、今はミラのことなのだ。

「逆に訊くけど、ミラをフォックス呼ばわりする理由って何だよ」

「あの娘、この前のテロ事件のとき、人質になったのに、無傷で解放されたんでしょ。それって、テロの犯人と共謀してたからじゃないの？　現に、そういう噂《うわさ》が出回ってるわよ」

「何だよそれ……」

マコトは、強く拳を握った。

ミラがテロリストと共謀していたなんて、絶対にあり得ない。彼女に限って、そんなことをするはずがない。

確固たる自信はあるが、それを否定するだけの論拠を持ち合わせていないのも事実だ。

エマは、それを見透かしたように続ける。

「あの事件のあと、警察から事情聴取も受けているのよ。この前の件だって、まるで、下層の連中の肩を持つみたいだったじゃない――」

「違う。あれは……」

否定はしてみたものの、その先の言葉が出て来なかった。

確かに、あのときのミラは、DNAランクが低くても、同じ人間だと主張したのだ。

エマの言うように、まるで下層の連中を庇《かば》うような発言だった。

――いや、そんなはずはない。

マコトは、心の内で強く否定する。

ミラは、トップクラスのDNAランクを持った、素晴らしい女性だ。そんなミラが、下層の連中を擁護する理由はないはずだ。

マコトがそのことを主張すると、エマが再び笑った。

「あんたって、本当に御目出度《おめでた》いわね。父さんそっくり」

「どういう意味だよ」

「現状を理解していないってこと」

エマの言葉には刺《とげ》があった。

「現状って、どういうことだよ」

「DNAランクが高いことは、テロに加担しない理由にはならないのよ。そんなことも分からないの？」

「分かってるさ！」

興奮気味に言ったものの、自分の理論が破綻《はたん》していることを理解もしていた。

「分かっていないから、さっきみたいな発言になるんでしょ。その上、臆病《おくびょう》で自分では何もしようとしない」

「臆病って……」

「だってそうでしょ。フィアンセを庇いたいなら、あのとき言えば良かったじゃない」

「それは……」

「でも、あなたはそうしなかった。父さんと一緒で、自分が危害を被《こうむ》るのが嫌なのよ。だから、今になって文句を言うわけでしょ」

早口にまくしたてるエマに、何も返せなかった。

エマが、父である了介と折り合いが悪いことは知っている。そのことに対する不満もぶちまけることになったのだろう。

「もう、この話は終わり――」

エマは、一方的に告げると、リビングを出て行った。

なぜだろう。このときマコトは、今まで、平穏に流れて来た日常が、静かに、だが確実に壊れていく気がした――。

11

「動きを止めないで下さい――」

コウは、イヴが次々と繰り出す攻撃をかわしていく。

その速度は、次第に速くなっていく。

考えている余裕はない。身体に覚え込ませた動きを、ひたすらに反復していく。

激しい攻防が続く。

三日前には、最初の一撃をかわすのがやっとだった。だが、今はそれなりに対応できている。

――いける。

そう思った瞬間、イヴの動きが一瞬止まった。

――え？

思ったときには遅かった。それは、攻撃の中に巧みに織り込んだフェイントだった。

死角から、イヴの拳が飛んで来て、コウの顎《あご》を捕らえた。

気づいたときには、床の上に大の字に寝転んでいた。

どうにか身体を起こしたものの、意識が朦朧《もうろう》として、顎に焼け付くような痛みが走った。

「最初にも言いました。ダンスのような対応をしていると、タイミングをずらされたときに反応できなくなります」

コウを見下ろしながら、イヴが冷ややかに言った。

怒りは湧《わ》かなかった。まさに言う通りだったからだ。

リズムで対応すれば、次第に速くなっていくことにはついていかれても、少しでもタイミングを外されるとこの様《ざま》だ。

「もう一回――」

コウは痛む身体に鞭打《むちう》って立ち上がる。

だが、イヴはファイティングポーズを取ろうとはしなかった。疑問に思っていると
「ようっ」と一馬が声をかけて来た。

「一馬――いつの間に？」

「お前が床に伸びたところからだよ。気持ち良さそうに寝てたぜ」

肩をすくめるようにして一馬が言う。コウにとっては、ほんの一瞬だったが、ずいぶんと長い間、寝てしまっていたらしい。

「とにかく時間だ。ついて来い。今日は、おれが講師を務めてやる」

一馬が手招きをした。

イヴに目を向けると、彼女は挨拶《あいさつ》もそこそこに部屋を出て行ってしまった。

コウは、ため息を吐きながらも、一馬について歩き出す。

「お前、疲れてないのか？」

一馬が、長い髪をかき上げながら訊ねて来た。

正直、疲れていないと言ったら嘘《うそ》になる。朝は五時に起床し、朝食を摂《と》る。もちろん、由奈のマナー講座付きだ。

そのあと、十キロのランニングと、マシンを使ったトレーニングが二時間――。

それが終わると、歴史、数学、物理と、ありとあらゆる知識をねじ込まれる。昼食を挟んで、日本語、英語を始めとする語学を叩《たた》き込まれる。

六時から始まる夕食には、マナー講座だけでなく、イザナギとの会話が待っている。

彼から、政治や経済などの話題を振られ、それに受け答えをしなければならない。答えられなければ、イザナギから信じられない量の課題を与えられる。

それが終わり、八時からは、イヴを講師にした、格闘術のトレーニングだ。

そして十一時からは、その日毎《ごと》の課題が与えられ、講義を受ける。全《すべ》てが終わるのは、日付が変わってから。そこから仮眠を取って、また朝を迎える。

わずか三日程度だが、疲労の蓄積はとっくにピークを越えているし、筋肉痛と打撲で身体が軋《きし》むほどだ。

だが、それでも充足感に満たされていた。

それはおそらく、知ることに対する喜びからくるものだろう。わずか三日だが、新しい知識を得ることで、自分の視野が広がり、より多くのものが見えてくる。

今まで、コウが味わったことのない感覚だった。

故《ゆえ》に疲労はあるが、目を覚ますことを心待ちにしている自分もいる。

コウがそのことを話すと、一馬は声を上げて笑った。

「何で笑うんだ？」

コウが訊ねると、一馬はばつが悪そうに頭をかいた。

「由奈が、呑《の》み込みが悪いって愚痴ってたから、心配していたんだが、その調子なら大丈夫そうだな」

反論しようとしたが、うまく返せなかった。

気力に反して、覚えが悪いのは事実だ。特に、数学と外国語に手を焼いている。マナーに関しても、芳《かんば》しい成果があるとは言い難い。

「だけど、楽しいのは事実だ」

「分かってるよ」

一馬は笑顔で言うと、ドアを開けて部屋の中に入った。地下の格納庫だった。

ネフィリムとリベリオン――二機の人型兵器が鎮座している。その様は、荘厳《そうごん》ともいえた。

「あれって、どうやって動かしてるんだ？」

コウは、ネフィリムの赤い機体の前で脚を止めた。

「両脚はパイロットのそれと連動して動く仕組みになっている。両腕については、脳情報を受信するユニットを装着して動かしてるんだ」

「脳情報の受信？」

「単純に言えば、考えるだけで動くってわけだ」

「両腕も、脚と同じように、連動させた方がいいんじゃないのか？」

「そうすると、コックピット内で、様々な計器を動かせなくなるだろ。レーダーを表示させたり、ブースターを使ったり、色々とやることはあるんだ」

「だったら、人間を乗せないで、ＡＩとかで動かした方がいいんじゃないのか？」

コウが疑問をぶつけると、一馬が「おっ」という顔をした。

「勉強の成果が出てるじゃないか。まさか、お前からＡＩって単語が出て来るとは思わなかった」

「からかうなよ」

コウはむくれて見せたが、一馬の言う通りでもあった。

今までだったら、一馬の説明に疑問など感じなかっただろう。もちろん、理解しているからではなく、何も分からないからだ。

「悪かったよ。フロートアイランドで遭遇したハウンドなんかは、遠隔操作とＡＩの融合型だ。確かに、パイロットを乗せない分、小型化が図れるし、人が行けないような場所でも作業可能だ。そもそもロボットってのは、人間を乗せるものじゃなくて、ひとが行えない、或いは行けない場所での作業を代行するために開発されてるんだ」

「何だか、ハウンドの方が優秀に聞こえるな」

「システムだけで言ったら、向こうの方が優秀なのさ」

「そうなのか？」

あまりに意外な返答に、コウは驚きを隠せなかった。

「ああ。ハウンドのバランスは、コンピューターによる自動制御だ。一方のネフィリムは、コンピューターの代わりに、人が脚を動かしてバランスを制御する。ネフィリムの方が、圧倒的にアナログなのさ」

「何でわざわざアナログな方法を使ってるんだ？」

「高度であることが、性能とは直結しない」

「どういうことだ？」

「ハウンドは、アイセンサーや、イヤーセンサーから、地形を含めた様々な情報を収集し、状況判断をして動くんだ。そこにタイムラグが発生するだけでなく、想定外の状況に適応できない」

「だから、ネフィリムに負けた——」

「そういうこと。いくらＡＩが優秀になったところで、所詮《しょせん》は機械なのさ。人間の可能性には遠く及ばない。だから、ネフィリムはＡＩではなく、人を乗せているんだ」

「人間の——可能性」

コウは呟《つぶや》くように言った。

以前、イザナギも同じようなことを言っていた。

「それともう一つ——」

「何だ？」

「ネフィリムも、リベリオンも、人々に希望を示すフラッグシップになる機体だ。だから、敢《あ》えて人を乗せているんだ。ＡＩには道は示せない——」

この二機のロボットが、いったいどんな道を示すのか——コウには、到底想像がつかなかった。

「さて、お喋《しゃべ》りはここまでだ。今日は、お前に銃の扱い方を叩き込んでやる」

一馬はそう言うと、格納庫の奥にある射撃用のスペースに移動した。

「ほれ」

一馬がイヤーカバーをコウに放り投げる。それを耳に装着している間に、一馬は一丁のハンドガンを取り出し、コウに差し出した。

「S&WのD13だ。口径は小さいが、お前のような素人《しろうと》でも扱い易《やす》いように出来ている」

銃を受け取ったコウの脳裡《のうり》に、ある光景が蘇《よみがえ》って来た。

雨の中――ミラに銃口を向けたあの瞬間のことだ。彼女は、今、どうしているだろうか？

コウは頭の中に浮かんだ疑問を振り払い、改めて一馬に向き直る。

「まずは、十メートルくらいだな」

一馬が手許《てもと》のパネルを操作すると、十メートルほどの距離のところに、フレームで固定された直径二十センチほどの丸い的が現われた。

「まずは、あれを撃ってみろ」

一馬が的を指差す。

正直、今まで的を撃ったことはない。だが、この程度の距離なら、外すこともないだろう。

コウは、狙《ねら》いを定めてトリガーを引いた。

火薬の炸裂《さくれつ》音とともに、衝撃が腕を跳ね上げた。

弾丸は的を外れるどころか、天井部分のコンクリートを穿《うが》った。

「まずは、構えがなってない。右手でグリップを握り、左手はグリップの下に置き、支えにする」

「こうか？」

一馬に指示されるままに、ハンドガンを握る。

「悪くない。次にスタンスだ」

一馬が構えて見本を見せる。コウは、それに倣《なら》って銃を構える。

「狙いを定めるときは、照門《リアサイト》の間に照星《フロントサイト》を合わせる」

言われた通り、凸《とつ》型になった照星を照門の凹《くぼ》んだ部分に合わせる。もちろん、その先にあるのは丸い的の中心だ。

「よし。反動が来ることは、もう分かったな。それを想定した上でトリガーを引け」

コウは、頷《うなず》いてからトリガーを引いた。

炸裂音とともに発射された弾丸は、的に命中した。中心部分を狙ったはずだったが、実際に当たったのは、だいぶ左側だった。

「上出来だ」

一馬が軽く手を叩いた。

「だけど、中心じゃない」

「それでいい。何度も撃って、自分のクセを知れ。その上で修正していけばいい。あとは、集中力だな」

「集中力？」

「そうだ。心に迷いがあると、それが指先に伝わっちまう。銃は、女のように繊細なんだよ」

そう言って、一馬は楽しそうに笑った。

12

「ただいま――」

ミラは、いつもより早く帰宅した。体調不良を訴え、早退したのだ。

頭痛があったのは事実だ。だが、それだけではない。あの事件のあとから、周囲の自分に対する接し方が、明らかに変わった。正確には、エマとのやり取りが切っ掛けだったのだろう。

テロの共犯者だと陰口を言う者もいるし、中にはミラこそがフォックスだと疑う者までいる始末だ。

ただ、そうした扱いを受けるのには、ミラ自身にも問題がある。

あれ以来、ミラは他の生徒たちと一緒に、嬌声《きょうせい》を上げながら無駄話を楽しむ気にはなれず、自然と周囲と距離を置くようになっていた。

別に、友人たちを嫌っているわけではない。

頭の中で、常に考えてしまう。今の満たされた生活は、コウのような貧困層の人々に支えられている。だが、富裕層はそのことに無自覚で、貧困層を徹底的に蔑《さげす》む。それが、ミラには耐えられなかった。

コウに言ったように、彼らも自分たちと同じ人間なのだ。

父である潤一郎が造ったこの国のシステムは、明らかに歪《ゆが》んでいる。だが、誰もそれに気づこうとしない。かつての自分もそうだった。

今の地位や生活を失わないために、気づかないふりをしている者もいるだろう。だが、それ以上に恐ろしいのは、クラスメイトたちや、かつてのミラのように、まったくの無自覚な者たちだ。

だが、ミラ一人がそんなことを考えたところで、何の解決にもならない。

仮に主張したところで、エマとの会話のように、テロの共謀者だという疑いを色濃くするだけだ。

正直、そんな生活にうんざりしていた。

ミラがリビングに入ると、母の美晴が深刻な顔でソファーに座っていた。ミラの帰宅にも気づいていないようだ。

美晴は、軽く下唇を噛《か》みながら、一枚の写真を見つめていた。

今どき紙に印刷した写真など、そうそうお目にかかることはない。いったい、誰の写真だろう？　覗《のぞ》き込もうとしたところで、美晴が顔を上げた。

「あら、早かったわね——」

美晴は、いつもと変わらぬ笑みを浮かべると、自然な手つきで写真をポケットの中に押し込んだ。

ほんの一瞬ではあるが、写真が見えた。

一人の男性が写っていた。はっきりと見えなかったが、それでも父、潤一郎のものでないことは分かった。

「ちょっと、頭痛があって……」

「大丈夫？　熱は？」

美晴が立ち上がり、ミラの額に手を当てる。

「大丈夫。大したことないから」

そのまま自分の部屋に引き揚げようとしたミラだったが、ふと足を止めた。

やはり、さっきの写真のことが気にかかった。だが、そのことを直接的に訊《たず》ねるのは気が引けた。

「お母様は、なぜお父様を選んだの？」

考え辿《たど》り着いたのは、そんな質問だった。

美晴の表情が、一瞬で固まった。だが、すぐに自然な笑みを浮かべる。

「なぜ、そんなことを訊《き》くの？」

「特に理由はないわ。ただ、何となく。今まで、訊いたことなかったし……」

自分でもあきれるほどぎこちない口調になってしまった。

「マコト君と何かあった？」

しばらくの沈黙のあと、美晴からそんな質問が返って来た。

どうやら質問の意味を深読みされたらしい。

「何もないよ」

マコトとは、本当に何もない。それは、あの事件のあとも、今も変わらない。

だが、彼に対するミラの感情に変化が起きているのは事実だ。

遺伝子情報で、適合性が高い相手。親同士が同意している婚約者——今まで、結婚とは、そうやって決まって行くものだと思っていた。

ミラの中に特に不満もなく、こういうものか——という受動的な認識があっただけだった。

だが、そこにズレが生じて来ている。

富裕層の人間が満たされているのは事実だ。だが、それは、あくまで暮らしぶりが豊かであるに過ぎない。

遺伝子情報で結婚相手を選び、適性のある仕事に就き、一生を終える。

それは、生まれた瞬間から、他人によって創造された人生ではないか？　それでは、心まで満たされたといえるのだろうか？　自分で勝ち取ってこそ、初めて充足感を得るのではないか？

このところ、ミラの中には、そんな疑問ばかりが浮かぶ。

「そう……ならいいんだけど……嫌なら、止《や》めていいのよ」

美晴が迷う素振りを見せながらも言った。

「何を？」

「マコト君とのこと――」

「何で、急にそんなことを？」

「理由はないわ。ただ、あなたには、望んだ人と結ばれて欲しいの。相手が、誰であれ……」

美晴は今、「あなたには――」と言った。それはつまり、自分はそうでなかったという意味に取れる。

少しだけ目を伏せた美晴の表情は、母のそれではなく、女であるように思えた。

「お母様。私……」

「結論を焦《あせ》ることはないわ。ゆっくり、考えなさい」

美晴は、それだけ言い残すと、まるで逃げるようにリビングを出て行った。

その背中を見送るミラの心には、何ともいえない暗い影が差した。

13

イヴがドアをノックすると、中から「入れ——」とイザナギの声がした。

ドアを開けて部屋に入る。

イザナギは、ソファーに凭《もた》れながら、闇《やみ》に包まれた窓の外に目を向けていた。

彼の前のテーブルには、ウィスキーの入ったグラスと、紙に印刷された古い写真が置かれていた。

確認するまでもなく、イヴはその写真に写っている人物たちを知っていた。

「コウは、どうだ？」

イザナギが、機械の右手でウィスキーのグラスを摑《つか》みながら訊ねて来た。

「気力も闘争心もあります。しかし、肝心のテクニックに問題があります。頭に血が上ると、がむしゃらに突進する傾向があります」

イヴは、コウに対する評価を率直に告げた。

「まだ、四日だろ――」

そう言って、イザナギが小さく笑った。

確かにまだ四日だ。正直、四日しかトレーニングを受けていないにしては、よく動けている方だと思う。

昨晩も、フェイントを使うまでは、手加減しているとはいえ、イヴの攻撃を受けきってみせた。飛躍的な進歩と言っていい。だが――。

「いくらテクニックを教えても、実戦で使えなければ意味がありません。彼は、直情的過ぎます」

「情しか知らないからだ――」

イザナギは、グラスのウィスキーを一息に飲み干してから言った。

「どういう意味ですか？」

「コウは、今まで、それ意外のことを知らなかったし、教えられなかった。知識があって、人は初めて選択肢を得るのだ。彼は、まだ自分の情に従うという選択肢しか持っていない。それだけのことだ――」

イザナギの言わんとしていることは分かるし、その通りだと思う。だが――。

「本当に、そうでしょうか？」

言うつもりはなかったのだが、つい口をついて出てしまった。

イザナギの鋭い視線がイヴを捕らえる。

「何が言いたい？」

ここまで言った以上、今さら退《ひ》き下がることはできない。

「彼は、知識を得たとしても、選択するのは情だと思います」

「それでいい」

イザナギは小さく笑った。

「よくありません」

「なぜだ？　情に従うことは、人として当然のことのはずだ」

「ですが、あなたはコウが、希望の光になる――そう仰《おつしや》いました」

「ああ」

「情で動く人間が、人の希望になるなどとは、到底思えません」

それがイヴの本音だった。

コウはよくやっているし、渇いたスポンジの如《ごと》く、新しいことをどんどん吸収していく。

今はそれでいい。彼は、今まで何も知らなかったのだ。いくらでも吸収するだろう。

だが、いくら知識やスキルを持っていても、使い方を誤れば、何の役にも立たない。

正しく、かつ有効的に能力を発揮するためには、情を殺す必要がある。

それに、イヴには、コウのキャパがそれほど大きいとは思えなかった。

やがては、限界に到達する。なぜならコウは——。

「前にも言ったが、この世界を変えるためには、可能性を示す必要がある」

「はい」

「その役目は、私やお前では担《にな》えないんだ」

イザナギの言葉をきっかけに、イヴの脳裡に映像がフラッシュバックする。

無機質な研究施設——。

水溶液で満たされた、円筒型のアクリルケースが整然と並んでいる。

その中には、人が入っていた。

生気のない顔で、水溶液の中にぷかぷかと浮いている。

みな、同じくらいの年齢の少女だ——。

そして、それらの少女は、寸分違《たが》わずイヴと同じ姿形をしていた。

じりっとこめかみに突き刺さるような痛みが走る。

額に汗が滲《にじ》み、呼吸が苦しくなる。

だが、イヴはそれらの感覚を振り払い、イザナギに目を向けた。

自然の摂理に反し、この世に生を享《う》けた自分には、可能性を示す力もなければ、その資格もないことは分かっているし、そうしようという気もない。だが——。

「本当にそうでしょうか？　私は、あなたこそが、光に相応《ふさわ》しいと考えています。だからこそ——」

「もう止《よ》せ！」

イザナギは立ち上がり、イヴの言葉を制した。

彼の周囲を取り巻く空気が、一気に豹変《ひょうへん》した。黒く歪んだオーラとでもいうべき瘴気《しょうき》をまとっている。

「私は、憎悪《ぞうお》とともにこの国に舞い戻った。そんな男が、人に光を示せるはずがない」

「それは、彼も同じです」

「何？」

「コウが、抱いているのも憎悪です」

今、コウは知ることの喜びを感じている。それは否定しない。だが、その根底には、自分たちを欺《あざむ》いて来た者たちに対する、激しい怒りが渦巻いている。

「それでいい——」

「え？」

「彼が怒りの矛先を向けているのは、この国そのものだ。だが、私の怒りは、個人に向けられている——」

「同じことです」

「違う。私には破壊することしかできない」

イザナギは義手である右手を強く握り、グラスを粉々に砕いてしまった。

「私は、それでも構いません」

イヴは、毅然《きぜん》と言い放った。

それがイヴの本心であり、覚悟でもあった。イザナギに駒《こま》として利用されていることは、最初から分かっていたことだ。

それを承知した上で、イヴはイザナギとともに歩む道を選んだのだ。

「私は、あこぎなことをしているな……」

そう呟いたイザナギは、灯火のように、弱々しかった。

「違います。あなたには大義があります」

「個人の恨みが、大義だと言うのか？」

「はい。それは、きっかけに過ぎません。あなたは、その憎しみを糧《かて》に、大義を成すのです」

「買いかぶりだ――」

イザナギが小さく笑い、ソファーに深く身を沈めたところで、ノックの音がした。

部屋に入って来たのは一馬だった。

鬚《ひげ》に覆《おお》われた口許が歪んでいる。何か、良からぬことが起きたことを感じさせる。

「どうした？」

イザナギが問う。

「三島という男が、コウを追っているようです――」

「三島……」

イザナギが、目を細めた。

その瞳《ひとみ》には烈火の如き憎悪が見てとれた――。

14

旧渋谷区の雑居ビルの地下に、その店はあった――。

扉を開けると、薄暗い店内が広がっていて、落ち着きのあるジャズとともに、数人の客が陰鬱《いんうつ》な表情で酒を飲んでいた。

――底辺の臭《にお》いだ。

暗く淀《よど》み、湿り気に満ちた空気を吸い、クリスは思った。

フロートアイランドにも、こうしたバーは幾つか存在するが、いつも活気と嬌声に満ちている。

やがて訪れるであろう明日を、待ち望む人々で溢《あふ》れかえっている。

だが、ここは違う。来《きた》るべき明日が、どういうものか知っているのだ。そして、それが延々と続くことも——。

クリスは、深呼吸をしてからカウンター席に座った。隣に、カズも座る。

「キムに会いたい——」

クリスは、注文を訊ねるバーテンに言った。

コウの行方を追って五日——地道な聞き込みを続け、コウが犯罪組織のボスであるキムから、高額報酬の依頼を受けていたという情報を掴み、ここまで足を運んだのだ。

高額報酬の依頼とは、自爆テロのことだとみて間違いないだろう。

「キム？　誰のことですか？」

バーテンが返事をするかいなかのタイミングで、カズが立ち上がった。

百九十センチを超える巨漢を目の前にして怯《おび》えるバーテンの髪を掴み、そのままカウンターの奥から引《ひ》き摺《ず》り出した。

グラスやボトルが割れ、けたたましい音とともに砕け散る。

テーブル席の客やホステスたちが一斉に立ち上がり、悲鳴とどよめきが広がる。

カズは、そんなことは意に介していないらしく、床の上に転がったバーテンの顔を踏みつけた。

「止せ！」

クリスが止めに入ったが、カズはそれを強引に振り払う。

「警官のつもりか？」

カズの放った一言に、クリスは愕然《がくぜん》となった。

一番痛いところを衝《つ》かれた。

カズはクリスを一瞥《いちべつ》したあと、再びバーテンの男を踏みつけようと足を振り上げた。

と、そこで「待て！」と声がかかった。

目を向けると、店の奥から、一人の男が姿を現わした。

顔に火傷《やけど》を負っているらしく、皮膚のあちこちがただれ、髪も少し縮れていたが、総金歯は見間違いようがない。

――キムだ。

武装した五人の手下を引き連れている。さすがに、カズが動きを止めた。

「おれに話があるんだろ。奥で聞いてやるから、これ以上の騒ぎは控えてくれ――」

キムが、金歯を剝《む》き出しにしてにいっと笑った。

「分かった」

ここで抵抗しても始まらないし、目当てのキムは目の前にいるのだ。クリスは、キムの提案に従うことにした。

「お前は、ここで待て。おれが戻らなければ、三島に報告を――」

カズに指示を出す。彼も異論はないらしく、黙って頷いた。

クリスは、キムのあとに続いて奥の部屋に向かった。

店内よりも広い空間だった。大型のソファーが置かれている。キムは、そこに身を沈め、クリスにも座るよう促した。

「まさか、お前が三島の手下になっているとはな」

クリスがソファーに座るなり、キムが冷たい笑みを浮かべた。

あまりに意外な言葉に、クリスは言葉を失った。

旧市街の警察官だったころ、要注意人物として、キムの名前と顔は知っていた。だが、キムの方が、クリスを知っているとは、思ってもみなかった。

しかも、三島の下で働いていることまで知っている。

「なぜだ？　そういう顔をしているな——」

キムが、品定めするようにクリスを見る。嫌な視線だ。

「なぜ知っている？」

クリスは改めて訊ねた。

「この街で起こることで、おれの知らないことはない。こっちは、追われる身だからな。警察官の顔もちゃんと認識している」

「ずいぶんな自信だな」

「旧市街にいる低能な連中に、そんなことはできないって言いたいのか?」

「そこまでは……」

「知らなかったか? おれのDNAランクはBプラスなんだよ」

キムは、そう言って自らの頭を指でトントンと叩いた。

信じられなかった。Bプラスといえば、相当に優遇された仕事に就くことができるはずだ。

「そんな男が、なぜ旧市街でチマチマと犯罪組織を束ねているのか——そう聞きたいんだろ」

キムの挑発的な物言いは気に入らないが、その答えを知りたいと思っているのは事実だった。

「なぜだ?」

「落とされたんだよ」

「落とされた?」

「おれは、昔、ある政治家の秘書をやっていた。まあ、聞こえはいいが、要はトラブル処理だな。その政治家は、BマイナスのDNAだったが、人格はクソだった。賄賂《わいろ》は当たり前。ギャンブルに女——まあ、好き放題だった」

「いつの時代も、政治家はそんなものだ」

クリスは、キムの意外な経歴に驚きつつも口にした。

「だが、野郎は公費を使い込んでいたことがバレた。辞職すりゃいいものを、その責任を全部秘書になすりつけたのさ」

政治家のやりそうなことではある。だが――。

「反論はしなかったのか？」

「するわけないだろ。そんなことしたら、命が幾つあっても足りない。奴《やつ》には強力な後ろ盾があった」

「後ろ盾？」

「そう。イチミヤコーポレーションだ。次の日から、おれのDNAランクは、Dマイナスに書き換えられちまった――」

「そんなことが……」

「起こるんだよ。その政治家ってのは、誰だと思う？」

「誰なんだ？」

「潮崎だよ」

「なっ！」

その名を聞き、一気にキムの話が現実味を帯びた。

潮崎は現在の首相だ。それにイチミヤコーポレーションの後ろ盾があれば、DNAデータを書き換えるなど、造作もないことだったろう。

いくらキムが主張したところで、揉《も》み消されるのは必至だ。彼の命とともに――。

「それが、今のこの国だ。特に、おれやお前のように、純粋な日本人じゃねぇ連中は、悲惨なもんだ」

キムは、何がおかしいのか、声を上げて笑った。

頭がくらくらした。正直、キムの言うことを信じたくはなかった。もし、それが本当なら、クリスのDNAランクも、真実かどうか怪しいということになってしまう。

もしそうだとしたら、そもそも現行のDNAランクとは何なのか？　その根本が崩壊してしまう。

「だから、あんたは自爆テロをやってるのか？」

クリスが言うと、途端にキムの顔に影が差した。

「それは、今は関係ねぇだろ。お前たちは、コウってガキを捜してる。違うか？」

「なぜそれを？」

「だから、この街で、おれの知らないことはねぇんだよ」

得意げに言ったキムは、鷹揚《おうよう》な態度で足を組んだ。

「知っているのか？　コウという少年が、どこにいるのか？」

「知らねぇよ」

「本当か？」

「ああ。実は、おれたちも、クライアントの依頼で、奴を追っていたんだが……ちょっと色々あってな……」

キムは、いかにも苦い顔をする。

周りの取り巻きたちも、顔をしかめる。キムの顔に残る火傷の痕《あと》が関係しているのだろうか？

「あんたたちが、始末してくれるなら、おれたちにとっても都合がいい」

キムが、ずいっと身を乗り出す。

「心当たりはある――ということか？」

「ああ。この店のホステスのアンって女がいる。おれに、コウを紹介した女だ。そいつが、ここ数日休みを取っていてな……おれは、この女が知っているんじゃないかと踏んでいる」

「その女の居場所を教えろ」

「一応、住所は分かっているが、そこにいるとは限らんぞ」

「分かっている」

クリスが頷くと、キムが金歯を見せてニヤリと笑った――。

15

「朝鮮半島において勃発《ぼっぱつ》した、第二次南北戦争は知っているかね？」

ディナーのテーブルに着いたところで、イザナギが切り出した。

――それが、今日の話題らしい。

今までは、ほとんど回答ができず、苦い思いをして来た。だが、今日は幾らかは答えられそうだ。

朝鮮半島の第二次南北戦争については、二日前、由奈の歴史の講義で学習している。

おそらく、イザナギもそれを分かっていて、コウの学習の成果を計るために、敢えてこの話題を選択したのだろう。

「もちろんです。韓国が領空侵犯をした北朝鮮の航空機を撃墜したことに、端を発した戦争ですね」

コウはナプキンを広げながら答える。

一週間前は、そういう戦争があった――程度の認識しかなかった。誰も教えてはくれなかったし、自分が生まれる前の戦争のことなど知っても、何の意味もないと興味を示しもしなかった。

「国力では、圧倒的に韓国が有利だった。しかし、結果は推して知るべしだ」

「はい」

コウは大きく頷いて答えた。

三年にも及ぶ戦争の末、当初の予想を覆《くつがえ》し、勝利したのは北朝鮮だった。南北は独裁国家として統一され、現在に至る。

「では、なぜ、北朝鮮は勝利出来たと思う？」

「中国の後ろ盾があったからです」

それが、一番の勝因であることは間違いない。北朝鮮が単独で戦ったのなら、まず間違いなく勝ち目はなかった。

「しかし、韓国にはアメリカの後ろ盾があった――」

イザナギの言う通りだ。

表向きは北朝鮮と韓国の二国間の戦争だが、実際は中国とアメリカの代理戦争と言って過言ではない。

事実、両軍ともに物的支援だけではなく、戦闘にも参加していたのだ。

かつて南北ベトナムで起きた戦争と同じ構図だ。あれも、ソビエト連邦とアメリカの代理戦争だった。

「そうですね。開戦当初は、互角――いや、むしろ韓国側が押していたのは事実です」

軍備では、アメリカも中国も互角といって良かった。それでも、当初、アメリカ側が優位に戦争を進められたのは、その技術力の差だった。

中国で製造される兵器は、電化製品などがそうであったように、単純に粗悪品が多かったのだ。

結果、肝心なところでカタログ通りの威力を発揮できなかった。

「それなのに、勝てなかった。なぜだと思う？」

「一番の要因は、日本で発生した未曾有《みぞう》の大震災です」

コウが答えると、イザナギが大きく頷いた。

二十五年前の大震災で、日本に駐留している米軍基地は甚大《じんだい》な被害を受けた。中でも、横須賀《よこすか》は酷《ひど》かった。

津波の直撃を受け、停泊していた軍艦のほとんどを失ったのだ。

それを機に、日本は他国の戦争に関与している余裕など無くなった。アメリカも、人道的見地から、日本の震災救助を優先せざるを得なくなった。さらに、アメリカ国内で、反戦デモが活発化した。

これを幸いとしたのが、北朝鮮だ。韓国は、突如支援を失い、敗退を続けることとなった。

やがて、アメリカは朝鮮半島から撤退した。

　コウは前菜を口に運びながらも、一連の流れを説明する。イザナギは満足そうに頷いた。

「中国が、朝鮮を自らの統治下に置かなかったのは、なぜだと思う？」

「世界各国からの反発を怖《おそ》れてのことでしょう。中国に取り込めば、ロシアはもちろん、ヨーロッパ各国も黙ってはいません」

「しかし、日本を標的にしようとしていたという情報もある」

　イザナギのいう通りだ。

　中国は、震災のどさくさに紛れ、支援と称して日本国内に侵入し、属国にしようと画策していた。

　その理由は、日本海沖で発見されたレアアースだ。その動きは、世界各国からの反発を怖れて朝鮮を独立国家にした理由と矛盾する。

「ロシアです」

　コウが言うと、イザナギが「ほう」と顎《あご》に手を当てた。

「先に、日本を支配しようとしたのは、ロシアです。中国は、それを妨害する形で、日本に侵攻しようとしたのです」

「結果、両国とも日本への侵攻はしなかった――」

「はい。ここは、アメリカの存在が大きいです。アメリカにとって、日本は対ロシア、中国の最終防衛ラインです。何としても、死守する必要があった」

「しかし、日本は混乱を極めていた」

「はい。アメリカは、早急に日本を復興させる必要があった。しかも、表向きは自力による復興です。そうすることで、初めて防衛ラインとしての役割を果たせるのです。その結果、日本は今のシステムを生み出すことになりました――」

DNAデータを解析し、適材適所に配置することで、復興の効率化を図ったのだ。

今までは、ただ復興の効率化のためだけに、DNAデータを構築したのだと思っていた。

だが、実際は違う。世界を巻き込む、様々な利権が絡《から》み、日本は速やかに復興を遂げなければならなかった。

そうでなければ、ロシア、中国の侵攻があったかもしれないのだ。

生まれる前の他国の戦争など、自分たちの生活には、何ら関係ないと思っていたが、実際はそうではなかった。

日本、ひいては自分たちの生活に、密接に絡み合っている。決して対岸の火事ではないのだ。

コウは、運ばれて来たメインディッシュに手を着けながら、持論を展開した。

「君は、DNAデータの構築は、正しい判断だったと思うか？」

イザナギの質問は、非常に難しい。

少し前なら、すぐに「間違いだ！」と叫んでいただろう。だが、それこそが間違いだ。現状の自分だけを見て、正誤を主張するなど、愚か者のやることだ。正確に状況を把握し、その背景に何があるのかを知らなければ、何かを判断することなどできない。

「正直、まだ分かりません」

「なぜだね？」

「確かに、震災後に、迅速な復興が求められていました。遺伝子情報のデータ化は、その一つの方法であったことに間違いはありません」

「ほう」

イザナギが、意外だという感じで言った。

「ただ、本当に、それしか方法が無かったのか――という疑問は残ります」

「君には、何か妙案があるかね？」

「いいえ。残念ながら、何も――だからこそ、いちがいに批判することはできません」

「なるほど――」

「ただ、仮に、現状の制度が、もっとも正しい選択肢だったとして、そこに何らかの作為や不正があったのだとしたら、間違いだったと言わざるを得ません。しかし、現段階では、それを立証するだけの論拠がありません」

「では、作為や不正が無かったと証明できれば、君は現状を容認するかね？」

「その答えは否《いな》――です」

コウは、はっきりと断言した。

「なぜだ？」

「すでに、復興を終えているからです。つまり、当時とは状況が明らかに異なっています。にもかかわらず、政府は、現状維持に努めています。季節が冬から夏に移り変わったのに、コートを着続けるようなものです」

コウが、言い終わるのと同時に、イザナギは無邪気とも思える、満面の笑みを浮かべた。

イザナギのこんな表情は、初めて見る。

「楽しい食事だった――」

そう言い残すと、イザナギは席を立ってダイニングを出て行った。

――今のは、褒められたと解釈していいのだろうか？

コウの中に、今まで味わったことのない感情が広がっていった。

これは、おそらく喜びの感情だ――。

16

クリスは、マンションのドアの前に立った――。

このドアの向こうには、アンという女がいるはずだ。

キムの情報を元に、クリスはアンの捜索を開始した。予想していた通り、アンはキムが把握していた部屋には、もう住んでいなかった。

だが、その程度で諦《あきら》めるほど愚鈍ではない。そこから、辛抱強く、近隣住民、彼女の友人などから情報を集め、ようやくこのマンションを突き止めた。

正直、アンのような、夜の世界の女が住むには贅沢《ぜいたく》過ぎる部屋だった。

クリスがインターホンを押そうとしたところで、隣に立つカズが拳銃《けんじゅう》を抜いた。

「待て。強行するのは、まだ早い」

クリスが制すると、カズが舌打ちを返す。

「警察官のつもりか？　おれたちは、捜査をやってるんじゃない」

「そんなつもりはない。ただ、彼女には、色々と喋《しゃべ》ってもらわなきゃならない。強引な手法では、情報を引き出せないこともある」

「下らない。相手は女だ。殴って、犯して、銃を突きつければ喋る」

どこまでも暴力に頼る男だ。

自らの肉体を誇示するが故《ゆえ》なのだろうが、発想が稚拙だ。

「悪いが、ここはおれの指示に従ってもらう」

「ふざけんな！　前も言ったが、おれはお前を信頼してねぇんだ！　指示に従うつもりはねぇ！」

カズが、クリスの胸ぐらを摑み上げた。

百九十センチの巨漢に、そうされても、クリスのなかに恐怖心や怯えはなかった。カズは、肉体が大きいが故に、それに頼り過ぎている。

クリスは、カズの股間《こかん》を蹴《け》り上げ、その腕を捻《ねじ》り上げると、足を払って地面に押し倒した。

カズは、何をされたのか分からず、呆然《ぼうぜん》としている。

「この野郎！」

クリスに見下ろされたことが気に入らないらしく、カズが怒りで顔を真っ赤にしながら立ち上がった。

カズが、拳《こぶし》を振り上げたところで、「待て！」と声がかかった。

三島だった——。

酒でも吞《の》んでいたのか、ふらふらとした足取りだが、陰湿なオーラを纏《まと》ったその存在感は圧倒的だった。

「世の中には、暴力に屈しない輩《やから》もいる。それに、正確な情報が欲しければ、もっと別の方法が必要だ」

三島は、にいっと笑ってみせた。

「別の方法？」

クリスは、眉間《みけん》に皺《しわ》を寄せる。

三島はカズの方法を否定したが、クリスのことを肯定したわけではない。何か考えがあるのだろうが、それを歓迎する気にはなれなかった。

「そうだ。ここは、おれに任せてもらおう――」

三島は、肩を震わせながら笑うと、ドンドンッとドアをノックした。

応答は無かった。アンが部屋に入ったことは確認している。不在ということはあり得ない。これだけドア前で騒いだのだ。向こうはこちらの存在を把握しているはずだ。見ず知らずの男たちを相手に、ドアを開ける気はないのだろう。至極当然の判断だ。

――どうする気だ？

クリスの疑問をかき消すように、三島はショットガンを取り出し、ドアノブに向けてぶっ放した。

低い銃声とともに、ドアノブが吹き飛んだ。

クリスは唖然《あぜん》とした。さっき、カズのやり方を否定しておきながら、やっていることは暴力そのものだ。

抗議をする前に、三島は壊れたドアを押し開けて部屋の中に入って行く。

クリスもそのあとに続いた。

部屋の中では、一人の女が目を丸くして、壁に張り付くようにして戦《おのの》いていた。おそらく、彼女がアンだろう。

「君が、アンかい？」

三島が問う。だが、アンは返事をしなかった。

「質問をしているんだ。答えたらどうだ？」

三島の射《い》貫《ぬ》くような視線に、アンはビクッと肩を震わせたあと、躊躇《ためら》いながらも頷《うなず》いてみせた。

「おれたちは、別にあんたをどうこうしようってんじゃない。ビジネスの話をしに来ただけだ」

三島は、ヘラヘラと薄気味悪い笑みを浮かべながら、ソファーに座った。

「私は……」

「立ち話もなんだ。座ったらどうだい？　まあ、おれの部屋じゃないけどな」

三島がアンを促す。

口調はフランクだが、その目には、冷酷な光を宿している。

アンは、しばらく躊躇っていたが、やがておずおずとソファーに座った。

「私たちは、ある男を捜していてね。君の友人だ。コウという名だ。知っているだろ？」

三島の問いかけに、アンは首を左右に振った。

いちいち説明しなくても、三島がどういう類《たぐい》の男かは分かるはずだ。喋れば、その先、何が待っているかは自《おの》ずと想像がついているだろう。

「嘘《うそ》はよくないなぁ」

三島がずいっと身を乗り出す。

「ほ、本当です。本当に、知りません」

必死に否定するアンだったが、それが嘘であることは、誰の目にも明らかだ。

「そうか。こんな物を持っているから、喋り難《にく》いんだね」

三島は、持っていたショットガンを無造作に放り投げたあと、クリスやカズにも武器を捨てるように指示をした。

――いったい、何を考えている？

クリスは困惑しながらも指示に従い、ホルスターの銃を取り出し、床の上に置いた。

カズも、それに倣《なら》う。

アンは、三島の行動が読めないらしく、目を白黒させている。

「怖い思いをさせてしまったね」

三島は笑みを浮かべる。

「いえ、別に私は……」

「お詫《わ》びと言っては何だが、今日は、君にいい物を持って来たんだ――」

三島はニヤリと笑うと、懐《ふところ》から何かを取り出し、テーブルの上に置いた。

その途端、アンの目の色が変わった。

誰の心の中にもある欲望という名の歪《ゆが》みが、はっきりと表われていた――。

17

「何があった？」

コウは、ベンチに座るアンに詰め寄った。

劇場のエントランスだ。項垂《うなだ》れた状態のアンは、誰かに殴られたらしく、身体《からだ》のあちこちに打撲の痕があった。

ついさっき、いきなりアンがここに姿を現わした。何かあったときの連絡先として、一馬からこの場所を聞いていたらしい。

コウは、イヴとのトレーニング中に、アンの来訪を聞き、駆けつけたのだ。

「まあ、落ち着け」

興奮するコウに言ったのは、一馬だった。

少し離れたところに立っている、イザナギとイヴも、口には出さなかったが、その目はコウを窘《たしな》めているようだった。

確かに、今ここで感情にまかせて騒ぐより、まずはアンの話を訊《き》くことが先決だ。

「何があったのか、ちゃんと説明してくれ」

一馬が、語りかけるような口調で問うと、ようやくアンが顔を上げた。

左の頬にも、青い痣《あざ》があった。

「いきなりだったの。男たちが、マンションの部屋に押しかけて来て……ユウナを……」

アンが、掠《かす》れた声で絞り出す。

コウの胸がざわつく。酷く嫌な予感がした。

「ユウナが、どうしたんだ？」

コウは、アンの両肩を摑んだ。だが、アンは視線を逸《そ》らして答えようとしない。

「言えよ！　ユウナがどうしたんだ？」

コウはアンの肩を激しく揺さぶる。

それと同時に、アンの両目からボロリと涙がこぼれ落ちた。

「ごめんなさい……私……ごめんなさい……」

アンが、しゃくり上げるようにして泣いた。

本当なら、慰めるところなのだろう。だが、コウにはそれができなかった。妹のユウナがどうなったのか？　その疑問が焦燥感を煽《あお》り、感情を高ぶらせる。

「泣いてたら、分からないだろ！　言え！　何があった！」

「攫《さら》われたの！　私は、必死に抵抗したわよ！　でも……」

叫ぶように言ったあと、アンは蹲《うずくま》るようにして自分の身体を抱えた。

ユウナが攫われた――そのことに対する衝撃は計り知れない。だが、同時に、アンがどんな思いでここまで足を運んで来たのかも理解した。

それらの感情は、身体の芯《しん》を突き抜け、全身を震わせた。

「誰だ？　ユウナに、アンにこんなことをした奴は、いったい誰だ？」

コウの問いに、アンは「分からない」と首を左右に振った。

「おそらく、三島という男だ」

アンに代わって説明したのは、一馬だった。

「何で、知ってるんだ？」

「ここ数日、お前の行方を捜している連中がいた。フロートアイランドを拠点にしている犯罪組織だ。おそらく、そいつらだろう」

「それを知ってて、何で黙ってた？」

八つ当たりだと自覚しながらも、コウは一馬に詰め寄った。

「お前に言ったら、何かできるのか？」

一馬の問いに、言葉を詰まらせた。

彼の言う通りだ。知っていたからと言って、コウには何もできなかった。

「あいつら、コウに伝言があるって……」

アンが涙に濡《ぬ》れた顔を上げた。

「伝言？」

「一番地区の埠頭《ふとう》に、黒のカーゴシップが停泊しているから、そこに来いって。そうすれば、妹を返してやるって――」

「埠頭のフェリーだな」

コウは、覚悟を決めて歩き出そうとしたが、イヴがそれを阻《はば》むように立ちふさがった。

黄金色《こがねいろ》の瞳が、真《ま》っ直《す》ぐにコウに向けられる。

「どこに行くつもりですか？」

いちいち訊《たず》ねるまでもなく、イヴにも分かっているはずだ。

「もちろん、奴らに会いに行くんだよ」

「これは罠《わな》です。行けば、あなたは殺されます。その程度のことも分からないんですか？」

「分かってるさ――」

コウは、吐き捨てるように言った。

正直、ここに来るまでは、分からなかった。その指示に従えば、ユウナを返してもらえると本気で信じていたかもしれない。

おそらく、ユウナを拉致《らち》した連中は、コウを生かしておくつもりはないだろう。

もちろん、ユウナも――。

だが、だからといって、この場でじっとしていることなど出来ない。

「でしたら、ここに留まって下さい」

「悪いが、それはできない」

「どうしてですか？」

「頭では理解している。でも、これは心の問題なんだ。死ぬと分かっていても、ユウナを見捨てることなんてできない」

「愚かですね」

イヴが冷ややかに言った。

「愚か者で結構だ」

「え？」

「妹を見殺しにするくらいなら、愚か者のままでいいって言ったんだ。おれは、誰が何と言おうと行く――」

コウは、イヴを押し退《の》けるようにして歩き出した。

覚悟の強さを知ったのか、イヴはそれ以上、コウを引き留めようとはしなかった。

「コウ！」

声をかけて来たのは、一馬だった。

振り返ると同時に、一馬はコウに何かを投げて寄越した。受け取ったそれは、ハンドガンだった。

「使い方は、分かってるな？」

一馬の問いに、コウは感謝の思いとともに、大きく頷いた。

一瞬、視界にイザナギの姿が入った。

彼は無表情のまま、黙ってコウを見ていた。そこに、どんな感情が込められているのかは分からなかった。

ただ、コウが彼の期待を裏切ったことだけは間違いないだろう。

――すまなかった。

コウは、心の内で詫びてから踵《きびす》を返し、劇場をあとにした。

吹きつける乾いた風が、今のコウの心情を代弁しているようだった。

18

「ハンドガン一丁で、どうこうなる相手だと思っているのですか？」

コウの背中を見送る一馬に、冷ややかな質問を投げかけたのはイヴだった。

「思っちゃいないさ」

一馬は吐き出すように言った。本心だった。

三島のことは、色々と調べた。組織の規模は三十人足らずだが、きっちりと組織化されている上に、密輸品で武装までしている。

コウは、見違えるように成長はしたが、一週間足らずのトレーニングしか受けていない。しかも、妹という人質を獲《と》られているのだ。

三島が、何人の部下を連れて来ているのかは不明だが、ハンドガン一丁で、どうにかなる相手ではない。

「なら、なぜ渡したのですか？」

「分からん。少しでも、生き残る可能性を残してやりたかったのかもな……」

それはコウの為《ため》、というのもある。だが、それだけではない。

一馬は、ベンチの上で項垂れているアンに目を向けた。彼女の唇は、わなわなと震えていた。

怒り、憐《あわ》れみ、同情――様々な感情がぶつかり合い、一馬の心は揺れた。

「幾らもらった？」

一馬が問うと、アンは驚いたように顔を上げた。

その瞳は、真っ直ぐに一馬を捉《とら》えることができず、左右に揺れた。だが、覚悟を決めたのか、それはすぐに治まった。

「何を言っているんですか？」

アンが怒りに満ちた口調で言った。

「下手な演技は止《や》めた方がいいです」

一馬に代わって言ったのはイヴだった。

その瞬間、アンの表情が強張《こわば》る。だが、それでも、アンは抵抗を止めなかった。

「演技って、何のこと？」

その返答を聞き、一馬は小さくため息を吐《つ》いた。

これ以上の茶番はうんざりだし、正直、抗《あらが》うアンの顔を見ているのも辛《つら》かった。

「はっきり言ってやるよ。お前は、三島にコウを売ったんだ」

一馬の言葉に、アンが驚愕の表情を浮かべた。

そこには、信じてもらえないことに対する哀《かな》しみまで滲《にじ》ませている。

「どうして、私がそんなこと……あなただけは、信じてくれると思ってたのに……」

真っ直ぐに一馬に向けられたアンの目には、涙が浮かんでいた。

本当に、女は恐ろしい。何も知らなければ、ころっと騙《だま》されていたかもしれない。

「あの部屋にはな、カメラが仕掛けてあるんだよ。お前と三島のやり取りは、こっちに筒抜けってわけだ」

一馬が吐き捨てるように言うと、イヴがタブレット端末をアンに差し出し、映像を表示させた。

アンと三島がソファーに座って話をしている。そして、テーブルの上には、札束が置かれていた。

「何よあんたたち！　最初から、私を信用してなかったってわけ？」

ベンチから立ち上がり、アンが叫んだ。

憐れ過ぎて、見ていて心が痛む。だが、それは過去の一馬自身の姿でもある。だからこそ――。

「それが、コウを売った言い訳になるとでも思ってるのか？」

一馬の問いに、アンは口を閉ざした。

本当は、アンもコウを売り渡したくはなかったはずだ。

恋愛感情かどうかは分からないが、アンにとってコウは特別な存在であったことは間違いない。

だが、それでもアンはコウを売り渡した。

金の誘惑はあるだろう。だが、それだけではないはずだ。

未来に対する不安、或《あ》いは、コウに対する嫉妬《しっと》や羨望《せんぼう》。圧倒的な孤独感——満たされない気持ち——。

様々な要因があるだろうが、一番はアンが生きる意味を見出《みいだ》せなかったことだ。

アンには、守るものも、目指すべきものもない。彼女だけが悪いわけではない。生まれながらにランク付けされ、自分の限界を報《しら》される。それは、人の存在価値を否定する行為に他ならない。

コウには、守るべき妹という存在がいた。だが、アンにはそれがなかったのだ。

気持ちは分かる。かつての一馬もそうだった。そうやって、一生かかっても下ろせない十字架を背負ってしまったのだ。

「だから、言ったんだ……」

一馬は掠れた声で言った。

アンは、わなわなと震えながら一馬から離れるように後退《あとずさ》って行く。

今になって、自分のやったことの重さに気づいたのだろう。だが、もう手遅れだ。アンは、自ら十字架を背負ってしまったのだ。そこから逃れる術《すべ》はない。

「違う！　私は！」

アンは髪を振り乱しながら叫ぶ。

「無駄だ。あんたは、もう逃げられない。覚悟を決めて、背負い続けるしかないんだ」

「違う！　私が悪いんじゃない！」

アンは踵を返し、劇場の外に向かって走り出した。

闇《やみ》の中に消えて行くアンを、追いかける気にはなれなかった。

たとえ、コウが助かったとしても、アンの中の罪の意識は、一生消えることはない。

もはや、どんな言葉をかけようと無意味だ——。

「どうされますか？」

長い沈黙のあと、イヴがイザナギに目を向けた。

一馬も同じようにイザナギを見る。

彼が、この状況をどう考え、どんな判断をするのか——それを知りたかった。

「イヴ。お前は、どう思う？」

イザナギがイヴに問い返した。

困惑した表情を浮かべたイヴだったが、それはほんの一瞬のことだった。

「コウの行動は、無謀と言わざるを得ません。彼に、どれほどの価値があるかは、私には分かりませんが、救出のリスクを鑑《かんが》みると、このまま放置すべきだと判断します」

イヴらしい合理的な考え方だ。

彼女には、死ぬと分かっていながら、それでも行くという選択をしたコウの気持ちは、きっと分からないのだろう。

「一馬はどうだ？」

イザナギが視線を向けて来た。

まさか、自分にまで意見を求められるとは思ってもみなかった。イザナギほどの男でも迷っているのかもしれない。

「おれも、イヴと同意見です。ただ……」

「何だ？」

「コウの気持ちは分かります。あいつにとって、妹は、唯一《ゆいいつ》の希望の光なんです」

一馬が言うと、イザナギは笑みを浮かべた。

ぞっとするほど暗い笑みだった。このタイミングで、なぜイザナギが笑ったのか、一馬には到底計り知れない。

ただ、何も分からずとも、イザナギの指示に従うまでだ。

それが、一馬にとって唯一残された贖罪《しょくざい》の道なのだから——。

19

カーゴシップの格納庫の壁に寄りかかったクリスは、小さくため息を吐いた――。

ハッチに近い場所だ。奥には、三島とその配下の者たちがいる。そこに近づく気にはなれなかった。

ユウナは、コウの妹であるユウナがいるからだ。

　ユウナは、椅子に縛りつけられ、頭から麻の袋を被せられている。

　まだ十四歳の少女。しかも、病気に蝕《むしば》まれている彼女が味わっている苦痛は、並大抵のものではないはずだ。

しかも、ユウナはアンとの会話を聞いてしまっている。

幼馴染《なじ》みで、姉と呼ぶべき存在だったアンが、金で自分たちを売った――その事実は、ユウナに絶望を与えているに違いない。

それを思うと、とてもではないが、ユウナの姿を見ていることができなかった。

――おれは、何がしたかったんだ？

クリスは、自分の掌《てのひら》を見つめた。

貧困は嫌だと思ったのは、両親の死を惨《みじ》めだと感じたからだ。満たされぬ生活の中で、苦しみ、喘《あえ》ぎ、死んでいった。あんな風になりたくなかった。

──お前は、壁の向こうへ行け。

死の間際《まぎわ》、父はそう言った。あのとき、クリスは父が自分たちの生活を悔やんでいるのだと思った。だが、本当にそうだったのだろうか？

必死の思いで、這《は》い上がり、テロ対策班の隊員として、低いＤＮＡランクながら、フロートアイランドの住人になった。

──だが、そこに幸せはあったのだろうか？

少なくとも、父と母のように、誰かと笑い合う生活ではなかった。

常に落ちることに怯《おび》えながら、ビリビリと痺《しび》れるような緊張感の中で生きてきた。だが、それでも、フロートアイランドにすがりつこうとした。

そのなれの果てが今だ──。

本当に、これは自分が望んだことだったのだろうか？

「また、感傷に浸っているのか？」

声をかけて来たのは、三島だった。

うっすらと笑みを浮かべながらも、細められた目の奥の瞳は、暗く冷たい。

「違う。ただ、考えていただけだ」

「何をだ？」

「コウは──来ると思うか？」

咄嗟《とっさ》についた嘘だが、そのことが気にかかっていたのも事実だ。

三島は、アンからコウの居場所を突き止めていながら、そこに押しかけるような真似《まね》はしなかった。

コウには、協力者がいるのは間違いない。相手の戦力も分からずに、ノコノコと出向いたのでは返り討ちに遭う可能性が高い。

妹のユウナを人質に捕り、そのことをアンに伝えさせ、自分たちの優位なフィールドに誘い込もうとしているのだ。

だが、理由はそれだけではない。アンとのやり取りで分かった。

三島は、まるでゲームのように人の感情を弄《もてあそ》んでいるのだ。こうやって、クリスに声をかけて来るのも、没落した男が、苦しみ、悩んでいる姿を見て、愉《たの》しんでいるからに他ならない。

コウをここに誘《おび》き寄せたのも、彼の感情を弄ぶためだろう。

「彼は来るさ。何せ、大切な妹だからね」

「死ぬと分かっていても――か？」

「ああ。会ったことはないが、写真を見て分かったよ。旧市街の連中は、どいつも、こいつも、腐った目をしている。なぜだか分かるか？」

「希望がないから――」

クリスが答えると、三島はいかにも嬉《うれ》しそうに笑った。

「さすが、同類だけあって分かっている。だが、コウという少年は違った。生に執着し、強い目をしていた。何でだと思う？」

「それが、妹の存在ってわけか？」

「正解。もし、彼の目の前で、その希望の光を消したら、どうなると思う？」

三島は、格納庫の奥に座らされているユウナに目を向けた。

クリスは、下っ腹がむず痒《がゆ》くなるような不快感を覚えた。

――この男は、腐っている。

だが、自分はそんな男の手下として、人を弄ぶ行為に加担している。そのことが、何より許せなかった。

「来ました！」

カズが声を上げながら、タブレット端末を持って駆け寄って来た。

カズの持ったタブレット端末には、カーゴシップの前の映像が映し出されている。そこに歩み寄って来る一人の男の姿があった。

コウだった――。

「やはり来たね」

三島は、これから起こることを想像したのか、淫靡《いんび》な笑みを浮かべた。

──なぜ来た？

クリスは、心の内で呟《つぶや》く。

これが罠であることは、いくらコウでも分かるはずだ。にもかかわらず、コウはこの場所に足を運んだ。

しかも、たった一人で──。

あの雨の日、クリスに向けられた真っ直ぐな視線──そこにある強い意志──今になって思えば、あの目の中に、自分にはない高潔な精神を感じていたのかもしれない。

「開けてやれ」

三島が指示を出すと、カズが正面ハッチの開閉ボタンを押した。

コウを迎え入れるように、ゆっくりとハッチが開いた。

月明かりの下に立つコウを見て、クリスは驚きを隠せなかった。

印象がだいぶ違っていたからだ。

真っ直ぐな目は変わりない。だが、その身体から放たれる空気は、凛《りん》としていて、粗野な感じがまるでしない。品位すら感じるほどだった。

「中に入れ──」

カズが、顎《あご》をしゃくるようにしてコウに合図をする。

コウは躊躇うことなく、フェリーの格納スペースに足を踏み入れる。それと同時に、カズが再びボタンを押し、ハッチが閉じられて行く。

閉じ込められているにもかかわらず、コウは逃げようともしなかったし、怯えた様子もなかった。

まるで、こうなることを、最初から覚悟していたかのようだ。

ゆっくりと辺りを見回したコウと目が合った。

「あんたは……」

コウが、驚愕の表情を浮かべる。

そうなるのも当然だ。前に会ったとき、クリスはテロ対策班の隊長としてコウを追っていた。

そんな男が、今、犯罪組織の連中と人質を獲っているのだ。

20

――なぜ彼が？

男は、ブルーの目をコウから逸らした。

何も語ることはない。そういう目だ。コウも同感だった。どんな理由があるにせよ、妹のユウナを攫った、憎むべき相手であることに変わりはない。

「捜したよ。ようやく会えたね」

黒いスーツに身を包んだ男が、両手を広げて大げさに声を上げた。

おそらく、この男がボスだろう。彼の周りには、ブルーの目の男を含め、銃を持った六人の男たちがいた。

銃口はコウに向けられてはいないが、下手に動けば、一斉に発砲するだろう。

「妹は——ユウナはどこだ？」

コウが、ボスらしき男に問う。

彼は、格納庫の奥に目を向けた。そこには、椅子に縛りつけられた少女の姿があった。

麻袋を被せられていて顔は見えないが、その服装には見覚えがあった。

「ユウナ！」

駆け出そうとしたコウの前に、ボスの男が立ちふさがった。

「そう慌《あわ》てるなよ。君は、もうすぐ死ぬんだ。その前に、少し話をしようじゃないか」

「お前と話すことはない！　ユウナを解放しろ！」

「だからさ、そうカッカするなよ。それに、状況を見てものを言った方がいい」

ボスの男が言うのに合わせて、取り巻きの男たちが一斉に銃を構えた。

いや、一人だけブルーの目の男は、ハンドガンの銃口を床に向けたまま、俯《うつむ》いている。

何かに迷っているかのようだった。だが、だからといって、コウの置かれた状況が変わったわけではない。

向けられた銃口の数が、一つ減っただけに過ぎない。

「私は、三島と言う。君に、どうしても見せたいものがあってね――」

三島と名乗った男は、ずいっとコウに詰め寄る。

コウは、俯き後退った。三島の迫力に気圧《けお》されたのではない。そうしながら、腰に差し込んだ拳銃のグリップに手をかける。

この人数を相手に、正面から撃ち合いをするつもりはない。

かつてなら、そうしていたかもしれないが、イヴとのトレーニングで、その無謀さと無意味さは学んだつもりだ。

「何を見せるっていうんだ？」

コウは返事をしながらも、三島との距離を測る。

イヴに間合いのことは散々言われた。近すぎても、遠すぎてもダメだ。

「絶望だよ――」

三島は、そう言って笑った。

それに合わせて、取り巻きの男たちも愛想《あいそ》笑いを浮かべる。

一瞬の気の緩み。今がチャンスだ――。

コウは、右手で素早く拳銃を抜きながらも、左腕を三島の首に巻き付け、自分の方に引き寄せる。

取り巻きの男たちが銃口を向けたときには、コウは三島を盾にしつつ、そのこめかみに銃口を押し当てた。

「動くな！　動けば撃つ！」

コウは、鋭く言い放つ。

さすがに、取り巻きの男たちも、この状況では手が出せないはずだ。

格納庫の中が、水を打ったように静まり返った。

「ユウナを解放しろ！」

コウの言葉に、取り巻きの男たちは、まるで動こうとしなかった。コウに銃口を向けて睨《にら》み合う恰好《かっこう》だ。

おそらく、彼らには、判断ができないのだろう。

「ユウナを解放するように指示しろ。さもないと撃つ――」

コウは、三島のこめかみにある銃口を、さらに強く押しつけながら言った。

「撃ってどうするつもりだ？」

三島が、静かに言った。こめかみに銃口を押し当てられているにもかかわらず、そこに怯えはなかった。

「何？」

「おれを撃てば、お前は人質を失う。その瞬間に、蜂《はち》の巣だ」

「そうかもしれない。だけど、お前だって、自分の命は惜しいはずだ」

コウが言い終わるなり、三島はククッと肩を震わせながら、笑い始めた。次第に、その笑いは大きくなっていく。

「何がおかしい？」

「おれには、分かるんだよ。世の中には、引き金を引ける奴《やつ》と、そうでない奴がいる」

「おれが、引けないと思っているのか？」

「そうだ。試してみるか？」

三島は、そう言うなり、コウの爪先《つまさき》を踏みつけた。

痛みで怯《ひる》んだ隙《すき》に、三島は身体を反転させ、コウと対峙《たいじ》する。コウも、すぐに体勢を立て直し、三島の額に銃口を向けた。

「ほら、撃てよ」

三島は、眼前に銃口があるにもかかわらず、臆《おく》した様子もなく、両手を広げてみせた。

彼の仄暗《ほのぐら》い目を見て、コウは戦慄《せんりつ》を覚えた。

「撃てと言ってるだろ」

三島が、コウの銃を摑《つか》み、それを自らの額に押し当てる。

常軌を逸した行動に、コウは身体が震えた。いや違う。さっき三島が言ったように、コウは引き金を引けないタイプの人間なのだ。

「撃て！」

三島が、鬼気迫る顔で叫ぶ。

「うぉぉぉ！」

コウは、叫び声を上げながら、引き金を絞ろうとした。

だが――できなかった。

ただそこに立っているだけなのに、額から汗が溢《あふ》れ出し、呼吸が乱れた。

「ほらな。お前は撃てない」

三島は、落胆したように言った。

確かに三島の言う通りかもしれない。コウには、人を殺すことなどできない。

そんなコウを嘲《あざけ》るように、地響きとともに爆音がした。

――何の音だ？

気を取られた隙に、三島は素早くコウから銃を奪い取った。

奪われたのは、銃だけでない。心の底にあった信念まで、根こそぎ持っていかれたような気がした。

「さっき、おれは、お前に絶望を与えてやる――そう言ったな」

三島は奪い取った拳銃をコウの額に向けた。

コウは返事をすることすらできず、喉《のど》を鳴らして息を呑み込んだ。

「今の音は、お前の仲間が死んだ音だ——」

三島が合図をすると、巨漢の男がタブレット端末を持って歩み寄って来て、そこに映る映像を突きつけた。

そこには、荷台部分が粉々に粉砕され、炎上しているトレーラーが映っていた。

「これは……」

「お前の仲間が、お前を救出するためにノコノコ現われたのさ。まあ、この様《ざま》だけどな」

「仲間……」

——いったい誰だ？

コウの頭に浮かんだのは、イヴや一馬の姿だった。だが、ネフィリムを駆るイヴたちが、そう簡単にやられるはずがない。

それに、そもそも、彼らが自分を助けに来る理由などない。

「死ぬのは、仲間だけじゃない」

「何？」

「おれを殺しておけば、まだチャンスはあったかもしれないな。だが、お前には、それができなかった。その結果、どういうことになるか、その目で見届けるといい」

三島はニヤリと笑ったかと思うと、くるりと振り返り、コウとは正反対の方向に向けて拳銃を撃った。

格納庫内に、銃声が轟《とどろ》いた——。

「え？」

コウは、あまりのことに、何が起きたのか理解することができなかった。

三島の放った銃弾は、格納庫の奥に座らされていた、麻袋を被った少女——妹のユウナの頭を撃ち抜いた。

椅子ごと後方に倒れ込んだユウナは、ピクリとも動かなかった。

「お前が、引き金を引かないから、大切な妹が死んでしまったんだ。妹を殺したのは、お前の甘さだ」

三島がニヤニヤと笑みを浮かべながら言った。

「おれの——せい？」

「そうだ。お前のせいだ」

「おれが……」

「これが、絶望だよ——」

三島はそう言って、コウの肩に手を置いた。

コウは、その重みに耐えきれず、崩れるように跪《ひざまず》いた。耳鳴りがした。全身から、みるみる力が抜けて行く。

自分の命を犠牲にしてでも、ユウナだけは助けたいと願った。だから、たった一人でこの場所に足を運んだのだ。

それなのに――自分のせいで、ユウナは死んだ。

コウは、堪《たま》らず両手を床に着いた。絞られているように胃が痛んだ。それは嘔吐《おうと》感に変わり、胃の中のものを、残らず吐き出した。

遅れて涙が溢れて来た――。

「絶望を味わった感想はどうだ?」

三島の声がした。

顔を上げると、三島がコウの額に銃口を向け、いかにも楽しそうに笑っていた。

「いい目だ――」

三島の指が引き金にかかる。

不思議と怒りは湧《わ》いて来なかったし、殺されるということに対する恐怖もなかった。

もう、何もかもがどうでも良かった。

三島の言うように、これが絶望なのだろう――。

21

イヴは、ネフィリムのコックピットに収まっていた――。

一馬の運転するトレーラーの荷台に、ネフィリムを仰向けに寝かせた状態で運搬しているため、コックピットのイヴも同じ姿勢を強いられている。

〈もうすぐ到着だ――〉

一馬から通信が入った。

「了解です――」

イヴは、短く答えたあとに、これから起こるであろう戦闘を想定して、各種計器のチェックを開始した。

〈どう思う?〉

一馬が、重い口調で訊ねてきた。

「何がですか?」

訊ねながらも、一馬が何のことを言わんとしているのかは理解していた。ただ、できれば、これで会話を終わりにして欲しかった。

戦闘前に、余計な感情を抱きたくはなかったからだ。

〈今回の任務だよ。なぜ、イザナギは、ここまでコウってガキにこだわる？〉

一馬の疑問はもっともだった。

それは、今回に限らず、最初のフロートアイランドの作戦からずっと、イヴも抱き続けている疑問でもある。

イザナギは、コウにいったい何を期待し、何をさせようとしているのか？　彼でなければならない理由とは何か？

だが、彼に何か秘密があることは確かだ。

三島の動きがそれを証明している。彼らも、執拗《しつよう》にコウにこだわっている。だから、妹を拉致してまで殺害しようとしている。

それに――。

「一馬も、コウにこだわっているように見えます」

イヴが言うと、モニターに表示された一馬の顔が一気に歪んだ。

〈何で、そうなるんだよ〉

「彼にハンドガンを与えました」

〈あれは……〉

「お互いに、余計なことを考えるのは止めましょう――」

なぜかを考えるのはあとでいい。今は任務に集中するときだ。

〈そりゃ、そうだな。……ヤバイ！　ミサ……〉

一馬の無線は唐突に途切れ、爆発音とともに、激しい衝撃がイヴの身体を襲った。

何が起きたのか、理解する前に、前後不覚で投げ出されたような感覚のあと、目の前が真っ暗になる。

「はっ！」

イヴが息を吹き返す。

すぐさま、視線を走らせ状況を確認する。まだ、ネフィリムのコックピットの中だった。どうやら、うつ伏せの状態らしい。

システムで破損状況をチェックする。装甲に破損はあるが、起動には問題なさそうだ。

イヴは、ネフィリムを起動させつつ、モニターで外の状況を確認する。

バラバラになったトレーラーの破片が、炎上しながらそこら中に散らばっている。酷《ひど》い有様だ。おそらく、ミサイルによる攻撃を受けたのだろう。

一馬の姿が確認できない。だが、彼の無事を確認する前に、やることがある。

——敵はどこだ？

イヴの疑問に答えるように、センサーが反応した。

百メートルほど前方。コウが向かったとも思われるカーゴシップの前に、軍用戦車のケルベロスの機体を確認した。

地獄の番犬をもじってはいるが、四本の脚に、二本のアームを備えたその姿は、さながらカニのようだ。

あんな物まで保有しているとは、完全に想定外だった。

ケルベロスの装甲と重装備は、ハウンドのようなオモチャとは訳が違う。何せ戦争用に開発されたものだ。

起動したあと、すぐに動かなかったのは正解だった。

ケルベロスには、近づくものを手当たり次第に破壊する、オートアタックモードがある。ハウンドのように、識別などしてくれない。一斉放火を喰らうところだった。

いくらネフィリムといえども、ケルベロスの主砲や、副砲のアンチマテリアルライフルの攻撃を喰らっては、ただでは済まない。

とはいえ、このまま、じっとしているわけにもいかない。

反撃に転じようにも、ネフィリムの武器のほとんどは、トレーラーに積載されていた。そのトレーラーがあの様ではどうにもならない。

残っている武器は、背部に装着されたレールガンと、ネフィリム用のナイフだ。あまりに苦しい状況だ。

レールガンなら、チョバムアーマーの装甲を持つケルベロスでも、易々《やすやす》と貫通させることができる。だが、発射までに時間がかかるという難点がある。

かといって、ネフィリム用のアーミーナイフで攻撃するためには、間合いに入らなければならない。

――だが、それでもやるしかない！

イヴは、覚悟を決めて、ネフィリムを一気に立ち上がらせた。

すぐにケルベロスのセンサーが反応し、副砲であるアンチマテリアルライフルを乱射して来る。

イヴはペダルを踏込み、脚部のブースターを点火し、ホバリングで機体を素早く操作しながら、その銃撃を躱《かわ》していく。

ケルベロスの放った弾丸は、地面に、あるいは倉庫の壁に、次々と穴を空ける。

イヴは、研ぎ澄ました感覚で、銃弾の雨を避《よ》けながらも、背部のレールガンを展開させる。

とはいえ、このままでは撃てない。脚を止め、姿勢を制御する必要がある。

雨のように降り注ぐ銃弾の中、止まることは即《すなわ》ち死を意味する。だが、勝機はある。

さっきまで、ネフィリムに向けて次々と銃弾を撃ち込んでいたケルベロスが、急に動きを止めた。

連続発射により、銃身が熱を持ち、冷却のために攻撃を停止したのだ。

これが機械であるが故《ゆえ》のミスだ。

イヴは、その隙を逃さず、脚を止め、射撃姿勢を取り、レールガンの照準をケルベロスに向ける。

銃身が二つに割れ、高周波の唸《うな》りを上げる。

イヴがトリガーを引くのと同時に、音速を超える速度で弾丸が発射され、ケルベロスの装甲を容易《たやす》く貫いた。

「終わりだ」

ケルベロスは、一瞬でその機能を停止し、炎を巻き上げながら爆《は》ぜた――。

イヴが、ふっと息を吐いたのも束《つか》の間《ま》、センサーが危険を報《しら》せるアラームを鳴らした。

――右側に何かいる。

視線を走らせる。荷物の積み卸しをする大型のクレーンの陰に、もう一機ケルベロスの姿があった。

「まだいたのか！」

回避に入ろうとしたイヴだったが、それより先に、ケルベロスの主砲が火を噴いた。

強烈な衝撃がコックピットを襲い、ネフィリムの右腕が、レールガンもろとも粉々に砕け散った――。

22

「その目が、見たかったんだよ――」

三島が、拳銃《けんじゅう》のトリガーに指をかけた。

彼はコウとは違う。引き金を引ける男だ。

妹を殺され、絶望の淵《ふち》に立ったコウは、すでに自分の死を受け容《い》れているらしく、俯いたまま身じろぎ一つしなかった。

空虚で、生気のない目――あの日に見た、コウの目とは明らかに違う。

クリスの中で、沸々と熱をもった感情が込み上げて来る。

それは、おそらく怒りの感情だ。ユウナを躊躇《ためら》うことなく殺し、絶望するコウを見せ物のように嘲る三島に対する怒りもある。だが、それ以上に、黙ってそれを見ていた自分に対する怒りの方が強かった。

ユウナが殺されたのは、自分のせいでもある。それだけではない。コウが今から殺されるのもまた、クリスの責任だ。

――おれはこんなことがしたかったのか？

「違う！」

クリスは、叫ぶように言った。意識することなく出た言葉だ。だが、それは自分自身の本音でもあった。

「何？」

三島が、クリスに目を向ける。

その目は、醜く澱《よど》んでいる。自分も、同じ目をしていたかと思うと、ぞっとする。

金があろうと、生活が豊かだろうと、それは心を満たすものではない。今さらのように、そんな単純なことに気づかされた。だから――。

「銃を下ろせ！」

クリスは拳銃を構え、その照準を三島に向けた。

「お前は、そういう男だよ」

三島はクリスの謀反《むほん》に驚いた素振りも見せずに、淡々と言ってのけた。

もしかしたら、クリスのことを引き金を引けないタイプの男だと思っているのかもしれない。だからこその余裕――。

それは否定しない。事実、あの雨の夜、コウを撃つことができなかった。その結果として今がある。

だが――今なら撃てる。

「早く銃を下ろせ！　さもないと、お前を撃つ！」

「警官気取りか！　撃ちたきゃ、さっさと撃てよ！」

三島が吠《ほ》える。

彼は今まさに、引き金にかけた指を引き絞り、コウの額を撃ち抜こうとしていた。

「止《よ》せ！」

クリスは、叫び声を上げながら引き金を引いた。

銃口が火を噴き、炸裂音《さくれつ》が格納庫に轟いた。

だが——三島は平然と笑っていた。狙《ねら》いはちゃんと定めていた。そもそも、五メートルと離れていない距離で、外すはずがない。

——それなのになぜ？

「残念だったな。お前の銃は、空包しか入ってねぇんだよ」

三島が、歪《ゆが》んだ笑みを浮かべながら言った。

「何だって？」

「こうなることが、最初から分かってたからだよ」

三島の言葉が、強い衝撃となってクリスの身体《からだ》を突き抜けた。

信頼されているとは思っていなかった。だが、最初から裏切ることを想定されているとは——。

だが、よく考えてみれば分かることだった。

クリスが三島に銃を向けたとき、カズを始め、配下の連中は微動だにしなかった。クリスの銃が空砲であることを知っていたからだろう。

完全にこけにされていたというわけだ。

「だったら、なぜ仲間に引き入れた？」

「面白いからに決まってるだろ」

「何？」

「何の覚悟もねぇクセに、貧困層に落ちたくねぇって、もがき苦しんでいる姿を見るのが、面白かったからだよ」

言い返せなかった。クリスに覚悟がなかったのは事実だ。自分が、どう生きたかったのかさえ定かではない。

ただ、あれは嫌だ。これは嫌だ――と子どものように駄々をこねて来たのだ。自分から能動的に何かを求めてきたわけではない。

今もそうだ。三島の配下でありながら、何の覚悟もないから、彼のやり方を嫌だと拒絶したのだ。

コウのように、自分の意思を押し通せば良かったのに、クリスにはそうするものが何もなかった。キムのように、強い恨みを抱くことも、アンのように、欲望に従うこともできなかった。

中途半端《はんぱ》で、情けない存在だ。そして、それは見透かされていた。

「こうなった以上、お前にも死んでもらう」

おれにやらせろ――とばかりに、カズがずいっと前に歩み出た。三島もそれを察したらしく、大きく頷《うなず》く。

カズが、にやりと笑い、クリスに銃口を向けた刹那《せつな》、再び爆音が響いた。

今度はかなり近い。カーゴシップが大きく揺れる。

チャンスだった。クリスは、素早く屈《かが》み込むと、足首に巻いたホルスターから小型の隠し拳銃、デリンジャーを抜いた。

何も、信用していなかったのは三島たちだけではない。クリスも、彼らに寝首をかかれることを想定し、それなりに策を講じていたのだ。

「てめぇ！」

カズが引き金に指をかける。

だが、それよりクリスの銃口が火を噴くのが早かった。

「がぁ！」

カズは、肩から血を流しながら仰向けに倒れた。

他の男たちが、一斉に銃口をクリスに向ける。クリスは、それより早く、ポケットから小型の起爆装置を取り出し、スイッチを押した。

格納庫の側面にあるハッチに、予《あらかじ》め仕掛けておいた爆薬が炸裂する。

ハッチが木の葉のように宙を舞う。あとは、あそこまで逃げればいいだけだ。

クリスは、驚愕の表情を浮かべている三島を突き飛ばし、コウの手を強引に引っ張り走り出した。

連続した射撃音とともに、銃弾の雨が降り注ぐ。

一気にハッチまで走り抜こうとしたが、茫然《ぼうぜん》自失のコウを連れてでは無理がある。クリスは堪らずコンテナの中に身を隠した。

このまま、隠れていて見逃してくれるような穏やかな連中ではない。

――さあどうする？

23

耳をつんざく爆発音で、一馬は目を覚ました――。

身体の節々が痛む。頭から血も流れているらしい。だが、致命傷は免れているようだ。

痛みを堪《こら》え、どうにか身体を起こす。

あちこちにトレーラーの残骸《ざんがい》が散らばっていた。ケルベロスの襲撃を受け、大破したのだ。

よく生きていられたものだ。自分の幸運を喜びながらも、周囲に視線を走らせる。

カーゴシップの前で、ケルベロスと思われる機体がもうもうと黒煙を上げていた。少し離れた場所に、レールガンを構えるネフィリムの姿があった。

どうやらネフィリムは無事だったらしい。ケルベロスを始末してくれたなら、これで一安心だ――そう思った矢先、一馬の目に、思いがけない物が飛び込んで来た。

ネフィリムの右側に、もう一機のケルベロス――。

「イヴ！」

叫んだが手遅れだった。

ケルベロスの主砲が、爆音とともに火を噴き、ネフィリムの右腕を無残に打ち砕いた。

ネフィリムが、バランスを崩し、横向きに倒れる。

あの状態ではまともに戦闘はできない。イヴが意識を失っている可能性もある。ハッチを強制開放して、イヴを救い出そうと考えた一馬の目に、さらに驚くべき光景が飛び込んで来た。

ケルベロスが、さらに二機現われたのだ。合計で三機――。

「冗談じゃない」

ケルベロス三機を相手に、今の状態のネフィリムでは、到底太刀打ちできるものではない。どうやら、敵を舐《な》めていたようだ。

まさか、これだけの数のケルベロスを保有していようとは、夢にも思っていなかった。

幸いなのは、ケルベロスがオートアタックモードで動いているらしいことだった。こちらが動かなければ、向こうは攻撃して来ない。

「イヴ！　絶対に動くなよ！」

声をかけたものの、動けないのは一馬も同じだった。

オートアタックモードならば、それが機械であろうと人であろうと、味方識別コードのない動く物体であれば、容赦のない攻撃を喰らうことになる。

生身の人間が、あんな大口径からの攻撃を喰らおうものなら、肉片すら残らず粉々にされるだろう。

〈一馬……〉

スピーカーから、イヴの声が聞えて来た。

「イヴ！　大丈夫か？」

〈今から、攻撃を仕掛けます。ほんの一瞬でいいので、陽動をお願いします〉

「バカ！　無理に決まってんだろ！」

今の状態のネフィリムの武器といえば、ナイフくらいしかない。それで、ケルベロス三機に挑もうなど、自殺行為としかいいようがない。

それに、陽動をしようにも、一馬は丸腰だ。自分の身を的にするくらいしかない。

〈合図は、3でお願いします〉

イヴが一方的に告げる。

聴音センサーがいかれて、一馬の声が届いていないのかもしれない。

「イヴ！　止せ！」

〈1――〉

イヴの容赦のないカウントが始まった。

「ダメだ！　無理なんだよ！」

〈2――〉

どうあっても、やるつもりらしい。こうなったら、一か八かに賭《か》けるしかない。

〈3――〉

イヴの指示に合わせて、一馬はコンテナの陰から飛び出し、一気に駆け出した。

ネフィリムの右側にいたケルベロスが、すぐに一馬を捕捉《ほそく》して、アームに装着されたガトリング砲を連射して来る。

あちこちで、爆弾が落ちたかのように、土煙が上がる。

一馬は死にものぐるいで走り、滑り込むように倉庫の陰に身を隠した。奇跡的に生きているらしい。

荒い息のまま、顔を出して様子を窺《うかが》う。

「すげぇ！」

一馬は、思わず声を上げた。

ネフィリムは、一馬が陽動している間に、ケルベロスの頭上に取り付いていた。

他の二機のケルベロスは、味方識別コードがあるため、ネフィリムに攻撃が出来ない状態だ。

――だが、このあとどうするつもりだ？

今は、頭上に取り付いているが、そのうち振り落とされてしまう。現に、ケルベロスは身体を揺らし、あるいは二本のアームを動かしながら、必死にあがいている。

ネフィリムが、腰に装着したナイフを抜いた。

――やはり、止《とど》めを刺す気か？

だが、そんなことをすれば、機能停止とともに、残った二機のケルベロスの集中砲火を喰らうことになる。

イヴに限って、それに気づかないはずはない。どういうことだ？

〈一馬。今のうちに逃げて下さい――〉

一馬の疑問に答えるように、イヴが言った。

「なっ！」

おそらく――いや確実に、イヴは一馬を逃がすために、自分を犠牲にするという選択をしたのだ。

今まで、一馬はイヴのことを無感情な女だと思っていた。だが違った。たとえ自然の摂理に反して生まれた存在であったとしても、そこには、ちゃんと人としての感情があったのだ。

〈さあ、早く――〉

イヴが促す。だが、このままおめおめと逃げるわけにはいかない。ただでさえ、重い十字架を背負っているのに、これ以上それが増えるのはゴメンだ。

一馬は、視線を走らせる。

二十メートルほど前方に、自動小銃が落ちているのを見つけた。最初の爆発で、トレーラーの荷台から吹き飛ばされたものだろう。

あの程度の物では、援護にもならないことは承知だ。それでも、何もしないよりはマシだ。

一馬は、覚悟を決めて倉庫の陰から飛び出した。

すぐに一機のケルベロスが、一馬を捕捉し、正面に立ちふさがった。副砲のアンチマテリアルライフルの銃口が向けられる。

――もうダメだ。

そう思った刹那、頭上から何かが降って来た。

「リベリオン！」

一馬は、歓喜の声を上げた。

無人の運搬用ヘリコプターから、もう一機の人型機動兵器、リベリオンが降って来たのだ。

リベリオンは、落下の重力に任せ、抱えていた巨大な槍《やり》をケルベロスに突き立てる。

串刺《くしざ》しにされたケルベロスは、完全に沈黙した。

〈一馬。船に向かえ〉

スピーカーから、イザナギの声がした。

イザナギが現われたのであれば、ここはもう任せていい。

一馬は、自動小銃を拾うと、そのままカーゴシップに向かって駆け出した――。

24

イヴは、空から舞い降り、ケルベロスを串刺しにしたリベリオンを、恍惚《こうこつ》とした目で見つめた――。

ネフィリムより一回り大きく、荒々しい印象のあるその機体だが、鎧《よろい》を纏《まと》った武士のような美しさがあった。

——彼が、イザナギが来てくれた。

イヴの中に、歓喜が広がっていく。あのときと同じだ。不良品のレッテルを貼《は》られ、殺処分されそうになっていたあのときも、彼が——イザナギが突如としてイヴの前に現われた。

そして、救いの手を差し伸べてくれたのだ——。

あの瞬間から、イヴは何があろうと、イザナギに従おうと決めた。

〈イヴ。そいつから離れろ——〉

イザナギの低く、厚みのある声がした。

彼が来たのであれば、もはや自分の出番などない。イヴは、指示されるままに、ケルベロスから離れた。

ケルベロスは、すぐにイヴの乗るネフィリムに攻撃を仕掛けようとするが、それよりリベリオンの持つ大口径ライフルが火を噴くほうが早かった。

ケルベロスは、堅牢《けんろう》なチョバムアーマーで、辛うじて貫通は免れたが、装甲は大きくひしゃげ、よたよたと後退《あとずさ》る。

しかし、リベリオンの攻撃は止まらない。

ライフルに装塡《そうてん》された五十口径の弾丸を休むことなくケルベロスに撃ち込む。

一発は耐えた。だが、度重なる銃撃で、ひしゃげた装甲板が弾《はじ》け飛び、機体に大きな穴を空け、無残な姿を晒《さら》し、機能を停止した。

だが、安心するのはまだ早い。ケルベロスは、もう一機残っている。

イヴの懸念《けねん》を体現するように、残った一機のケルベロスが、リベリオンに主砲の照準を定めた。

センサーにより、イザナギも標的にされていることは承知しているだろう。

ネフィリムの右腕を粉々に打ち砕いたほどの破壊力だ。まともに喰らえば、ただでは済まない。

リベリオンは、ケルベロスと正対すると、左腕に装着していたシールドを外し、地面に突き立てた。

あれで、凌《しの》ごうというつもりなのだろう。だが――。

イヴが考えている間に、ケルベロスの主砲が、大気を揺さぶる轟音《ごうおん》とともに火を噴いた。

打ち出された弾丸が、真《ま》っ直《す》ぐリベリオンに飛んで行く。

強烈な炎と爆発音――土煙が舞い、白煙がもうもうと立ち上る。

電波障害が起きたらしく、イヴの見ているモニターにノイズが走り、激しく乱れる。

――どうなった？

イヴはモニターを諦《あきら》め、ネフィリムの胸部に位置するハッチを開放し、外に身を乗り出した。

「なっ！」

地面に突き立てられたシールドは、大きくひしゃげ、横倒しになっていた。そして、さっきまでそこにいたはずのリベリオンの機体が、消失していた。

ケルベロスの主砲で、跡形もなく吹き飛んだのか――だが、イヴはその考えが間違いであることに、すぐに気づいた。

リベリオンは、すでにケルベロスの背後に回り込んでいた。

おそらく、ケルベロスの主砲が放たれると同時に、電波障害を引き起こす、チャフグレネードを発射していたのだ。

自ら放った主砲の爆発と、チャフグレネードにより、ケルベロスはセンサーを狂わされ、完全にリベリオンをロストした。

こうなれば、ケルベロスがリベリオンに勝てる道理はない。

イヴが予想した通り、リベリオンはいとも容易くケルベロスの主砲をもぎ取り、アームを引きちぎった。

それでも、ケルベロスは抗《あらが》おうとする。

死ぬ間際《まぎわ》の虫のように、必死に身体を震わせる。

リベリオンは、左の腰の部分に装着されている刀を抜くと、それを一気に振り下ろした。

その一撃は、ケルベロスの厚い装甲を易々と両断してしまった。

これが、イザナギの闘い方だ。計算し、先を読み、完膚《かんぷ》無きまでに叩《たた》きのめす。

残骸の中、佇《たたず》むその姿は、鬼神そのものだった。

やはり、彼こそが、この国に光をもたらすに相応《ふさわ》しい存在だ――。

イヴは羨望《せんぼう》にも似た視線をリベリオンに、いやそのコックピットに座るイザナギに向けた。

25

「くっ！」

三島の手下たちが、銃を乱射しながら迫って来る。

いつまでも、ここに隠れていることはできない。反撃しようにも、クリスが持っているのは、隠し持つことを前提に造られた超小型拳銃のダブルデリンジャーだ。装塡できる弾は二発しかない。さっき、カズを撃つのに一発使った。つまり、残りは一発しかない。

それに対して、相手は三島を含めて五人だ。どう計算しても、勝ち目はない。

さっきから続いている爆発音と射撃音も気になるところだ。

「おれは……」

コウが、生気のない声で、呟《つぶや》くように言った。

せめて彼が動いてくれれば、ハッチまで駆け寄ることもできる。

「しっかりしろ！　目を覚ませ！」

クリスはコウの頬を張った。

だが、それでも、彼の目は死んだままだ。目の前で妹を殺されたのだ。その衝撃は計り知れない。しかも、三島の言葉で絶望の底に叩き落とされた。

こうなったのは、クリスのせいだ。その結末も知らず、ただ、落ちたくないという焦燥感に煽《あお》られるままに、コウを捜したのだ。

「頼む！　目を覚ましてくれ！　お前は、こんなところで死ぬな！　せめて、お前だけは――」

コウを生かすことは、クリスの贖罪《しょくざい》だ。

「見つけた！」

声に反応して、クリスはコンテナの中から顔を出した。

三島の手下の一人が、銃を構えながら駆け寄って来るところだった。迂闊《うかつ》だった。叫んだことで、こちらの居場所を報《しら》せてしまった。

クリスは素早く狙いを定め、トリガーを引いた。

銃弾は、走って来た男の脚に命中した。男は、前のめりに倒れ、自動小銃を取り落とした。

あれを手に入れれば、少しは勝機がある。

駆け出そうとしたクリスだったが、それを遮るように、連続した射撃音が響き渡った。

跳弾であちこちに火花が散る。

クリスは、堪らずコンテナの中に舞い戻る。

完全に手詰まりだ。デリンジャーの弾丸は使い果たした。だが、それは向こうには知られていないはずだ。やりようによっては――。

「さっさと行け！　もう弾は残っていないはずだ！」

三島の声が響いた。

さすがに抜け目のない男だ。完全に読まれている。

――どうする？

考えている間に、コンテナの扉が勢いよく蹴《け》り開けられ、自動小銃を構えた三島の手下が現われた。

振り返り、逃げだそうとしたが、反対側からもう一人現われた。挟み打ちだ。

――ここまでか。

今さらのように、悔しさが込み上げる。自分は、いったいどこで道を踏み誤ったのだろう？

三島の手下になったときか？　それとも、あの雨の夜か？　いや違う。もっと前――フロートアイランドに逃げ出したときだ。

そう。あれは、フロートアイランドの豊かな生活を夢見ての努力などではない。現実からの逃避だったのだ。

父は、壁の向こうへ行け――そう言った。

だが、それは、その先に何があるかを知らなかったからだ。抱いていたのは、絶望や喪失感ではなく、未来に対する希望だった。父にとっての未来は、クリス自身でもあったのだろう。

二人は不幸などではなかった。未来を託す子どもを愛し、本当に幸せだったのだ。

だが、両親が望んだ未来も、今途絶《とだ》える――。

覚悟して目を閉じると、銃声が二発轟《とどろ》いた――。

クリスは何も感じなかった。ゆっくり目を開けると、コンテナを挟んでいた三島の手下二人が、蹲《うずくま》り呻《うめ》いていた。

――何が起きた？

「立てるか？　脱出するぞ！」

一人の男が歩み寄って来た。長髪にひげ面《づら》の男だった。

「あんたは？」

「自己紹介はあとだ。ほらよ」

男は、クリスに自分の持っていた自動小銃を投げて寄越す。

「え？」

困惑しているクリスを余所《よそ》に、男は肩を貸すようにして、座り込んでいるコウを立たせた。

「行くぞ！」

男が言った。彼が何者かは不明だが、少なくとも敵対する気はないようだ。

もしかしたら、三島が言っていたコウの協力者なのかもしれない。

クリスは、コウを支えながら歩く男の盾になるようにして、コンテナを出て進み出した。

最初に破壊したハッチを抜ければ、外に出られる。

あと少しで、外に出られる――そう思った刹那、銃声がしてクリスの足許《あしもと》の床を穿《うが》った。

視線を向けると、格納庫の二階部分の通路に立っている三島の姿が見えた。

左右には、配下の男たちが控えている。

「反撃しようなんて考えるなよ」

三島が告げるのと同時に、クリスたちの背後で何かが動いた。

振り返ったクリスは、驚愕《きょうがく》の表情を浮かべた。そこには、重機関銃二門を突き出したハウンドがいた。

まだ、こんな物を隠し持っていたとは――。

ケルベロスと比べると見劣りするが、それでも、クリスを含めた三人を肉片に変えるには充分過ぎるほどの装備だ。

クリスの持つ自動小銃では、到底歯が立たない。

「大人しく、銃を捨てて投降しろ」

三島が、勝ち誇った顔で告げる。

「投降したら、助けてくれるのか？」

クリスが問うと、三島は声を上げて笑った。

「そうだな。どのみち殺すんだ。好きに抗ってみな」

三島の冷たい視線が、クリスを射貫《いぬ》く。

以前なら、ここで命乞《いのちご》いをしていたかもしれない。だが、今は違う。死ぬと分かっていても抗ってみせる。

「逃げろ！」

クリスは、叫びながら自動小銃をハウンドに向け、トリガーを引いた。

次々と打ち出される弾丸は、ハウンドの表面装甲に穴を開ける程度のことしかできなかった。

だが、それでいい。ハウンドを倒そうなどとは思っていない。コウと男が逃げ出す時間稼ぎができればいい。

あっという間に全弾を撃ち尽くしてしまった。

だが――これでいい。

内心で呟いたクリスだったが、コウと男が逃げていないのを見て、愕然とする。

「なぜ、逃げなかった？」

クリスが問うと、男は鬚《ひげ》に囲われた口許に、笑みを浮かべてみせた。

「逃げる必要がなくなった」

「どういう意味だ？」

クリスの疑問に答えるように、巨大な爆発音がして、カーゴシップのハッチが吹き飛んだ。

地震かと思うほどの震動に襲われ、クリスは立っていることができなかった。

何が起こったのかと視線を走らせるクリスの目に、さらに信じられない光景が飛び込んで来た。

巨大な人型のロボットが、格納庫に飛び込んで来たかと思うと、刀を振るい、あっという間にハウンドを鉄屑《てつくず》に変えてしまったのだ。

「なっ、何だこれは――」

クリスは、巨大な刀を持って佇むそのロボットに圧倒されていた。

三島に映像で見せてもらったものとは、また違うタイプの機体だった。

「リベリオン――叛逆者《はんぎやくしや》――おれたちのフラッグシップさ」

男が、誇らしげに言った。

叛逆者、フラッグシップ――まさか、この男たちは、革命でもやろうというのか？

「大したもんだ。ケルベロスを四機も投入したってのによ」

舌打ち交じりの三島の声がした。

通路に立った三島は、完全に形勢逆転されているにもかかわらず、落ち着き払っていた。

嫌な予感がした。そして、それは的中した――。

「クリス。もしものために、爆弾をしかけていたのは、何もお前だけじゃねぇんだ」

三島は、笑い声とともに言うと、ポケットから起爆装置らしき物を取り出し、躊躇《ためら》うことなくスイッチを押した。

凄《すさ》まじい爆発音とともに、船が大きく跳ね上がるように揺れた。

爆発は次々と続き、あちこちで炎が舞い上がり、爆風が吹き荒れる。激しい震動のせいで、前後不覚の状態だった。

「逃げるぞ！」

男が叫ぶ。クリスは、大きく頷き、コウを運ぶのを手伝いながら走った。

ハッチが見えた。

その先は、暗い闇《やみ》に包まれていたが、それでもクリスには、未来へ通じているような気がした。

外に飛び出そうとしたまさにその瞬間、一際《ひときわ》大きな爆発が起こり、クリスの身体は吹き飛ばされた――。

終章　戻らぬ日々

1

〈本日未明――旧市街の一番地区の埠頭《ふとう》で、爆発が起こりました〉

　通学のため、家を出ようとしていたミラだったが、テレビから流れてくるニュースを耳にして足を止めた。

　テレビのモニターには、もうもうと黒煙を上げるカーゴシップが映し出されていた。

〈爆発した船は、三島運輸の保有するカーゴシップで……〉

「ミラ、どうしたの？」

　キッチンで朝食の片付けをしていた母の美晴が、声をかけて来た。

「何でもない」

ミラは平静を装《よそお》いながらも、テレビに釘付《くぎづ》けになっていた。

とても嫌なことが起きた——その予感が、不快なざらつきとなってミラの心を揺さぶる。

〈今回の爆発は、過激派から犯行声明も出されており、自爆テロとの見方が強まっています〉

——自爆テロ。

その忌《い》まわしきワードで、ミラの中に一人の少年の顔が想起される。

雨の夜にあった少年——コウだ。

「まさか……」

——彼であるはずがない。

ミラはそう願いながら、息を殺してテレビのモニターを注視する。

〈実行犯と目されるのはコウという十六歳の少年で、既に死亡が確認されています……〉

モニターには、防犯カメラの映像として、カーゴシップに入って行くコウの姿が映し出された。

ミラは、突きつけられた現実に言葉を発することができなかった。

頭の中が真っ白になり、指先が小刻みに震える。

「本当に大丈夫？」

美晴が、ミラの肩に手を置いた。

たったそれだけの重みが加わっただけで、ミラは全身の力が抜けて崩れ落ちそうになった。

「大丈夫。何でもないから——」

笑顔を向けて見せたが、その途端、美晴の表情が驚きに変わる。

「顔色が真っ青よ。今日は、休んだ方が……」

「本当に大丈夫だから——」

ミラは、逃げるように家を出た。

外に出るなり、乾いた風が吹きつけて来た。

風の冷たさを感じながら、歩みを進めるにつれて、じわじわとコウが死んだというニュースが、現実味を帯びてミラに迫って来た。

——なぜ？

まず、ミラの中に浮かんだのは、その疑問だった。

あの雨の日に見た、コウの真っ直《まっす》ぐな視線がミラの脳裡《のうり》に鮮明に蘇《よみがえ》る。

コウの目には、力があった。必死に生きようという力だ。そんな彼が、なぜまたテロに加担してしまったのか――。

前回は、妹の治療費のために、騙《だま》されて爆弾を運ばされていた。今回も、同じように騙されてしまったのだろうか？

ミラは、ふと足を止めて空に目を向けた。

そこに広がるのは、雲一つない、抜けるような青い空だった。

今さらミラがあれこれ考えたところで、何があったかなど分かるはずもない。

それに、あの雨の日――空から降って来た少年、コウが死んだという事実は、どうあがいても覆《くつがえ》らない。

ミラが俯《うつむ》き、下唇を噛《か》んだところで、ポツリと手の甲に水滴が落ちた。

――雨？

一瞬、そう思ったミラだったが、すぐに水滴の正体に気づいた。それは、自らが流した涙だった――。

――なぜ、泣くのだろう？

胸の内に問いかけてみたが、その答えは返って来なかった。

2

〈ずいぶんと派手にやってくれたな――〉

モニターの中の仁村了介は、いかにも苦々しい顔をしていた。

「目的は達成したんだ。それでいいだろう」

三島は、マリファナの煙を、ゆっくりと吸い込みながら、ぞんざいに答えた。

隠れ家にしているレストランの二階の部屋だ。

〈限度というものがあるだろう。いくら旧市街とはいえ、あんなに派手にやられては困る〉

仁村は、憮然《ぶぜん》とした態度で言う。

自分なら、もっと上手《うま》くやれたと言いたげだ。だが、そもそもは、自分たちでは手に負えないので、三島に依頼した案件だ。にもかかわらず、そのことを完全に忘れてしまっている。

「そうごちゃごちゃ言うな。向こうは、ロボットが二機も出て来たんだ。ああでもしなきゃ、こっちがやられてた。お陰でこっちは、ケルベロス四機に、カーゴシップまで失うことになったんだからな。大損失もいいところだ」

〈そのロボットは、どうなった？〉

「さあな」

三島は足を組み、おどけてみせた。

〈何だ。その曖昧《あいまい》な答えは〉

真面目《まじめ》一辺倒の仁村は、明らかに怒りを滲《にじ》ませている。

これが、この男の悪いところだ。だが、だからこそ、こちらとしてはコントロールし易《やす》い。

「あの爆発のあと、奴《やつ》らも姿を消しちまったんだよ。こっちも、逃げるのに必死だったしな」

三島が言うと、仁村が呆《あき》れたようにため息を吐《つ》いた。

〈それでは、話が違う〉

「話が違うのは、そっちだろ。あんな物まで出て来るなんて、報《しら》されてなかったぜ。それに、殺すように命ぜられていたのは、コウってガキだけだ。そっちはキッチリ始末したんだ。それで文句はねぇだろ」

三島がまくし立てるように言うと、仁村は反論の糸口を見失ったのか、むっつりとした顔で押し黙った。

仁村は、三島のことを金の亡者《もうじゃ》だと思い込んでいる。DNAランクの低い、強突張《ごうつくば》りとでも思っているのだろう。

自分の方が、DNAランクが高く、あらゆる面で優れている——と。

だが、その傲慢《ごうまん》さが仁村の欠点に他ならない。利用されているのがどちらか、やがて知ることになるだろう。

〈まあいい。また、連絡する——〉

力無い言葉のあとに、通信は切れた。

——バカな野郎だ。

三島は内心で呟《つぶや》いた。

「本当に、よろしいのですか？」

声をかけて来たのは、カズだった。

クリスに撃たれたせいで、右腕を三角巾《さんかくきん》で吊《つ》っている状態だ。顔のあちこちに火傷《やけど》のあとも残っている。

「何のことだ？」

「あの者たちの生死を、まだ確認していません」

カズの言う通りだ。

爆発の中、カーゴシップから逃げ出すのが精一杯で、彼らがどうなったかを見届けてはいない。

にもかかわらず、三島は仁村に「死亡を確認した――」と報告した。

「いいんだよ。あれで」

「なぜですか？」

珍しく、カズが意見を口にした。

クリスに撃たれたことを根に持っているのだろう。自分の手で、止《とど》めを刺したいという顔をしている。

だが、三島からしてみれば、そんなものはどうでもいい。ただ――。

「面白いからに決まってんだろ」

三島は吐き捨てるように言った。

彼らが、生きているにしても、死んでいるにしても、これから面白いことが起きるはずだ。

それを思うと、三島は湧《わ》き上がる笑いを堪《こら》えることができなかった――。

3

冷たい潮風が、頬を撫《な》でる――。

クリスは、ライフゲートの上から、海の上に浮かぶフロートアイランドに目を向けた。

ずいぶんと遠くに感じる。一週間前まで、自分があの場所にいたことが、信じられないほどだ。

人生を変えた雨の夜が、脳裡に蘇る。

コウの荒々しく、野性的な真っ直ぐな視線。それと、彼に寄り添う美しい少女、ミラ——。

あのとき、今の自分を想像できただろうか？

「感傷に浸ってるのか？」

声をかけられた。

前にも、こんなことがあった。あのときは、三島だったが、今は一馬だ。

長い髪に、口の周りを覆《おお》う鬚《ひげ》は、むさ苦しいのだが、彼の笑顔には、どこか愛嬌《あいきょう》があり憎めない。

「いや——ちょっと考え事をしてただけだ」

「それを、感傷に浸るって言うんだぜ」

一馬が人懐《ひとなつ》こい笑みを浮かべた。

「そうかもしれないな……」

「それで、答えは出たか？」

一馬が髪をかきあげながら問う。

カーゴシップの爆発のあと、どうにか逃げ出したクリスの前に、イザナギと名乗る男が現われた。

人であって、人でない——そんな異様な存在感を持った男だった。

イザナギはクリスに言った。

「私と一緒に来い——」

その力強い言葉に、クリスの心は大きく突き動かされた。彼らの成そうとしている計画の一部を聞き、魅力を感じもした。

だが、クリスは返答を保留にしていた。

「ああ」

「おれたちと一緒に、来るか？」

一馬の問いかけに、クリスは首を左右に振った。

「行かない——」

正確には、行けない——と言った方がいいだろう。

警察を追われ、三島の許《もと》を追われ、行き場を失ったクリスからしてみれば、自分を受け容《い》れようとする誘いは、嬉《うれ》しいものだったし、彼らの計画にも賛同している。

だが——。

「コウのことか……」

一馬がクリスの考えを見透かしたように言った。

「ああ」

クリスのせいでユウナが死に、そしてコウまで――。

今まで、散々逃げ回る人生だった。このまま、一馬たちと一緒に行くことは、またそれを繰り返すことになる。

そんなのは、もうご免だ。自分がしたことと向き合わなければならない。

しばらくの沈黙のあと、一馬が笑った。

「何がおかしい？」

「あんたは、似ているよ」

「何に？」

「おれに――」

そう返した一馬の顔から笑顔が消えた。黒い瞳《ひとみ》には、言い知れぬ哀《かな》しみが潜んでいた。おそらくは、これこそが、この男の本質なのだろう。

「どういうことだ？」

「今ここで、昔話をしても、大して意味はないさ」

「それは、そうだな」

クリスが笑みを返すと、一馬も笑ってみせた。

正直、一馬という男のことは、何も知らない。それでも、似ているという意味が分かった気がした。

「死ぬなよ」

一馬が、そう言って右手を差し出して来た。

「ああ。あんたも――」

クリスは、一馬と別れの握手を交わした。だが、心のどこかで、再び彼に会うような気がしていた。

いや、彼だけではない。コウにも、イザナギにも――。

そのとき、自分は彼らの味方になっているのか、それとも、敵になっているのか――

今のクリスに分かるはずもなかった。

4

「ユウナ！」

コウは、叫び声とともに目を覚ました。

頭が重く、意識が朦朧《もうろう》としている上に、酷《ひど》い夢を見ていたのか、首の回りにびっしょりと汗をかいていた。

――ここは、どこだ？

コウは身体《からだ》を起こし、辺りを見回す。

白い壁に囲まれていて、デスクとロッカーが置いてある。ここ一週間ほど寝起きしていた自分の部屋だった。

部屋の中には、イザナギとイヴの姿があった。

「そうか……トレーニング中に、また気絶したのか……」

コウは苦笑いとともに口にした。

イヴとの激しい格闘トレーニングの最中に、意識を失うことは、度々あった。今回もそうに違いない。

「違う」

コウの考えを否定したのは、イヴだった。

「え？」

「あなたは、無謀にも敵の罠《わな》に嵌《は》まりました。その結果……」

「止《よ》せ！」

コウは、イヴの言葉を遮った。

その先は聞きたくない。聞いてしまったら、それは真実になってしまう。そんな思いがあったからだ。

だが、イヴはそんなコウに容赦なく言葉を浴びせる。

「あなたの妹は、死にました。三島に殺されたのです――」

イヴの言葉をきっかけに、コウの中で眠っていた記憶が、一気に蘇った。

三島の卑屈な笑み。轟《とどろ》く銃声。放たれた弾丸。そして――頭から血を流し、倒れゆくユウナの姿――。

「おうぉぉ！」

コウは力の限り叫んだ。

そうすることで、自分の中にある忌まわしい記憶が、全《すべ》て壊れるのではないか――そんな風に思ったのかもしれない。

だが、叫べば叫ぶほどに、記憶は鮮明に頭に刻み込まれていく――。

「お前のせいだ」

イザナギが放った言葉が、コウの叫びを打ち消した。

「おれの？」

「そうだ。お前の中にある弱さが、妹を殺した」

「ふざけんな！　おれは、ユウナを助けようとしたんだ！」

コウは立ち上がり、イザナギに摑《つか》みかかった。だが、イザナギは大地に根を張ったように、ビクともしなかった。

イザナギの機械の右手が、コウの左手首を摑む。

ギリギリと音を立てて、左手首が締め上げられていく。強烈な痛みに、コウは脂汗《あぶらあせ》を流しながら跪《ひざまず》いた。

「己の力量もわきまえず、相手のことを知ろうともせず、感情の赴くままに行動した。その結果が、これだ――」

暗い響きのあるイザナギの声が、腹の底に響く。

「おれは……」

「お前は、あまりに脆弱《ぜいじゃく》だ。その弱さが、妹の命を奪ったのだ――」

イザナギの言葉が、コウの心を切り裂いた。

「そうだ……全部、おれのせいだ……おれが……おれに……もっと力があれば……ユウナは……」

圧倒的な無力感に襲われ、身体の芯《しん》が震えた。

流れ出した涙が止まらなかった。

三島に対する憎しみもある。自分に対する怒りもある。だが、ユウナを失ったという哀しみが、それらを全て呑《の》み込んでいた。

誰かを恨んだところで、自分を責めたところで、ユウナはもう戻って来ない。そのことに対する、圧倒的な絶望だ。

走馬燈《そうまとう》のように、これまでの人生が駆け抜けて行く。

貧しい生活だった。苦しいこと、辛《つら》いことに溢《あふ》れていた。だが、それでも光があった。

ユウナの存在こそが、コウにとって光だった。

だが、その光を失った。

目の前が真っ暗になっていく――。

もう、生きる意味などない。このまま、閉ざされた世界を生きるくらいなら、いっそ死んだ方がマシだ。

「立て――」

イザナギの声がした。

だが、立てるはずなどなかった。この暗闇《くらやみ》の中では、そんな力は、もうどこにも残っていない。

そもそも、ユウナのいない世界では、立ち上がる意味すらないのだ。

――お願い！　立って！

再び声がした。それは、イザナギの声ではなかった。あの雨の夜に聞いた声――ミラの声だった。

コウは、その声に導かれるように、瞼《まぶた》を開いて顔を上げた。

イザナギが立っていた。

彼の強い眼差《まなざ》しがコウを射貫《いぬ》く――。

「さあ立て」

イザナギが機械の右腕を差し出す。

「立ったところで……おれには……」

「絶望しかない――か？」

まさにその通りだ。今、ここで立ち上がることができたとしても、絶望の闇の中では、生きていく理由がない。

「おれは……」

「だったら、君自身が光になればいい」

「え？」

「絶望を知った君だからこそ、人々の希望になるに相応《ふさわ》しい――」

イザナギの言う希望の光とは、いったい何なのか――コウには分からなかった。ただ、気が付いたときには、イザナギの機械の右手を握っていた。

第Ⅱ部　叛逆《はんぎやく》の狼煙《のろし》

序章　衝撃

授業開始を告げる呼び鈴の音を、ミラは自分の席で聞いた。

生徒たちが、次々と席に着く。その中にマコトやタケルの姿もあった。あの雨の夜から半年、変わることなく繰り返される日常――。

ただ一人、ミラだけは、あの日から変わってしまった。

この国の歪《ゆが》みを感じ、だが、それをどうすることもできない無力感に打ちひしがれている。

そして、心の中にはぽっかりと穴が空いたような喪失感を抱えている。

コウが死んだという事実が、そうさせているのだ。ただ、自分でも分からなかった。

なぜ、自分がこれほどまでにコウにこだわっているのか――。

会った時間は、ほんのわずかだった。それに、彼はもう死んでしまったのに――。

「市宮《いちみや》さん。聞いていますか？」

不意に声をかけられ、ミラは慌《あわ》てて顔を上げる。

担任教師の月村《つきむら》リョウコだった。教壇の前に立ち、切れ長の目を真《ま》っ直《す》ぐにミラに向けている。

いつの間にか、朝のホームルームが始まっていたようだ。

「すみません」

ミラは小声で詫《わ》びた。

クラスメイトたちは無反応だ。エマとの一件以来、当たり前になっている反応。唯一《ゆいいつ》、マコトだけが心配そうにミラを見ていた。だが、ミラはそれに気づかないふりをする。

これも、いつもと変わらぬ日常だ。

「ということで、この学校に今日から転校生が来ます」

教室がどよめいた。

フロートアイランドは、特定の富裕層だけが住んでいる。転校生が来るなど、滅多にないことだ。

「入っていいわよ」

リョウコが声をかけると、教室の扉が開いた。

俯《うつむ》き加減に、一人の少年が入って来る。恐ろしく暗い空気をまとった少年だった。

少年は、リョウコの隣に立つと、ゆっくり顔を上げた。

――え？

ミラは、驚きのあまり声も出なかった。心臓が早鐘を打つ。状況が理解できず、目眩《めまい》がした。

そんなミラとは対照的に、教室の中には歓迎ムードが広がる。中には「かっこいい」と、早速目を付ける女生徒もいた。

「草薙巧《くさなぎこう》です――」

少年は、そう名乗った。

その瞬間、教室のムードが一変して驚きが広がる。

彼の名前が原因だろう。草薙巧は、DNAをカテゴライズするネオ・シークエンサーの開発者の一人で、後にこの国の転覆を謀《はか》り、システム自体を破壊しようとしたテロリストの名だ。

悪の権化《ごんげ》のように扱われる男と、同姓同名。そこに、作為を認め、畏怖《いふ》の念を抱く者は多いだろう。

だが、ミラだけは別の思いで草薙巧と名乗る少年を見つめていた――。

凛《りん》とした佇《たたず》まい。引き締まった身体。醸《かも》し出される知性と品位。雰囲気はまるで違う。

あの雨の夜に会ったコウが、飢えた野良犬《のらいぬ》なら、今目の前にいる草薙巧は、気高き狼《おおかみ》といった感じだ。

だが、野性味溢《あふ》れる力強い目だけは、あのときのままだ。

見間違いではない。草薙巧と名乗った少年は、雨の夜にミラがあった少年——コウだ。

——いや、そんなはずはない。

ミラは自らの考えを打ち消した。

コウは死んだのだ——それに、最下層のDNAランクの彼が、フロートアイランドの学校に転校して来られるはずがないのだ。

心の中にある喪失感が、外見が似ている草薙巧がコウと同一人物だなどという幻影を見させていたのだろう。

自嘲《じちょう》気味に笑ったところで、草薙巧と視線がぶつかった。

彼は、真っ直ぐにミラを見据え、口許《くちもと》に小さく笑みを浮かべた——。

第Ⅱ部　叛逆の狼煙

革命のリベリオン

2015年春、
刊行予定。
待て！
しかして希望せよ！

本書は新潮文庫のために書き下ろされた。

神永学著

タイム・ラッシュ
—天命探偵 真田省吾—

真田省吾、22歳。職業、探偵。予知夢を見る少女から依頼を受け、巨大組織の犯罪へと迫っていく——人気絶頂クライムミステリー！

神永学著

スナイパーズ・アイ
—天命探偵 真田省吾2—

連続狙撃殺人に潜む、悲しき暗殺者の過去。黒幕に迫り事件の運命を変えられるのか?! 最強探偵チームが疾走する大人気シリーズ！

神永学著

ファントム・ペイン
—天命探偵 真田省吾3—

麻薬王〝亡霊〟の脱獄。それは凄惨な復讐劇の幕開けだった。狂気の王の標的となった探偵チームは、絶体絶命の窮地に立たされる。

神永学著

フラッシュ・ポイント
—天命探偵 真田省吾4—

東京に迫るテロ。運命を変えるべく奔走した真田は、しかし最愛の人を守れなかった——。正義とは何か。急展開のシリーズ第四弾！

垣根涼介著

君たちに明日はない
山本周五郎賞受賞

リストラ請負人、真介の毎日は楽じゃない。組織の理不尽にも負けず、仕事に恋に奮闘する社会人に捧げる、ポジティブな長編小説。

垣根涼介著

借金取りの王子
—君たちに明日はない2—

リストラ請負人、真介に新たな試練が待ち受ける。今回彼が向かう会社は、デパートに生保に、なんとサラ金!? 人気シリーズ第二弾。

垣根涼介著
張り込み姫
―君たちに明日はない3―

リストラ請負人、真介は戦い続ける。ぎりぎりの心で働く人々の本音をえぐり、仕事の意味を再構築する、大人気シリーズ！

有川浩著
レインツリーの国

きっかけは忘れられない本。そこから始まったメールの交換。好きだけど会えないと言う彼女にはささやかで重大なある秘密があった。

有川浩著
キケン

様々な伝説や破壊的行為から、周囲から忌み畏れられていたサークル「キケン」。その伝説的黄金時代を描いた爆発的青春物語。

有川浩著
ヒア・カムズ・ザ・サン

編集者の古川真也は触れた物に残る記憶が見える。20年ぶりに再会した同僚のカオルと父。真也に見えた真実は――。愛と再生の物語。

有川浩著
三匹のおっさん

剣道の達人キヨ、武闘派の柔道家シゲ、危ない頭脳派ノリ。還暦三人組が、ご町内の悪を成敗する！　痛快活劇小説シリーズ第一作。

辻村深月著
ツナグ
吉川英治文学新人賞受賞

一度だけ、逝った人との再会を叶えてくれるとしたら、何を伝えますか――死者と生者の邂逅がもたらす奇跡。感動の連作長編小説。

新潮文庫最新刊

神永学著

革命のリベリオン
――第Ⅰ部 いつわりの世界――

人生も未来も生まれつき定められた〝DNA格差社会〟。生きる世界の欺瞞に気付いた時、少年は叛逆者《リベリオン》となる――壮大な物語、開幕！

河野裕著

いなくなれ、群青

11月19日午前6時42分、僕は彼女に再会した。あるはずのない出会いが平坦な高校生活を一変させる。心を穿つ新時代の青春ミステリ。

雪乃紗衣著

レアリアⅠ

長年争う帝国と王朝。休戦派の魔女家の少女は帝都へ行く。破滅の〝黒い羊〟を追って――。世代を超え運命に挑む、大河小説第一弾。

竹宮ゆゆこ著

知らない映画のサントラを聴く

錦戸枇杷。23歳（かわいそうな人）。そんな私に訪れたコレは、果たして恋か、贖罪か。無職女×コスプレ男子の圧倒的恋愛小説。

神西亜樹著

坂東蛍子、日常に飽き飽き
新潮nex大賞受賞

その女子高生、名を坂東蛍子という。容姿端麗、学業優秀、運動万能ながら、道を歩けば事件に当たる、疾風怒濤の主人公である。

朝井リョウ・飛鳥井千砂
越谷オサム・坂木司
徳永圭・似鳥鶏
三上延・吉川トリコ著

この部屋で君と

腐れ縁の恋人同士、傷心の青年と幼い少女、妖怪と僕!? さまざまなシチュエーションで何かが起きるひとつ屋根の下《ふたりぐらし》アンソロジー。

新潮文庫最新刊

宮部みゆき著
ソロモンの偽証
—第Ⅰ部 事件—（上・下）
クリスマス未明に転落死したひとりの中学生。彼の死は、自殺か、殺人か——。作家生活25年の集大成、現代ミステリーの最高峰。

舞城王太郎著
ビッチマグネット
「男の子を意のままに操る自己中心少女《ビッチ》から弟を救わなきゃ！」。『阿修羅ガール』をついに更新、舞城王太郎の新たなる代表作。

池内紀
川本三郎
松田哲夫 編
日本文学１００年の名作
第１巻 １９１４－１９２３ 夢見る部屋
新潮文庫創刊以来の１００年に書かれた名作を集めた決定版アンソロジー。10年ごとに１巻に収録、全10巻の中短編全集刊行スタート。

有栖川有栖編
大阪ラビリンス
ミステリ、ＳＦ、時代小説、恋愛小説——。大阪出身の人気作家がセレクトした11の傑作短編が、迷宮都市のさまざまな扉を開く。

吉川英治著
新・平家物語（九）
東国の武士団を従え、鎌倉を根拠地に着々と地歩を固める頼朝。富士川の合戦で平家軍に勝利を収め、弟の義経と感動の対面を果たす。

ＮＨＫ
アナウンス室編
走らないのになぜ「ご馳走」？
—ＮＨＫ 気になることば—
身近な「日本語」の不思議を通して、もっと「ことば」が好きになる。大人気「サバの正体」に続くＮＨＫ人気番組の本、第二弾！

新潮文庫最新刊

塩野七生著
ローマ亡き後の地中海世界
—海賊、そして海軍—
（3・4）
海賊を海軍として吸収し、西欧への攻勢を強めるトルコ。キリスト教連合国は如何にして対抗したのか。劇的に描き出される完結編。

松本健一著
明治天皇という人
膨大な資料を渉猟、わずかに残された肉声から明治天皇の人間性に迫り、明治という時代の重みと近代日本の成立ちを捉えた傑作評伝。

佐木隆三著
わたしが出会った殺人者たち
昭和・平成を震撼させた18人の殺人鬼たち。半世紀にわたる取材活動から、凶悪事件の真相を明かした著者の集大成的な犯罪回顧録。

髙橋秀実著
ご先祖様はどちら様
小林秀雄賞受賞
自分はいったいどんな先祖の末裔なのか？家系図を探し、遠縁を求めて東奔西走、ヒデミネ流ルーツ探求の旅が始まる。

笹本恒子著
ライカでショット！
—私が歩んだ道と時代—
日本初の女性報道写真家は今年１００歳、まだまだ現役。若さと長生きの秘訣は、溢れる好奇心と毎日の手料理と一杯のワイン！

ＮＨＫスペシャル取材班著
日本海軍４００時間の証言
—軍令部・参謀たちが語った敗戦—
開戦の真相、特攻への道、戦犯裁判。「海軍反省会」録音に刻まれた肉声から、海軍、そして日本組織の本質的な問題点が浮かび上がる。

イラスト　土林誠
デザイン　團夢見 imagejack

革《かく》命《めい》のリベリオン
第Ⅰ部 いつわりの世界

新潮文庫　か－58－21

平成二十六年九月一日発行

著者　神《かみ》永《なが》学《まなぶ》
発行者　佐藤隆信
発行所　株式会社 新潮社
郵便番号　一六二―八七一一
東京都新宿区矢来町七一
電話 編集部(〇三)三二六六―五四四〇
読者係(〇三)三二六六―五一一一
http://www.shinchosha.co.jp
価格はカバーに表示してあります。
乱丁・落丁本は、ご面倒ですが小社読者係宛ご送付ください。送料小社負担にてお取替えいたします。

印刷・錦明印刷株式会社　製本・錦明印刷株式会社
© Manabu Kaminaga 2014 Printed in Japan

ISBN978-4-10-180003-5 C0193